Chenjerai Hove
Ahnenträume

Chenjerai Hove

Ahnenträume

Aus dem Englischen von
Thomas Brückner

MARINO
VERLAG

Den vielen stummen Sternen am Himmel,
meiner Mutter Jessie,
die sich erinnert, doch
beharrlich schweigt.

Füße gehen, erinnern die bloßen Sohlen daran, daß sich das Ziel in weiter Ferne befindet, ein unbekannter Ort, an dem Winde und Erde einander begegnen. Menschlicher Atem schmückt sich müde mit seiner Geschichte aus Blut und Fleisch. Auf dem Stein über dem Grab des Reisenden steht: Hier ruht ein Wanderer, der, wie wir alle, nie ankam.

Dank

Mein Dank geht an Menschen und Organisationen, deren Zahl bei weitem zu groß ist, als daß sie alle hier Erwähnung finden könnten. Besonderer Dank gilt der University of Zimbabwe, an der ich als Writer-in-Residence einen Teil dieser Geschichte niedergeschrieben habe. Mein Dank gilt auch dem Lewis and Clark College für die kurze Zeit meines Aufenthaltes dort, der es mir ermöglichte, etwas Abstand vom täglichen Einerlei des Lebens zu Hause zu gewinnen. Mein Dank geht gleichermaßen an die Heinrich-Böll-Stiftung, die mir mit einem Stipendium ein paar Monate Aufenthalt im Heinrich-Böll-Haus möglich machte, im *Haus des Schweigens,* wie gastierende Schriftsteller es seither nennen.

Bereits in früher Kindheit hatte Reveka, wie sie von den Ialiten gerufen wurde, entdeckt, daß in ihr eine Stimme wohnte, die – obwohl es ihre Stimme war – ihr nicht im geringsten gehörte.

Aus dem Roman *Bauern und Herren* des griechisch-schwedischen Autors Theodor Kallifatides, 1990

Der Zuhörende erfährt von Vätern

1850
Ein taubstummes Kind wird geboren

Wortlos begegnete es der Erde, dieses weibliche Wesen. Damals, als es die Welt betrat, bei seiner Geburt. Ein Mädchen, dem die Worte fehlten. So ganz anders als die anderen Mädchen, die ihren Liebsten Lieder singen von diesem Ziehen im Herzen. Lieder, die alle Vögel und wilden Tiere wissen lassen, daß das Leben von Mensch und ungezähmtem Tier ähnlich ist, weil Menschen wie Tiere Lieder singen, damit im Liebsten die Saiten der Liebe erklingen. Um ihm zu sagen, da regt sich etwas in mir, von dem ich niemals ganz genau wissen werde, was es ist. Dieses Gefühl ist wunderschön, weil es macht, daß ich mich im Kreis drehen und tanzen möchte. Es macht, daß ich den Himmel berühren möchte, auch wenn der Himmel so weit weg ist. Es macht, daß ich die seidenen Wolken zu kunstvollen Gebilden aus Freude und Traurigkeit weben möchte. Und es macht, daß ich gleichzeitig weinen und vor Freude schreien möchte, weil dieses Gefühl plötzlich in mir wohnt, und auch aus Traurigkeit.

Sie aber schrie nicht, als sie geboren wurde. In dem rußgeschwärzten Haus.

Sie hat es einfach vergessen, redeten die Leute sich ein.

Sie kam ohne eigene Geschichte auf die Welt. Deshalb mußten andere ihre Geschichte erzählen. Und sie selbst saß dabei und konnte nicht einmal nicken oder zuhören. Sie sah, wie sich die Lippen der anderen bewegten und so ihre Geschichte erzählten. Die anderen flüsterten. Nur für den Fall, daß die Ahnen mit langen Ohren lauschten.

Sie war taubstumm. Und deshalb gab es keinen

Grund, das Kind, wie es sonst üblich war, mit Freudentrillern und Jubelschreien auf dieser Welt willkommen zu heißen.

Ein schweigendes Kind.

Einer Frau geboren, die unter einem Fluch stand. Die Herzen derer, die dabeigewesen waren, sahen in ihrer Geburt nur einen neuerlichen Streifzug hin zum Tod. Eine Reise, die so unmittelbar bevorstand, daß sie, wenn sie sich die Mutter des Kindes ansahen, nur auf Tränen von Kummer und Tod blickten. Und auf ein weiteres Grab im Tal.

Das Kind stieß keinen gellenden Schmerzenslaut aus wie andere Kinder, wenn sie mit ihren zerbrechlichen Füßen zum ersten Mal die rauhe Erde berühren. Das rußgeschwärzte Haus bestand einzig aus Schweigen. Kein Wort erhob sich, nicht einmal ein Gemurmel aus Wörtern oder Nachahmungen. Da waren nur die Gesichter, die wortlos in andere Gesichter blickten, die zur Tür hereinkamen oder das Haus verließen wie traurige Sterne den Himmel nach dem Aufgang der Sonne.

All die Winde und die Regen, sie konnte sie nicht beim Namen nennen. Oder sie verfluchen. Sie betrat diese Erde mit den Termiten und den Termitenhügeln, ohne auch nur ein einziges Wort zu sagen, war umhüllt von einem unterdrückten Schweigen, das sich dem brüllenden Donner und den zuckenden Blitzen mit herausfordernder Lautlosigkeit entgegenstellt und mit seiner Stille sogar den Winden trotzt. Wie ein Mensch, der sich weigert, einen Gegenstand zu beschreiben oder beim Namen zu nennen. Andere mußten für sie die Dinge der Welt beim Namen nennen. Und sie konnte sie noch nicht einmal hören.

»Was hat das nur zu bedeuten?« wunderte sich die

Hebamme, eine Frau, der es sonst nicht so schnell die Sprache verschlug, und sie zermarterte sich das Hirn.

Dann knurrte das kleine Wesen. Wie ein Tier. Wie ein gefangenes Tier des Waldes, das in die Welt wehrhafter Männer und Frauen eintritt, in der auch die Kinder schon Stärke beweisen, kleine Botengänge übernehmen und sich mit Steinen bewerfen. Ja, ihre Steine sogar nach den Vögeln werfen, nach den Katzen und Hunden, die ihre Welt bevölkern. Das Mädchen knurrte. Aber es war bereits zu spät. Die Hebamme wußte es. Das Mädchen knurrte viel später, als sie es in all den Jahren erlebt hatte, die sie neues Leben auf dem Weg in die Häuser unzähliger glücklicher Mütter begleitete. Sie hatte auch vielen leidgeprüften Müttern beigestanden. Traurigen Frauen, die unzählige Jahre darauf gewartet hatten, daß sich eine Stimme aus ihnen erhob. Eine Stimme, die an ihrer Stelle das Wort ergriff. Die der Welt sagte, hört, das ist meine Stimme. Eine neue Stimme, die für mich auf Erden singen wird, wenn ich heute sterben sollte. Eine Stimme, die die Erinnerung an mich bewahren wird. Ich bin gekommen, so sprach die Stimme des Neuankömmlings in den Herzen der Mütter, das Feuer einer neuen Herdstatt zu entfachen. Nicht, um es mit Wasser zu löschen. Das ist das Geschenk, das meine Ahnen mir für dich mit auf den Weg gegeben haben. Möge dein Blut glücklich sein, denn deine Adern werden niemals versiegen.

Der jahrhundertealte Strom des Blutes hat seinen Weg durch mich hindurch in das kleine Bündel aus Fleisch und biegsamen Knochen genommen, das nun hier in der Behaglichkeit des Lehmhauses neben mir liegt, hört sich die Frau im Augenblick größter Erschöpfung nach der Geburt sagen. In genau dem Augenblick, in dem der Säugling den Mutterleib verlassen hat, alles vergessen ist und erschöpfter Schlaf leise dort einkehrt, wo gerade noch der Schmerz mit starrköpfiger Allgegenwart geherrscht hat. Ein Augenblick, in dem sie die Hebamme ansieht und ihr im glücklichen Schmerz der Geburt mit Tränen der Freude dankt.

Dieser frühe Morgen aber sieht die Hebamme außer sich vor Schrecken und Aufregung. Eine Hand klammert sich in einem fort an die Brust, während sie sprachlos auf das starrt, was die Erde ihr, der Mutter eines schweigenden Kindes, zum Geschenk gemacht hat. Joch des Lebens, hört sie sich in die Stille des frühen Morgentaus hinein sagen, und ihre Worte senken sich auf den Tau wie Staub.

Als die Hebamme später am Vormittag den Pfad zum Dorf entlangging, um die Neuigkeit von der geheimnisvollen Geburt zu verkünden, der Geburt ohne Schrei, entleert der ihr vertrauten Worte, spürte sie den kühlen Tau als leises Stechen unter den Sohlen ihrer nackten Füße, wohltuend und von kitzelndem Schmerz zugleich. Wie soll man durch das Dorf gehen mit schrundigen Sohlen, die die warme Erde im Dorf der Vorfahren wetzen, um dem Ausrufer die Botschaft zu überbringen? Wie soll der Ausrufer den anderen Dörfern im Umkreis der rauchblauen Hügel die Botschaft verkünden?

Ein Joch, dachte sie. Nichts als ein Joch. Ein unaussprechliches Joch.

Auf meine alten Tage habe ich solche Dornen im Herzen nicht verdient, hört sie ihre Stimme aus einem Schmerz heraus sagen, für den ihren Lippen die Worte fehlen. Nein, denkt sie in ihrem Schweigen, das ist nur die traurige Seite meiner Arbeit. Die Erinnerungen an andere Geburten tosen, stürmen ihr durch Herz und Hirn. Wirbelstürme, für die sie all die Jahre mit ihrem Auf und Ab gelebt hat. Für das Leben. Und für den Tod.

Als das Kind auf die Welt kam, hatte die Hebamme geduldig gewartet. Erfüllt von einer gespannten Angst, die ihre Finger in der tauben Luft fast schon greifen und fühlen konnten. Irgendwie spürte sie, daß heute nichts gut gehen sollte. Das Schweigen. Die durchdringende Stille in einem ausbleibenden Schrei. Und zu jeder Stille gehört ein aufbrechender Donner, ein aufbrausender Lärm, eine aufschreiender Stimme, die sich hinter allem verbirgt, das man sich lediglich vorstellen kann. Das Warten wuchs zum Herrscher über den Donner, zu brennender Sehnsucht. In diesem Augenblick vermißte sie die Stimmen greinender Kinder. Die Stimmen der Mütter, die traurige Schlaflieder sangen. Wo blieben die Trunkenbolde, die gewöhnlich um diese Stunde vorüberzogen und von den Freuden und Nöten ihrer bevorstehenden Begegnung mit den Ahnen grölten? Wo steckten sie jetzt, in diesem Augenblick, in dem so dringend eine menschliche Stimme gebraucht wurde, um das unauflösliche Schweigen zu durchbrechen?

Doch noch immer macht sich kein Laut bemerkbar. Stille. Das Nichts zwischen zwei niederfallenden Regentropfen. Riesig und ins Unermeßliche gedehnt. Ein Pesthauch aus Schweigen. Das verwirrende Schweigen brennt und sticht, die Frau fühlt sich verletzt. Welche Stimme erhebt sich hinter dem Schweigen, fragt sie sich? Wieder eine Totgeburt? Der Gedanke jagt ihr einen Schrecken ein. Nein! Noch eine einsame Beerdigung in der Stille des Tals könnte sie nicht ertragen. Noch so ein trauerloses Begräbnis, vor dem die Mutter grob ermahnt wird, bloß keine Träne zu vergießen, wenn sie vermeiden möchte, daß die anderen Kinder, die noch in den Tiefen ihres Schoßes verborgen sind und um die nur die Ahnen wissen, nicht auf diese Welt aus Staub und Regen kommen wollen. Weil sie mit ihren Tränen die anderen Kinder verschrecken kann, die schlafend in ihrem Schoß ruhen und darauf warten, geboren zu werden. In ihrem Herzen stellt sie sich eine neuerliche stumme Beerdigung vor, bei der nur Frauen zugegen sind. Sie vergegenwärtigt sich, wie die stärkeren Frauen Krumen stummer Erde, feuchter, fast schlammiger Erde, Stücke des flachen Tals, in das Grab hinunterwerfen, die Eingeweide der Erde für den winzigen Säugling öffnen und schließen. Für den Winzling, der gestorben ist, ohne daß er den Winden und den Regen, dem Gras und dem schmutzigen Erdboden zur Begrüßung die Hand gereicht hätte.

Am Tag zuvor noch war sie durch das Dorf gegangen, hatte den Eingang zum Haus des Wartens gefegt. Sie hatte den Staub weggekehrt und jeden gewarnt, der es wagte, näher zu kommen. »So mancher hat sich den Körper mit üblen Kräutern eingerieben«, sprach sie bei sich. »Ich will hier niemanden haben. Eine Mutter, die darauf wartet, daß ihr Baby auf die Welt kommt, soll nicht zu vielen bösen Blicken ausgesetzt werden«, flüsterte sie der Frau zu, die im Innern des Hauses vor einem Feuer saß, das vor sich hin glomm, als ob es sterben wollte wie die Hoffnung, die in den Tiefen der Nacht vergeht. Die werdende Mutter lächelte und spürte mit großer Freude und Befriedigung, wie sich das Kind in ihr bewegte. Das war eine Empfindung, die sie niemandem mitteilen konnte. Weil so ein Gefühl von der Angst geschmälert wird, die sich hinter ihm verbirgt. Die Freude über eine vielleicht nahe bevorstehende Ankunft auf der Welt mischt sich mit der Angst vor dem Ungewissen. Es ist, als warte die Mutter auf einen Unbekannten, der schon bald nach der Ankunft seine erneute Abreise verkündet. Wenn ein kleines Mädchen eine Kalebasse mit Wasser auf dem Kopf trägt, dann können wir den Ahnen erst danken, wenn wir von dem Wasser getrunken haben, hörte sie eine innere Stimme sagen.

»Mutter meiner Mutter«, hatte die Hebamme ihr gut zugeredet, »du hast nur deshalb Angst, weil du nichts weißt. Wenn es soweit ist, wird dein verhärmtes Gesicht zu einem einzigen großen Glücksfeuer.«

Aus dem Brunnen ihrer uralten Macht übertrug sie etwas von ihrer Kraft auf die werdende Mutter, die um vieles jünger war als sie.

Alt, wie sie war, zählte die Hebamme bereits die Jahre, die ihr noch bis zum Erreichen ihres Bestimmungsortes, der Welt der Ahnen, fehlten. Viele waren es nicht mehr, hatte sie sich ausgerechnet. Ihre Augen erstrahlten in einer Freude, wie es nur bei Menschen der Fall ist, die ehrbar gelebt haben und darauf hoffen können, den Ahnen mit einem Lächeln auf dem Gesicht entgegenzutreten. Den Tod mit dem Lächeln einer vollendeten Mission zu entwaffnen. Ohne Tränen. Ohne Wehklagen. Und sie stellte sich vor, wie die Ahnen sie am Morgen ihrer zweiten Begräbnisfeier in die Arme schließen würden.

Die junge Frau griff sich ein Holzstückchen und kratzte den mit Dung gepflasterten Boden im Haus ab. Sie war verunsichert und fürchtete sich vor dem, was sie nicht kannte, von dem sie nichts wußte.

Und jetzt das. Diese Höhle hier, nur von Schweigen erfüllt. Wie eine Schlafwandlerin fühlt sie sich, die mitten in der Nacht aufsteht und wortlos durch das Dorf wandert.

Erst viel später trug es sich zu, daß das Kind knurrte. Winselte. Wie ein wildes Tier, das im Sterben liegt. Schwach nur erinnerte sich die Hebamme der schrillen Schreie der Kinder, die sie schon auf diese Welt geleitet hatte. Das Schweigen dieses Kindes war atemberaubend. Nur ein Knurren? Ein Knurren wie bei einem Welpen, der aus dem Schlaf aufwacht?

Die alte Frau schaute weg. Schlug die Hände vor die Brust. Verwirrt. Unfähig, der jüngeren ins Gesicht zu sehen. Das sollte die Kraft sein, die sie der jungen Frau übertragen hatte? Das sollte die enge Bindung aneinander sein auf einer gemeinsamen Reise, deren Ausgang niemand voraussagen konnte? Sie warf noch einen Blick auf das Neugeborene. Es war ein Mädchen, dieses stille Ding. Ein Mädchen. Von dem, was sie erblickte, waren ihre Augen wie betäubt. In ihrem Herzen stimmte sie ein trauriges Lied an, wie die Erde ihr all das Wissen vom Leben geschenkt hatte, das sich gerade jetzt als nutzlos erwies, in dem Augenblick, da sie seine Kraft am nötigsten gebraucht hätte. Ahnen, ihr meine Vorfahren, ihr, die ihr mir die Einsicht in das Leben gegeben habt, die Macht, neues Leben auf dieser Erde zu begrüßen, warum nur gebt ihr erst und nehmt dann wieder wie die ungehobelten Verleiher im Dorf? Warum? forderte sie zu wissen, und ihre Hände blieben vor der Brust verschränkt. So, als hielten sie dort ein unsichtbares Kind. Ein Wesen, das nur sie sehen und mit dem nur sie die Welt des Unsichtbaren teilen konnte.

Der Geruch nach verglimmenden Kräutern, deren Rauch durch das Haus zog, sagte der jungen Frau, daß irgend etwas nicht in Ordnung war. Blätter und Wurzeln wurden immer dann zu Hilfe genommen, wenn denen Leben geschenkt werden sollte, die es mitten im Tanz auszuhauchen drohten. Die zu sterben drohten, wenn das Leben am schönsten war. Sie fühlte sich noch immer zu schwach, die Hebamme zu fragen, was die Erde ihr antat. Sie lag da, alle Kraft war in dem Augenblick von ihr gewichen, als sie spürte, wie sich das Kind aus ihrem Leib herauswand und die auf und ab schwellenden Preßwehen alle anderen Schmerzen überschatteten. So lag sie, und eine Hälfte von ihr war völlig erschöpft. Die andere war hellwach und aufs Äußerste angespannt. Und sie wußte und dachte nach.

Die Gebärende nimmt nicht einmal das rußgeschwärzte Dach wahr, an dessen Muster sie sonst immer voll Freude dachte, wenn sie davon träumte, mit einem Mann im gemeinsamen Haus zu liegen. Einem Mann, dem sie die geheimnisvollen Säfte ihres dunklen Körpers hingeben wollte. Der Mann würde sie berühren und sie ihn. Und im Herzen würden sie beide Lieder von den unendlich langen Monaten des Werbens an der Quelle singen, vom Werben am Fluß und in den Wäldern, wo Mädchen und Jungen zusammen Kühe und Ziegen hüteten, nach den unvergänglichen Geheimnissen der Liebe suchten an den verborgenen Orten der Täler, der Berge, im weißen Sand des Flußufers. Nein, nicht jetzt. Sie wartet, trennt ihr Bewußtsein vom Körper. In diesem Augenblick hat sie kein eigenes Bewußtsein. Das kleine Kind hat ihr Herz und Hände genommen. Alles, was sie ihr eigen nennen könnte. Sie wartet nur noch darauf, daß die Hebamme spricht, daß sie ein Wort sagt, auch wenn es eine Todesnachricht ist. Sie will sich darein fügen.

Nachdem die Hebamme das Blut gestillt hatte und auch die anderen Wasser der Geburt, die den Schoß der jungen Frau auslaugten, lag das Neugeborene unter dem stummen, rußschwarzen Dach in den Armen der Hebamme, die Augen fast geschlossen wie ein Kind, das beinahe schon eingeschlafen ist, nachdem es an den Flaschenkürbissen der Brüste gesaugt hat. Es sah so aus, als wäre das Kind bereits viele Tage alt.

Das Kleine blieb stumm. Sogar dann noch, als die Hebamme es gezwickt hatte. Damit wollte sie das Neugeborene erschrecken, damit es schrie. Damit es seiner Mutter die Gewißheit einer Stimme schenkte und ihr Herz ruhiger schlagen ließ. Sie wollte den stummen Fleischklumpen aus dem Schlummer des Schoßes schrecken, ihn seiner neuen, aus Nadelstichen und Tränen bestehenden Welt erwecken. Einer Welt, der die Neuankömmlinge ihre Ankunft mit einem Schrei verkünden, mit Tränen, die ihnen viele Tage lang aus den Augen treten. Immer schrien sie nach einem Zwicken oder einem zärtlichen Klaps, der sie endgültig aus der Welt des Schoßes riß und dem Erdkreis der Vögel und wilden Tiere anvertraute. Der Welt der Menschen, die auf zwei Beinen gehen. Der Welt, von der sie wußte, daß sie den Neuankömmling hassen oder lieben würde. Der ungerechten Welt, in der die Schwachen immer schwächer wurden und die Starken auf Jagd zogen, um die Kraft ihres Armes wie ihrer Waffen zu beweisen.

»Mein Kleines, mein Kleines! Ist es ein Mädchen oder ein Junge?« verlangt die junge Frau zu wissen. »Ist es ein ganz normales Kind wie alle anderen auch?« fragt sie nach.

Ein Säugling wie alle anderen. Sie erschrickt angesichts der Stille im Haus. Ihre Stimme ist schwach, kommt wie von weit her. Ihr Körper bewegt sich noch immer nicht, ist gefühllos wie ein von der Sonne ausgedörrtes Scheit Holz. Ihr bleibt nur die vergehende Kraft, die sie dazu treibt, nach ihrem Baby zu fragen, die Kraft, wissen zu wollen, nur zu wissen und nichts zu tun.

Es dauerte lange, bis die Hebamme zu ihr sprach. Alle anderen Worte, die die Hebamme bisher gesagt hatte, waren Worte, die sie nur zu sich gesprochen hatte, zu

Herz und Hirn. Darüber, wie sie das Leben über so viele Jahre hinweg gelebt hatte, in denen sie Kindern auf die Welt half.

»Still! Still! Du verdirbst noch alles. Wer zu sehr eilt, kommt niemals an«, beruhigt die Hebamme sie. »Es ist ein Kind. Was hast du denn gedacht? Daß es ein Frosch wird?« schimpft die ältere Frau mit der jungen Mutter.

So also wurde ein Kind geboren. Taub und stumm. Ohne Stimme kam es auf die Welt. Und erst nach seinem vorzeitigen Tod wird es für sich selbst sprechen können. Das Mädchen kam auf die Welt, taumelte auf unsicheren Füßen, stolperte dann und schlug schwer auf den lieblosen Fels. Im Leben konnte es nicht für sich selbst sprechen. Das Mädchen war eine einzige unermeßliche Stille, die durch ihr Schweigen spricht.

Ich bin nur der Reisende, der die Worte vernimmt, der davon träumt anzukommen. Ich lausche dem Vogel, der sich auf seinem nächtlichen Flug verflogen hat. Viele Jahre, nachdem Miriro gestorben ist. Jetzt ist sie eine Stimme, kommt und geht, wie sie will, setzt sich über alle Hindernisse hinweg. Sie ist eine dunkle Stimme voller Freude und Traurigkeit und erzählt ihre Geschichte. Meine Geschichte. Unsere Geschichte. Ich kann nur zuhören. Werde von der unterdrückten Stimme einer Frau meines Blutes aus dem Schlaf gerissen. Von der Stimme einer Ahnin, deren Geschichte nur deshalb nie erzählt wurde, weil sie eine Frau war. Denn weitergegeben werden nur die Geschichten der Männer, unserer Väter. Jetzt sitzt sie hier, in der Höhle meiner Erinnerung, und erzählt unsere Geschichte. So, wie sie sie gelebt hat.

Stumm und taub geboren, ein Mädchen zudem, schwach und zerbrechlich, sprachlos, was sollte ich tun? spricht sie in Ohren, die ihr nicht zuhören wollen. Ich, Mucha, der Zuhörende bei den nicht enden wollenden Erzählungen und Geschichten, die mich zwar betreffen, an deren Entstehung ich aber keinen Anteil nehmen konnte, ich gehörte nicht zu diesen Erinnerungen, bis ich schließlich geboren wurde, um ein bloß Zuhörender zu sein, der unter dem kühlen Schatten eines Baumes sitzt. Oder im tiefsten Dunkel der Nacht schläft und von Geschichten heimgesucht wird, die mit einer Stimme in ihn dringen, der sich weder Herz noch Ohren verschließen können. Denn obwohl mein Ohr zuhört, vermag es doch nicht genau zu sagen, wie viele Worte vom Herrscher der Worte in den Ohren und im Herzen dessen, der einen Traum vernimmt, ihre Matte ausbreiten und sich einnisten. Ich weiß es. Doch erst jetzt.

Ich konnte die anderen Kinder nicht um Hilfe rufen, wenn Schmerz nach mir griff. Wenn mich Freude erfüllte, dann konnte ich nicht zu den Melodien singen und tanzen, die mir in den Ohren klangen. Ich konnte nicht hören, wie die Vögel singen. Die Vögel, die wilden Vögel, die Musik in unsere Herzen gießen, uns Linderung verschaffen, wenn Herzenskummer uns die Seele abschnürt. Ich konnte sie nicht hören. Sogar die Schlaflieder, die meine Mutter mir sang, ich konnte sie nicht hören. Sie waren Teil der stummen Finsternis, die mein Leben umgab.

Miriro. So nannten sie mich. Doch meinen Namen erfuhr ich nicht. Niemand wußte, wie man mir meinen Namen in der Sprache der Menschen mitteilen sollte, die nicht hören oder sprechen können. Miriro. Sie sollten viele Jahre auf meine Stimme warten müssen. Eine Lebensspanne des Wartens darauf, daß dieses Mädchen spräche, sänge, riefe, etwas sagte, das im Leben anderer neues Leben hervorbringen könnte.

Ich bin die, die noch nicht angekommen ist. Die, die auf dem langen Pfad zur Quelle des Lebens vom Weg abgekommen ist. Miriro, die Sorgen und Ängste in das Gehöft bringt.

In der Zeit, in der ich heranwuchs, sah ich immer wieder, wie Augen in mich drangen und nach etwas suchten, von dem ich nichts wußte. Kinder, Männer, Frauen. Sie schauten mich an und erzählten mit kummervollen Augen und Körpern viele traurige Geschichten. Manch eine Frau hob mich vom Boden auf, auf dem ich saß und nicht nach Zuwendung schreien konnte. Sie kamen und hoben mich in ihrem Schweigen auf. Ihre Lippen bewegten sich, wann immer ihre Augen und meine sich trafen. Sie sagten etwas, das ich nicht hören konnte. Und dann setzten sie mich wieder dort nieder, wo sie mich aufgelesen hatten, als wäre ihnen ein Klumpen Erde zwischen die Finger geraten. Oder eine verdorbene Frucht, die zu essen jeder verschmähte. Dann gingen sie ihres Wegs, ließen mich allein zurück. Ein trockenes Blatt. Einsam. Der Vogel mit gebrochenem Flügel, der niemandem gehört.

Wenn meine Mutter mich nicht wie eine kleine Last auf ihrem Rücken herumtrug, dann war ich die meiste Zeit allein. Lieder und Schlaflieder konnte sie mir nicht vorsingen. Wozu auch? dachte sie bei sich. Die Kleine kann die Lieder nicht hören. Wenn sie sang, dann sang sie die Lieder ihres Unglücks. Um sich selbst zu trösten. Weil ihr das Herz blutete. Warum haben die Ahnen mir eine solche Bürde aufgeladen? Was soll ich mit ihr für den Rest ihres Lebens anfangen? Sie wird heranwachsen, natürlich, doch ohne daß je ein Wort aus ihrem Mund kommt. Welcher Mann wird erscheinen, um ihr den Hof zu machen? Sie wird arbeiten, natürlich, für ihre Mutter zur Quelle gehen. Sie wird für ihre Mutter das Getreide ernten. Sie wird die Felder bestellen wie alle anderen Mädchen. Wer aber wird das stumme Ding lieben? Meine Mutter erhielt einen neuen Namen. Sie hieß nur noch »Die Mutter der Stummen«. Das ließ ihr das Herz schwer werden. Von Sonnenaufgang bis Sonnenuntergang. Durch viele Nächte voller Alpträume hindurch.

Manchmal sah ich, wie die Vögel mit den Flügeln schlugen und über meinem Kopf am Himmel her zogen. Sie kreisten und schwangen sich durch das All, und ich bewunderte sie. Ich fragte mich, was sie einander wohl zu erzählen hatten. Sie kamen mir vor wie die Flaumfedern von der Henne meiner Mutter. Kleine Federn, die da oben am Himmel schwebten, ohne Ziel vom Wind davongetrieben. Der Wind, der unsichtbare Hauch, der trocken über die Lippen meiner Mutter strich, bis ihr Gesicht schließlich Geschichten von Ekel und Schande erzählte. Es war die Schmach, jemanden wie mich in diese Welt gesetzt zu haben. Stumm, ohne Wort aus dem Mund. Eine, die nicht einmal ihren Namen rufen kann. Oder die Namen ihrer Vorfahren, die männliche Ahnenfolge, die die Ältesten in ihren Gebeten immer ansprechen.

Eines Tages, als ich auf dem Dorfspielplatz stand und zuschaute, wie sich die Vögel hoch am Himmel den Wolken verbanden, kam meine Mutter auf mich zu. Ich stand da und unterhielt mich mit den Umrissen der Wolken und den Farben der Vögel. Da sah ich auf einmal, wie die anderen Kinder auf und ab hüpften, wie ihre Lippen tanzten, ihre Lederkleider im Wind wehten. Es schien mir eine Art Feier zu sein, ein erfreuliches Ende oder ein glücklicher Anfang. Sie spielten weiter und beachteten mich nicht, dachten nicht daran, daß auch ich Teil ihrer Feier von Traurigkeit oder Glück sein wollte. Man hätte glauben können, daß die Vögel und Wolken den Händen der kleinen Kinder entflogen waren.

Ihre Väter und Mütter bedrängten sie nicht und befahlen sie nicht in die Welt eines beladenen Schweigens. Sie schauten zu, wie ihre Kinder den Schmetterlingen und Insekten hinterherjagten. Ihre Herzen lächelten im Anblick derer, die sie in die Welt gesetzt hatten. Die Erde selbst hatte ihnen huldvoll zugelächelt. Und sie lächelten dankbar zurück. Im Bewußtsein der Freude, die die Vorfahren ihnen geschenkt hatten. Meine Mutter kam auf unsicheren Füßen herüber, stellte sich im Innern ihres Herzens die Frage, was in meiner Brust vorging, wenn ich den anderen Kindern zuschaute? Wenn ich sah, wie ihre Körper sich mit Schweiß bedeckten. Wenn ich sah, wie ihre Lippen tanzten. Wenn ich sah, wie sich ihre Füße mit Tanzmustern aus dem Staub der Erde bedeckten, die sie willkürlich traten und zerrissen.

Ich sah, daß meine Mutter die Lippen bewegte. Und ich lächelte. Ihre Augen waren wäßrig wie an Tagen, an denen es regnete, sie drinnen kochte und das Feuerholz naß war, weil die Regen unfreundlich gewesen waren. Genauso erschienen mir ihre Augen, wäßrig und ängstlich. Als sie fortging, folgte ich ihr in meinem Schweigen und sah, wie ihr das Wasser in Strömen aus den Augen und über das ganze Gesicht lief. Mir kamen auch die Tränen, weil ich glaubte, in ihr drin schmerzte sie etwas. Ich weinte und hielt mich an ihrem Kleid aus Ziegenleder fest. Ich klammerte mich an ihr fest, weil ich ihr das Gefühl geben wollte, daß ich ein Kind war wie all die anderen, die auf dem Spielplatz so glücklich lächelten. Ich liebte die Vögel, die über mir herflogen und mit mir am Himmel tanzten. Ich liebte auch die Wolken, die wie kleine Federn durch den Himmel schwebten. Mutter, wann machen wir uns auf den Weg zu den Wolken? Hin zur Welt des Windes und der kleinen Federn, die vor uns davonspringen und den Wolken folgen? Die Vögel. Wann werden wir wie Vögel sein und gemeinsam mit ihnen singen, wie die anderen Kinder es tun? Wann, Mutter, wann?

Mutter weinte den ganzen Tag. Und auch die ganze Nacht. Ich hörte sie unter dem Laken schluchzen und schniefen. Ich hörte sie. Trotz meiner Taubheit. Ich sah sie und wußte um den mächtigen Schmerzensstrom, der in ihrem Innern einen Damm gebrochen hatte und nun ihre Seele überflutete. Ertränkte. Tage und Nächte eines schmerzerfüllten Heranwachsens, so empfand ich es. Mutter ernährte mich mit Gemüse. Solche Kinder dürfen kein Fleisch essen, las ich auf ihren Lippen. Von Sonnenaufgang bis Sonnenuntergang, unablässig öffnete sich mein Mund wie der Schnabel eines Kükens, das darauf wartet, gefüttert zu werden. Ich wurde mit *Sadza* und allem anderen aufgezogen, das Kindern wie mir zustand. Anders als andere Kinder wuchs ich nicht mit Worten und Liedern auf. Was immer ich schlucken konnte, schluckte ich. Und wartete auf den Tag, an dem ich so wäre wie alle anderen.

»Stummes Wesen, woher kommst du? Stummes Wesen, woher kommst du?« hörte ich sie singen. Noch viele Jahre später, als ich bereits gestorben war und die Fähigkeit besaß, Rückschau zu halten und den kurzen Pfad zu erkennen, von dem ich abgekommen war. »Das Kind ohne Worte, das nicht mal weinen kann«, pflegten die Frauen zu sagen, wenn sie an mir vorübergingen. Sie fragten sich, woran meine Mutter merkte, wann sie mit mir hinter den Busch gehen mußte, damit ich mich erleichtern konnte.

In dem Alter, in dem andere Kinder nicht länger vom Boden hochgehoben werden, man sich nicht mehr in Babysprache mit ihnen unterhält, in diesem Alter hob man mich noch immer in die Luft. Meine Beine strampelten verzweifelt, traten hierhin, traten dahin, kämpften um ihre Freiheit. »Miyiyo!« sagten die Frauen aus dem Dorf, »Miyiyo!« und machten sich absichtlich einen Knoten in die Zunge, damit es sich komisch anhörte, wenn sie mich anredeten. Dann setzten sie mich wieder hart auf den Boden und murmelten voller Mitleid und mit Bedauern, wie die Ahnen nur so grausam sein konnten. Dieses Ding, was soll aus ihm werden? Was soll aus ihr werden? fragten sie. Nicht etwa still wie jene, die ihre Worte verbergen wollen, sondern laut wie in den Wäldern brüllende Löwen.

Lange, nachdem die Tage meiner Kindheit vorüber waren, wurde ich noch immer wie ein Kind ernährt. Die, die nicht spricht, nannten sie mich. Die Stumme. Die, der die Worte davongelaufen sind.

Jetzt, viele Jahre später, nachdem ich längst gestorben bin, kann ich sprechen. Ich kann allen, die hören können, meine Geschichte erzählen. Ich kann alle Wörter dieser Welt aussprechen. Weißt du eigentlich, daß ich sogar der Zeit ein Schnippchen schlagen kann? Meine Freuden wie meine Kümmernisse überfliegen alle Flüsse aus Zeit und Raum. Ich vernehme Stimmen über Generationen hinweg, aus allen Familien und Clans. Ich höre die Stimmen junger Männer und Frauen, wie sie umeinander werben in einer Zeit, bevor ich geboren wurde. Ich folge den Frauen und Männern auf den Pfaden ihrer Träume, hin zu vielen Orten, von denen sie selbst nichts wissen. Du kannst mir vorwerfen, daß ich jetzt selbst zum Traum geworden bin, den diejenigen erleben, die wissen, wie man schläft. Ich bin ein Traum, der durch die Nachtluft streicht, mit den Sternen tanzt, ihnen die Hand reicht und zu den Worten nickt, die die Sterne zu mir sprechen. Die Geschichten der Sterne sind auch meine Geschichten. Ich lebe mit ihnen, und sie leben mit mir. Die Menschen sind Ameisen auf meinen Handflächen. Ich zerquetsche sie nicht, kann sie aber überallhin bringen, wohin ich es mir wünsche, und zusehen, wie sie ihren Weg dorthin zurück krabbeln, wo ihrer Meinung nach das Ziel ihrer Träume liegt.

Kurz nachdem ich in mein Schweigen hineingeboren worden war, ereignete sich etwas Sonderbares. Die Bringer eines neuen Gottes trafen bei uns ein und trugen uns die Mär von einem Ort zu, an dem ein zorniger Gott seine geliebten Anhänger in einem Kessel über dem Feuer briet. Der wütende Gott hielt einen zinkenbewehrten Stock in der Hand und röstete die Träumenden, bis sie zu Asche zerfielen. Er liebte sie so sehr, daß er sie ohne Mitleid zu Asche verbrannte, wenn sie sündigten. Egal ob in Worten oder mit Taten.

Tag und Nacht. Asche türmte sich auf Asche. Rauch knüpfte alle möglichen Muster in den Himmel. Die Priester waren so wortgewaltig, daß bei niemandem Zweifel aufkamen, ob sie den Flammenwald, von dem sie berichteten, auch wirklich geschaut hatten. Laßt ab von den schlechten Wegen eurer Ahnen, sprachen sie und drohten den Dorfältesten mit dem Tod im Feuer.

Einer der neuen Priester bat meinen Vater und meine Mutter um die Erlaubnis, mich mit sich zu nehmen, um mich ihrem Gott zu weihen. »Wir werden sie im Geiste unseres Gottes erziehen«, sagte er. Selbst seine weißen Augen flehten meine Eltern um die Genehmigung an. »Die Priester sagen, daß sie sie mitnehmen und im Geiste ihres Gottes erziehen wollen, von dem ihr nichts wißt.

Und sie werden sie zur Frau nehmen, wenn sie ein gutes Mädchen ist«, hatte der Mittler der Worte zu der Bitte der weißen Männer ohne Knie gesagt.

»Nicht mein stummes Kind«, hatte meine Mutter geantwortet.

Meinem Vater hätte es nichts ausgemacht. Er sah die Möglichkeit, den Haushalt vom Gewisper der Nacht zu befreien. »Wenn sie sie auf ihre Weise aufziehen wollen, dann sollen sie sie mitnehmen«, meinte er zu meiner Mutter. Und aus seiner Stimme sprach heimliche Freude.

»Ich habe gesagt, nicht mein stummes Kind«, schluchzte sie auf, und schon traten Tränen aus ihren geröteten Augen. Dann nahm mich meine Mutter in die Arme und hielt mich ganz fest, beschützte mich vor Regen und Wind, barg mich vor den Augen und dem Verlangen der Fremden. Ihre Kraft wurde größer als die Macht des gesamten Dorfes und der Fremden zusammen. Eine strahlende Stärke, die wie die Sonne war, die hoch dort oben am Himmel sitzt und allem und jedem verkündet, daß sie den Unterschied zwischen Tag und Nacht bewirkt.

»Wir vernehmen von denen, welche die Gabe des Hörens besitzen, daß ihr den Rindern Krankheiten bringt und den Männern und Frauen Geschlechtskrankheiten, die ihre geheimsten Körperteile verkümmern lassen«, sagte einer der Ältesten zu den weißen Bringern des neuen Gottes. Die Priester sahen einander an, und ihre seltsamen Kleider leuchteten im Sonnenschein, während der Mittler der Worte übersetzte. »Ist wahr, was wir von den Hörenden vernehmen?« blieb der Älteste hartnäckig.

Wie eine Schlange aus dem Unterholz tauchte plötzlich eine Gewehrmündung auf. Wie die Schlange einer Hexe, die immer dann an der Oberfläche erscheint, wenn die Hexe beleidigt worden ist.

Ein Priester starrte die Dorfbewohner an und fing an, etwas in ein kleines Buch zu kritzeln. »Hort alles Bösen. Hier ist das Böse zu Hause«, murmelte der Priester mit dem langen Bart, derjenige, der um die Erlaubnis gebeten hatte, mich mitnehmen zu dürfen.

Die Priester gingen ohne mich. Man erzählte sich, daß das Bumbum ihrer Gewehre weithin zu vernehmen war, als sie Löwen und Elefanten jagten und die riesigen Tiere erlegten, als wären sie machtlose Ratten. Eins nach dem anderen. Und mit solcher Leichtigkeit, daß die Dorfbewohner in ungläubigem Staunen verharrten.

Miriro nannten sie mich. Die, auf deren Stimme sie endlos lange Zeiten warten sollten. Ich wurde geboren im Jahr der Gewehre, die mit Flammen auf den Lippen aufröhrten und Tiere und Männer und Frauen töteten. Gewehre des Feuers. Dies ist meine Geschichte. Die Geschichte des Mädchens, das Zeit und Raum besiegt. Ein Traum.

»Komm, mein Kind, ich will dir die Geschichte eines Traums erzählen. Ich bin die Geschichte und der Traum, eine Schlafwandlerin, die nur dann den Mund zum Reden öffnet, wenn die Nacht verblaßt ist. Eine Nachzüglerin der Träume und Worte.«

Miriro nimmt mich an die Hand, als sei ich ein Kind. Sie betrachtet das Linienmuster in meinen Handflächen, und dann lächelt sie. Manchmal lächelt sie, manchmal zuckt sie zusammen wie jemand, der Schmerz in diesen Linien entdeckt. Dann verstärkt sie den Druck ihrer Hand und sieht weg. Als ob sie sich schämt, mir mitzuteilen, was sie aus den Linien in meiner Hand gelesen hat. Ich weiß nicht, wer sie ist. Und ich will es auch nicht wissen. Die Bedeutung von Träumen zu kennen heißt den Tod suchen, hat mir meine Mutter immer gesagt. Sie hat mir davon erzählt, daß die Wahrsager zu den Gehetzten gehören, die nächtens in aller Wahrhaftigkeit Geister und Gespenster sehen.

»Das Problem besteht darin, daß du im Land der Blinden, Tauben und Stummen geboren wurdest«, sagt Miriro ohne Scham. »Du wurdest zu einer Zeit geboren, da es besser gewesen wäre, nicht geboren zu sein.«

Höhnisch schnalzt sie mit der Zunge. Ich sehe sie an und frage mich, wohin die Reise wohl gehen wird. Die Reise mit einem Traum als Reisebegleiter. Hat sie nicht gesagt, sie wäre ein Traum? Ein lebendiger Traum, der Zeit und Raum besiegt?

»In dir wohnt eine Geschichte. Und diese Geschichte bin ich. Diese Geschichte ist es, die dich zum Leben erweckt hat. Sie nicht zu erzählen bedeutet den Tod. Eine nicht erzählte Geschichte ist eine Geschichte vom Tod. Wer eine Geschichte in sich hat und sie nicht erzählt, beherbergt den Tod in seinem Herzen, in seiner Seele«, sagt Miriro, das stumme Wesen.

1960
Vater – der Zuhörende hört zu

die geschichten, die man uns erzählt, es sind immer die geschichten der sieger. und immer sind die sieger die geschichtenerzähler. wenn doch der affe seine eigene geschichte erzählen könnte. könnte doch nur der vogel seine geschichte davon erzählen, wie er durch die lüfte fliegt. und auch der baum, wenn er doch nur seine eigene geschichte erzählen könnte.

die geschichte unseres lebens ist die geschichte des männlichen blutes, das in unseren adern kreist. in unseren adern fließt aber noch anderes blut, das von denen, die die namen der dinge kennen, nicht erwähnt wird. etwas beim namen nennen heißt leben. ein vater belügt seine kinder nie. was aber nicht heißt, daß er alles erzählt, was zu erzählen wäre. weglassen heißt auch lügen.

Sieh nur, dein Vater kann nicht schlafen. Der *Land Development Officer*, der LDO, dieser weiße Mann, der weiß, wie man mit dem Boden reden muß, hat ihm gesagt, daß er nicht länger nur das anbauen soll, was benötigt wird, um sich den Bauch zu füllen. Du mußt auch den Bauch deines Geldbeutels füllen. Den Geldbeutel. Endlose Tage hat dein Vater dem weißen Mann mit beinahe religiöser Andacht gelauscht. Wie einer, der dem Prediger zuhört, der mit einer Zukunftsvision daherkommt. Eine neue Religion ist über das Land gekommen. Das Herz ist gefangen und verloren im Zauber der Worte aus dem Mund des Predigers. Immer, wenn er bei einem der nicht enden wollenden Treffen mit dem LDO war, kommt dein

Vater nach Hause wie ein Geist, der rastlos durch das Licht des Tages zieht.

Auf dem Acker stapft er über die Erde, die er in langen Jahren lieben gelernt hat. Jetzt kommt ihm das Land fremd vor. Der Boden unter seinen Füßen ist nicht länger ein vertrautes Fleckchen Erde, wie das seit der Zeit seiner Geburt der Fall war. Jetzt verschmäht er ihn wie ein ungewolltes Kind. Er zerkrümelt ihn in der Hand und läßt ihn durch die Finger gleiten wie durch ein Sieb. Ts-ts-ts, schnalzt seine Zunge. Bedauernswerter Sand. Sand. Sand. Ein Sandmeer ohne Ende, spricht dein Vater zu sich selbst.

Nachts schläft er auf seiner Matte, die ihm keinen Trost mehr spendet. Er spricht mit deiner Mutter über die Worte des LDOs und die Vision, wie man anstelle des eigenen Bauches den Bauch des Geldbeutels füttern kann.

»Was meinst du damit: den Bauch des Geldbeutels? Ißt der LDO denn nichts?« fragt deine Mutter, und ihre Stimme klingt demütig. Sie will etwas über die Farben der neuen Religion erfahren. Sie verlangt zu wissen, wieso es ein Verbrechen sein soll, wenn man sich den Bauch füllt. Den Bauch, den uns die Ahnen an die Vorderseite gesetzt haben, damit wir nicht vergessen, daß wir arbeiten müssen, um ihn zu füllen, und daß wir uns dessen nicht schämen sollen. Wer aber hat je den Bauch eines Geldbeutels gesehen? Und wer hat je einen Mann oder eine Frau gesehen, die soviel Geld gegessen hatten, daß sie davon satt waren?

»Der LDO ißt, aber sein Geldbeutel ist voller als sein Magen«, gibt dein Vater zurück. Er ist besessen von seinem neuen Traum.

Der Bauch des Geldbeutels und der Bauch des Menschen. Ein neuer Traum ist geboren. Nachts findet dein

Vater keine Ruhe mehr. Wo immer er sich auch befindet, hallt die Stimme des LDOs in seinen Ohren, peinigt ihn und quält sein Herz. Ein flüsternder Schatten ist aus ihm geworden. Er flüstert mit seinen Frauen. Die Kinder belauschen die Unterredungen. Sie horchen auf die gedämpften Stimmen der Nacht und wundern sich über den Mann, der durch das Dorf geht und den Bauch des Geldbeutels vor sich her trägt. Ein Mann, der wegen des Bauchs eines Geldbeutels den Dorfspielplatz mit Münzen übersät. Ein Mann, dessen Kleider aus Münzen geschneidert sind. Die Musik machen, wenn er durch das Dorf schreitet. Du träumst davon, daß du dieses menschenfressende Ungeheuer von einem Mann nachts umgehen hörst, wie es die Glühwürmchen vertreibt mit dem Klang der Münzen, die auf seinem Hemd klingeln und tanzen. Du kannst das Ungeheuer hören und fragst dich, wann es dir erscheinen wird. Und schon steht es vor deinen nächtlichen Augen. Du bist jung und weißt nicht, wie du mit solchen Schattenbildern umgehen sollst. Ohne große Träume. Du siehst kleine Träume, und sie verfolgen dich, als wären sie Wirklichkeit. So ist das nun mal, wenn du noch ein Kind bist. Du träumst und träumst und glaubst, daß Träume Wirklichkeit sind und im hellen Licht des Tages vor dir stehen.

»Ich mag die Religion des weißen Mannes nicht«, hat dir dein Vater immer vorgehalten, wenn du vergeblich um die Erlaubnis gebeten hast, in die Sonntagsschule des Weißen gehen zu dürfen. Während er über die Religion des Weißen spricht, siehst du Noah und seine unfolgsamen Kinder, die lachen, obwohl es ihnen untersagt worden ist. Bilder tauchen vor deinem geistigen Auge auf: David, wie er einem Mann die Frau stiehlt und den Mann in den Krieg schickt, damit er darin umkommt. »Wenn wir alle vom Strom der Religion des Weißen ertränkt werden, wer soll dann meinen Vätern das Bier brauen?« hörst du die spitze Stimme deines Vaters sagen, während du vor dir siehst, wie der Lehrer dich bestraft, weil du nicht zur Sonntagsschule gekommen bist.

Hat sich nun etwa ein neuer Priester, hat sich eine neue Kirche im Dorf niedergelassen? Die Ohren der kleinen Kinder hören das Flüstern der Frauen, der Mütter. Du erblickst die Morgengesichter der Frauen, wie sie faltig aussehen vor Ablehnung. Der feine Morgentau ist schon vor langer Zeit auf ihren Füßen getrocknet. Ihre Herzen pochen nicht mehr so, wie Mutterherzen schlagen sollten. Du siehst sie und denkst, daß ein unheimlicher Geist das Gehöft befallen haben muß. Du fürchtest dich, draußen zu spielen. Bestimmt sind die menschenfressenden Ungeheuer, von denen deine Mutter dir erzählt hat, über das Gehöft hergefallen und haben allen die neue Furcht ins Herz gesenkt.

Feuer verbrennt Holz zu Asche und Rauch. Riesige Bäume verglühen zu Aschehäufchen am Wegesrand. Worte verbrennen Herz und Verstand zu Abgründen der Sehnsucht. Worte in der Luft. Worte im Herzen. Worte, die den Körper in einen riesigen Berg aus Verlangen verwandeln. Die Wolken kommen den blutenden Fingern der Hörenden näher, wenn Worte sich in ihren aufmerksamen Ohren niederlassen.

Dein Vater war nicht dazu bereit, die feurigen Worte des weißen LDO ungehört vorbeiziehen zu lassen. *Machono machena*, die weißen Bullen, wie dein Vater sie nennt, haben sich schon viele Jahre mit der Angelegenheit beschäftigt. Sie wissen genau, wie man dem Wohlstand nachjagt. Wenn du hörst, wie sie dir im Vertrauen ein Stück ihrer Seele offenbaren, dann erfährst du von einem

Traum, den sie normalerweise nur ihren eigenen Leuten mitteilen. Den Wohlstand mit ihnen zu teilen ist so, als teile man den Reichtum der Erde mit wohlmeinenden Menschen. Sie hätten das Geheimnis ja auch für sich behalten und uns dem Tod in Armut überlassen können. Nun, der junge Weiße hat geredet. Das Feuer in seinen Worten hat Gewicht. Das Feuer. Das Feuer. Es ist das Feuer, das ich essen will, von dem ich leben will, damit auch ich das himmlische Land erreiche, in dem der Weiße wohnt.

Die Worte deines Vaters verschlingen sich wie die endlosen Stürme *Nyamavhuvhus*, des Monats der tobenden Winde. In der Mitte der Nacht, in der gleißenden Sonnenglut, in den kalten Winternächten, wenn Nebel die Täler und Hügel verhüllt. Du kannst seine Stimme hören, wie sie heiser das Dunkel der Nacht schneidet, unterbrochen von den Schreien der unheilverkündenden Eule, die von ihrem Sehnen kündet, der Tod möge eine Familie heimsuchen. Du schläfst und atmest, schläfst und atmest. Du schläfst und schläfst doch nicht. Beides zugleich. Die ganze Nacht über liegst du wach, und auch Vater und Mutter schlafen und schlafen doch nicht. Alles nur wegen des neuen Gesprächsstoffs, bei dem immer wieder der LDO erwähnt wird.

Unaufhörlich schreit die nächtliche Eule. Wie eine alte Hexe, die auf dein Ableben wartet. Du hörst die Eule und überlegst, wie es wohl sein muß, da draußen im Regen zu leben, in den Ästen der Bäume, in den *Dongas* des Flusses, und darauf zu warten, daß die Eule kommt und dich holt mit Krallen wie die Finger der Hexen und bösen Heiler. Du denkst, wie traurig es ist, dort draußen liegen zu müssen und im Morgentau zu sterben, wahrgenommen nur von kleinen Vögeln, die auf ihrer Jagd nach unsichtbaren kleinen Schmetterlingen und Insekten am schroffen Himmel vorüberfliegen.

Diese Nacht währt lange, und sie wird von Geräuschen gestört, deren Namen und Besitzer du noch nicht kennst. Die schaurigen Stimmen deines Vaters und deiner Mutter kannst du nicht mehr heraushören. Sie haben sich mit den Stimmen der Nachteule, des Schakals und der Hyäne vermischt. Du kannst sie hören, und du kannst sie nicht hören, die Stimmen und Klagen der Nacht. In deinen Träumen versinken eine kräftige und eine dünne Stimme. In den Geräuschen dessen, was immer namenlos war und für alle Zeiten namenlos bleiben wird.

Ein Wirbelwind aus Glühwürmchen überzieht deinen Himmel. Ein Traum? Ist das der Traum, an den du dich über Jahre hinweg erinnern wirst? Ein Wirbelsturm aus Glühwürmchen überflutet den Himmel, die Mais- und *Rapoko*felder werden von einem Glühwürmchen so groß wie ein Berg verdeckt. Es sind viele Glühwürmchen. Du weißt gar nicht, hinter welchem du herrennen sollst. Du stehst mit weit aufgerissenen Augen da. Gleich jemandem, der zusieht, wie ein Python einen Gazellenbock verschlingt. Da sind so viele Glühwürmchen. In den Bäumen, auf den Blättern der widerspenstigen Baumwollpflanzen, die dein Vater zu Versuchszwecken angebaut hat. Auf den Maisstengeln. Auf den Hausdächern. Glühwürmchen, die fliegen und keinerlei Lärm machen. Stumme Flügel aus Feuer. Stumme Körper winziger glühender Flammen.

Glühwürmchen, Glühwürmchen,
hat deine Mutter dich geschickt?
Glühwürmchen, Glühwürmchen,
wo ist deine Mutter?
Glühwürmchen, Glühwürmchen,

wo steckt dein Bruder?
Glühwürmchen, Glühwürmchen,
was macht deine Schwester?
Glühwürmchen, wart auf mich,
mein Brüderchen!

Plötzlich ist der Himmel ein einziges riesiges Glühwürmchen, das brennt und das ganze Land erhellt. Ein einziges Glühwürmchen, das brennt und brennt, ohne daß sein Feuer erstirbt wie das Feuer, das deine Mutter immer im Herd entfacht.

Du erwachst weinend. Deine Mutter hält dich in ihren Armen, und du hast noch immer das Glühwürmchen vor Augen. Deine Mutter fragt dich, was du gesehen hast, und du murmelst ihr unverständliche Worte. Sie wickelt dich in das alte Laken ein, das nach deinem Urin vieler vergangener Tage riecht. Du bist dankbar dafür, daß deine Mutter dich vor dem Ertrinken im Fluß der Glühwürmchen bewahrt hat, der sich mit den Winden am Himmel verströmt.

»Wenn du von den Glühwürmchen träumst, dann versuch im Traum nicht, sie zu fangen«, warnt dich deine Mutter am nächsten Morgen. »Versuch auf keinen Fall, sie zu fangen. Verstanden? Sie sind ein böses Zeichen«, rät sie dir, und ihre Stimme klingt nicht so hart wie sonst. Sie will dir begreiflich machen, daß man mit Träumen sorgsam umgehen muß. Träume. Mucha, ein Traum, ein Glühwürmchen, das die Familie erdrückt. So träumst du.

Nach weiteren Unterredungen mit dem LDO will dein Vater nicht mehr Kuhmist und Erde vom Termitenhügel zum Düngen seiner Felder verwenden. Das Leben ändert sich, behauptet er. Das Leben muß sich ändern. Ein neues Jahr sitzt auch nicht an derselben Stelle wie das alte. Wer wartet, bis die mageren Kühe und die wutschnaubenden Ochsen ein bißchen Mist fallengelassen haben, bevor er sein Feld düngt, der überläßt zuviel dem Zufall. Er lacht.

Bald darauf, am Anfang der Regenzeit, rattert ein Maschinenungeheuer den Hügel zu eurem Gehöft herauf. Wie der Regenvogel, der auch immer wiederkehrt, wenn die Regenzeit beginnt. Das riesige Ungeheuer zieht einen verführerischen Geruch hinter sich her, eine seltsame Mischung aus Staub und Benzin, an die du nicht gewöhnt bist. Zusammen mit den anderen Kindern rennst du hinter dem Ungeheuer her, folgst dem Pfad, den es mit seinen mächtigen Hufen dort getreten hat, wo du sonst immer spielst. Im Sand, im Staub. Du rennst hinter dem Ungeheuer her und läßt die Rinder Rinder sein, rufst und singst neue Lieder: Fahrer, warte auf mich, wir wollen unsere Sorgen mit dir besprechen. Warte auf mich, Fahrer, laß mich nicht allein im Wald zurück, warte auf mich und sing mit mir die Lieder, die deine Maschine singt. Du rennst, bist müde, hast aber nicht das Gefühl, müde zu sein. Du kämpfst dich weiter, wie das alle kleinen Männer tun. Männer, die sich eines Tages dichte Bärte stehen lassen. Die Rinder fallen inzwischen vielleicht in die Felder eines bösen Nachbarn ein, doch du bist sicher, daß der Besitzer der Felder selbst auf einem Termitenhügel steht und das Ungeheuer von einer Maschine beobachtet, wie es sich donnernd und dröhnend den Weg zum Gehöft deines Vaters bahnt und eine Fahne aus dunklem Rauch und braunem Staub hinter sich schwenkt. Wer würde nicht gespannt zuschauen, wenn ein solches Ungetüm auf einem Hof ankäme, der neben dem eigenen liegt? Wer hätte nicht das Gefühl, es krieche durch das eigene Blut, wenn es sich wie eine riesige Schlange an Termitenhügeln, Bäumen und Felsen vorbeiwindet?

Jeder läßt liegen, was er gerade tut, und rennt los, um bei dem Ereignis dabei zu sein, um zu begrüßen, wer immer die Maschine bewegt, die größer ist als das größte Haus im Dorf. Die große Maschine läßt sich nicht im geringsten mit dem Eselskarren vergleichen, mit dem du den Kuhmist aus dem Pferch auf die Felder gebracht hast. Nein. Unmöglich. Der Karren ist eine Ameise und die Maschine ein riesiger Berg, der Rauch ausstößt wie der heilige Berg, den niemand besteigen darf mit Ausnahme des weißen Mannes, der die heiligen Stätten deines Volkes nicht achtet.

Die riesige Maschine bringt Ladung um Ladung der Düngemittel des Weißen, sämtlich verpackt in gelb-weißen Plastiksäcken, die so schwer sind, daß kleine Mädchen oder Jungen sie nicht heben können. Starke Männer werden herbeigerufen, und während sie den neuen Dünger abladen, feiern sie mit Liedern ihre Arbeit und ihr Leben.

Es dauert nicht lange, und die Frauen, eure Mütter, fallen mit Freudentrillern ein. Sie wissen zwar nicht genau, was die riesige Maschine bringt, es ist jedenfalls kein Landrover der Polizei, dessen Erscheinen immer Verhaftungen zur Folge hat, weil die Hunde oder die Rinder oder die Männer ihre Steuern nicht bezahlt haben. Jeder weiß, daß, wann immer ein Landrover der Polizei am Dorf vorbeifährt, irgendwo eine unglückliche Frau zurückbleibt und im Wagen ein Mann in Ketten weint. Jeder weiß das, Mann, Frau, Kind oder Hund. Die Frauen sind sich dessen sicher. Deshalb jubeln sie mit ihren Trillern und tanzen Schritte des Willkommens, wer da auch immer kommen mag. Vielleicht wissen sie auch, was das Ungeheuer bringt. Das blaue Ungeheuer, das brüllt und schlingert wie ein alter Mann, dessen bloße Füße über das ganze Land gezogen sind, bevor sie ihr letztes Ziel erreichen.

Später erst erzählt dein Vater allen von der Macht, die der Dünger des weißen Mannes hat. Vom Zauber, der bewirkt, daß die Länder des Weißen immer grünen.

Überwältigt vom Geruch, der dem Bauch der riesigen Maschine entsteigt, singen und tanzen die Kinder:

»Muroora, ukatenga Rexona
Muroora, unogeza mangwanani.«

»Schwiegertochter, kauf Rexona,
wasch dich am Morgen!
Schwiegertochter, kauf Rexona,
wasch dich am Morgen.«

Oder die kleinen Sänger und Sängerinnen spotten in ihrem Lied: »Oh, deine Mutter ist zu arm, dann kauf doch Lifeboy, das riecht auch ganz gut.«

Oder sie necken anstelle ihrer Mütter die Schwiegertöchter, indem sie sie auffordern, in ihren Liedern die Schwiegermütter zu verspotten. Oder sie rufen alle Kinder beim Namen, um ihnen den Weg nach Hause zu weisen, wo sich der Vater befindet, der nachprüft, ob in der Herde Kühe oder Bullen fehlen, bevor er dir eins mit der Peitsche überzieht, wenn du ihm ein solches Unglück beichten mußt. Manchmal sagst du auch nein, obwohl du genau weißt, daß eine oder zwei gierige Kühe seit dem Mittag fehlen. Du willst erreichen, daß dein Vater die Herde zählt, damit du genauso überrascht tun kannst wie er. Dann denkt er zwar, du hast nicht aufgepaßt und einen schweren Fehler begangen, doch seine Wut fällt vielleicht nicht ganz so verheerend aus, als wenn er von vornherein weiß, welch schlimmer Verfehlung du dich schuldig gemacht hast.

* * *

»Laß die Rinder morgen hier in der Nähe weiden, in der Nähe des Gehöfts«, hörst du deinen Vater sagen, nachdem er seit mehreren Aussaaten schon den Dünger des weißen Mannes verwendet hat. Heute hat er sich ganz besonders um die Rinder gekümmert. Er ist in den Rinderpferch gegangen, hat die Kühe und Bullen getätschelt, die er am liebsten mag, hat mit den abgeschabten Hörnern des weißgefleckten Bullen gespielt, hat ihn geneckt, so lange am Schwanz gezogen, bis er ihn anzugreifen drohte mit seinen Hörnern, die ihr, die Hütejungen, heimlich angespitzt habt, damit der Bulle aus eurer Herde euch keine Schande bereitet, wenn er mit anderen Bullen aus dem Dorf kämpft. Du siehst dem Vater zu und fragst dich, was das alles zu bedeuten hat. Am Morgen ruft Mutter dich, gerade als du die Rinder forttreiben willst. Du gehst zu ihrem Haus, weil du glaubst, daß sie vergessen hat, dir ein paar Reste vom Essen des gestrigen Abends einzupacken. Als du zu ihr kommst, ist sie damit beschäftigt, die Hauswände zu bemalen, sie mit den farbenfrohen Erden zu verzieren, die dem Auge so angenehm sind.

»Probier das mal an«, sagt sie und gibt dir neue Khakihosen und ein Hemd.

Dein Herz pocht heftig vor Freude über den Geruch der neuen Sachen auf deinem Körper. Der Geruch ist hinreißend. Auch die leuchtenden Farben der neuen Kleidungsstücke gefallen dir. Wirklich wichtige Persönlichkeiten wie Polizisten zum Beispiel tragen so etwas auch. Nur deine zitternden Finger spielen dir einen Streich, denn sonst hätten Hemd und Hose schon längst ihren Platz auf deinem Körper gefunden. Als du sie endlich angezogen hast, schaust du an dir herunter, um zu sehen, wie sie passen. Einen Spiegel, in dem du dich betrachten könntest, hast du nicht. Dein Spiegel ist deine Mutter, die dir alles sagt.

»Das Hemd ist etwas zu groß. Kümmere dich nicht drum, du wächst rein«, meint sie und schickt dich deines Wegs. »Wenn wichtige Besucher kommen, geh nicht zu nah an sie ran. Man kann nie wissen, ob der Weiße Kinder mag. Niemals ist er mit Kindern gesehen worden. Also halt dich von ihm fern«, hörst du Mutter dich mahnen. Genau wie sie dich immer warnt, dich von den Höhlen fernzuhalten, in denen Mambas und Kobras ihre Pfuhle haben.

Dir kommt es eigenartig vor, daß du in neuen Sachen zum Rinderhüten gehen sollst. Fragen wirbeln dir durch den Kopf und bringen dich völlig durcheinander.

Bevor noch die Sonne senkrecht über dir steht, treffen bei dir zu Hause Leute ein. Frauen. Kinder. Männer in langen Hosen und Mänteln. Alle kommen. Du kannst auch deinen Vater sehen. Er ist in den schweren dunklen Anzug gekleidet, den er nicht allzuoft trägt. Er steht da, und jeder will neben ihm stehen. Chiefs mit halbmondförmigen Orden, die ihnen um den Hals baumeln, landwirtschaftliche Berater mit ihren Fahrrädern, Wandersleute in abgerissenen Lumpen. Alle sind sie da.

Auch die Rinder benehmen sich heute ordentlich. Die meiste Zeit befolgen sie deine Anweisungen. Also packst du die Gelegenheit beim Schopfe, um hinter dem Termitenhügel zu verschwinden und dich zu erleichtern. Während du noch in deinen Sachen da sitzt, rufen die anderen Hütejungen dir zu, daß du dich beeilen sollst. Sie rufen und lachen, als wollten sie dich warnen, daß eine Frau sich von der anderen Seite her dem Termitenhügel nähert.

Eilig willst du das Geschäft beenden, das dich hinter dem Termitenhügel verschwinden ließ, aber dein Körper weigert sich. Drüben, auf der nahen Straße am Fluß, kommt ein Strom Autos angebraust. Du erschrickst und springst schnell hoch, um dich wieder den anderen Hütejungen anzuschließen. Dabei vergißt du, dich mit dem Bündel Blätter zu reinigen, das du in der Hand hältst.

»Vater sagt, du sollst die Rinder in den Pferch treiben«, ordnet eine Stimme an.

Alle sind jetzt hier versammelt, im Gehöft. Der LDO, der District Commissioner, der landwirtschaftliche Supervisor, der den LDO immer begleitet, die Chiefs, die Jumben, die alles Mögliche anhaben, von aufsässigen Hüfttüchern und Rinderhäuten bis zu zerschlissenen, viel zu großen Hosen, ein Geschenk ihrer Söhne, die irgendwo in einer Fabrik oder einem Bergwerk arbeiten. Alle sind sie hier, schreiten über den Hof, mit Schuhen oder ohne, werfen einen Blick auf die Häuser, die deine Mütter mit vielerlei Farben verziert haben. Sie sind hier und bewundern die Rinder, fassen sie an, spüren die Wärme ihres Fells, berühren ihre Nasen, als wollten sie sie verunsichern.

Nkosi, der District Commissioner, sagt ein paar Worte, die jeder versteht. Er spricht über die Treue zur Obrigkeit, über Folgsamkeit und gute landwirtschaftliche Arbeit, über die pünktliche Bezahlung der Kopfsteuer und der für Rinder. Dann ist der LDO an der Reihe. Auch er spricht lange über gute landwirtschaftliche Arbeit, die Abkehr von den alten Pfaden und das Beschreiten neuer Wege. Das Aufgeben alter Feldfrüchte und die Hinwendung zu neuen. Das Verkaufen der Rinder mit den langen Hörnern und das Anschaffen guter Tiere, die ein stolzer Anblick sind. Ein guter Bauer muß für den Bauch der Geldbörse arbeiten und nicht nur für den eigenen Bauch.

So spricht er, über den Mittler der Worte. Die Leute applaudieren, klatschen in die Hände und tanzen zur Musik des Chors, der in seiner Ungeduld laut zu singen anfängt. Ein neuer Mond, eine neue Sonne sind aufgegangen. Nur ein Narr schließt die Augen, wenn die Sonne aufgeht. Nur ein Narr läßt sich führen auf einem Pfad, den er mit eigenen Augen sehen kann.

Als die beiden weißen Männer zum Rinderpferch hinübergehen, stellst du fest, daß die Haut des DCs rauh ist und widerspenstig aussieht, abgenutzt durch die Pflicht, andauernd hinter Männern und Hunden herrennen zu müssen, um für den Native Commissioner die Steuern aus ihnen herauszupressen. Das Gesicht des LDOs aber ist glatt wie bei einem Säugling. Wie Wasser aus einer Springquelle fließen die Worte zwischen seinen rissigen Lippen hervor, sacht und frisch. Sie klingen gar nicht wütend wie bei seinem Freund, dem DC.

Immer, wenn der LDO deinem Vater etwas zuflüstert, drängen sich die Ältesten dichter an die beiden heran, damit ihnen ja kein Wort aus dem Mund des LDOs entgeht. Der hat sich geweigert, ihnen die Hände zu schütteln, hat sogar die ausgestreckte Hand des Chiefs übersehen. Als sie aber beim Rinderpferch ankommen, geht der LDO hinein, dicht an die Rinder heran, streichelt die kleinen Hörner der Bullen und Kühe und tätschelt die Kühe auf den Hintern, als seien sie Kinder. Ganz wie ein Mann, der seine Freunde begrüßt. Dein Vater ruft dir leise zu, die anderen Rinder näher an den LDO heranzutreiben, damit der *Nkosi* nicht durch den ganzen, mit Kuhfladen übersäten Pferch stapfen muß. Der frische Kuhmist dampft grün vor sich hin, und du befürchtest, daß die sauberen braunen Schuhe des LDOs schon bald mit Kuhmist beschmiert sein könnten. Noch schlimmer aber wird es, als der LDO mit bloßen Fingern in den frischen Kuhmist greift, ihn hochhebt und verkündet, wie schädlich das Gras hier für die gesunden Rinder sei. Der DC, die Chiefs, die Jumben, alle blicken sie verwundert um sich: ein weißer Mann, der vor aller Augen mit bloßen Händen in den Kuhmist greift?

»Du bist ein Küken, dem Flugfedern gewachsen sind«, spricht der Chief zu deinem Vater, als die Weißen davongefahren sind. »Wenn du nicht fliegst, dann ist das deine eigene Schuld.« Ein Küken im eigenen Federkleid. Du fragst dich im stillen, wer denn die großen Vögel sind, wenn dein Vater, hoch gewachsen, wie er ist, nur ein Küken ist.

Während das Gesicht deines Vaters vor Stolz über das neue *Master Farmer's Certificate* strahlt, das die beiden weißen Männer ihm überreicht haben, brennt in deinem Herzen das Verlangen, mit deiner Mutter zu reden.

»Mutter, ist Vater ein Küken?« willst du wissen, bevor du einschläfst.

»Ich hab dir doch gesagt, du sollst die Glühwürmchen in deinem Traum nicht jagen. Solche Träume treiben dich in den Wahnsinn. Laß die Küken und Glühwürmchen in Ruhe«, ermahnt sie dich streng.

Die Nacht naht mit Gesang und Tanz. Die Chöre aus den umliegenden Dörfern singen Spottlieder. Man singt und tanzt, bis die Nacht sich erschöpft. Staub wird aufgewirbelt, der District Commissioner verflucht, der Native Commissioner ebenso. Man rät ihnen, zu verschwinden und erst bei ihren leiblichen Müttern Steuern einzutreiben, bevor sie hierher kommen. Zeig uns die Steuern, die dein Hund bezahlt hat, bevor du unsere haben willst. Zeig uns deine Steuern, bevor du uns beleidigst. Bringer der schlechten Luft, woher kommst du? Verschlinger der

Leber der Leute, woher kommst du? Sie singen. Ohne sich darum zu kümmern, daß Spitzel in der Menge sein könnten. Die Augen und Ohren des DCs. Eigentlich sind sie überall, verbergen sich in der Menge, schnüffeln herum, suchen nach den Leuten, deretwegen sie am nächsten Morgen wiederkommen, weil sie sie in Ketten fortbringen wollen.

In dieser Nacht kannst du kaum einschlafen. Kein Wunder bei all den Liedern über den District Commissioner, die dich zum Lachen bringen, über Verliebte, die einander den Laufpaß gegeben haben, über die Gier eines Mannes, der nur dann kocht, wenn er ein Hähnchen geschlachtet hat, über den Faulen, der nicht arbeitet und nur darauf wartet, irgendwo etwas erbetteln zu können. Lieder über Lehrer, die ihre Schülerinnen schwängern. Lieder über alles und jeden im Dorf, außerhalb des Dorfes. Lieder über alles. Das Sagbare und das Unsagbare.

Der Schlaf flieht dich mit den Echos der Lieder, die die Chöre singen. Hoch oben im Nachthimmel der Träume fällt der Vogelschwarm ins Firmament ein wie ein Schwarm Heuschrecken, bedeckt es mit unzähligen dunklen Schwingen, strahlend leuchtenden Schwingen, glanzlosen Schwingen. Adler, Falken, Sekretärsvögel, Störche, *Ngauzani ngauzani* und *Nhengure*, der Feind der Eule, alle Vögel des Landes versammeln sich da oben am Firmament. Dein Vater ist auch ein Vogel und fliegt mit den anderen davon. Er schlägt die Flügel, kreist am Himmel, steigt höher und höher hinauf, bis er nur noch ein kleiner Punkt ist, der sich weiter und weiter entfernt und von den dunklen Wolken verschlungen wird. Du rufst ihm hinterher, daß er zurückkommen soll, zu dir zurückkommen soll, dich nicht allein lassen soll. Doch vergeblich. Er fliegt davon, folgt dem Sekretärsvogel, der sein unheilverkündendes Lied ausspeit. Du bleibst hilflos zurück. Leise quellen dir die Tränen aus den Augen. Und die Vögel tanzen weiter durch die Luft, schrauben sich höher und höher hinauf. Du hörst, wie du Klagerufe ausstößt, als sei im Dorf jemand gestorben.

»Wach auf, du!« Die Stimme deiner Mutter läßt dich hochschrecken. Sie ist betrübt wegen deiner Träume von Küken und Glühwürmchen. Sie weint und schließt dich fest in die Arme. Die Wärme ihres Körpers sagt dir, daß sie sich jedesmal Sorgen macht, wenn du im Traum weinst.

Träume und der wehende Wind. Du erinnerst dich an den Tag, an dem du einem Höckerschnabel gefolgt bist, den der Wind von Baum zu Baum trug, von Berg zu Hügel, von Tal zu Tal. Du bist ihm gefolgt, den Stein in der Schlinge deines Katapults, hast ihn immer wieder verfehlt, nur seine Federn gestreift und geglaubt, du könntest ihn zur Strecke bringen, bist weit gelaufen, um die Stelle zu finden, wo der Vogel sich niedergelassen hatte. Du bist durch Unterholz gekrochen, hast mit dem Katapult gezielt, um ihn an seinem weißen Bauch zu treffen. Wieder hast du ihn verfehlt. Diesmal hattest du das Gefühl, als hättest du es fast geschafft. Dein Blut kocht, weil du ihn so knapp verfehlt hast. Du bist wild entschlossen. Du marschierst den ganzen Weg durch das Tal, über den Hügel, über noch einen Hügel, folgst einem Vogel, den der Wind davonträgt. Bevor du weißt, was geschieht, wird es bereits dunkel. Du findest den Weg nach Hause nicht mehr. Es ist dunkel, und schon weisen die Glühwürmchen dir einen schmalen Pfad ins Nichts. Dein Herz sagt dir, daß du dich verlaufen hast.

Als du in dunkler Nacht zu Hause ankommst, sieht deine Mutter dich mit Augen an, in denen du liest, daß sie sich nicht erklären kann, wie du geboren werden konntest. Ihr Gesicht verflucht ihren Schoß und jedes Glied deines Körpers. Du erzählst ihr die Geschichte von dem Höckerschnabel, den du ihr zum Abendessen nach Hause bringen wolltest. Du erzählst ihr, daß du den Vogel verwundet und deshalb geglaubt hast, er würde irgendwann vom Himmel fallen. Sie hört dir nicht zu. Sie sieht dich bloß an, eine Träumerin, die sich in ihren kleinen Träumen verloren hat. Wie dein Vater, den der Wind fortgetragen hat. Mann und Höckerschnabel, ohne Ziel davongetragen vom Wind.

1963
Der Schoß

Du fragst dich, wo dein Vater die ganzen Wochen über gewesen sein mag. Dir hat niemand etwas gesagt. Du weißt nur, daß er nicht da ist. Er ist einfach verschwunden. Eines Tages aber taucht er wieder auf. Am frühen Morgen. Mit einer kleinen braunen Tasche. Alle begrüßen ihn. Fragen, wie es ihm auf der Zugfahrt ergangen sei, ob die Reise angenehm gewesen sei, ob er gefunden habe, was er suchte, ob es über das fremde Land, in das er gereist sei, etwas Interessantes zu berichten gebe. Alle haben sie sich versammelt und lauschen den unglaublichen Geschichten, die er mitgebracht hat. Alle. Frauen und Kinder und erwachsene Männer, die sich für gewöhnlich keine Märchen mehr erzählen lassen. Sie alle drängen sich um das lodernde Feuer im Freien, an dem er sich sonst als Dorfoberhaupt mit den Fällen derer befaßt, die zu ihm kommen, um über die Raine ihrer Ackerflächen zu streiten, über gestohlene Ziegen und auch über abtrünnige Frauen oder Männer.

Stell dir vor, wie Wälder und Tiere neben den Männern und Frauen sitzen, die über die Geschicke des Landes beraten. Wie Löwen zu den Behausungen der Menschen kommen und sich niedersetzen, den nächtlichen Gesprächen lauschen und den Männern, Frauen und Kindern ihre Geschichten erzählen. Freunde werden den Hunden und den Kindern. Die Menschen singen die Lieder der Löwen, und brüllend antworten die Löwen ihnen, ahmen die Lieder der Menschen nach, danken allen für das friedliche Zusammenleben. Daß man sich die Wälder teilt, das Wasser, die Nahrung. Die Kinder erheben sich, den Löwen die Mähnen zu strähnen, die Zähne zu bürsten, spielen mit ihren Schwänzen. So, wie du das aus Märchen kennst.

Das Land dort ist fruchtbar, spricht Vater in die Nacht hinein. Land, und darauf Gras. So hoch gewachsen wie die größten Männer hier im Dorf. Die ganze Nacht erzählt Vater von den betörenden Liedern der Vögel im neuen Land. Vögel, deren Lieder niemand bisher gehört hat. Lieder, die sich für die, die Ohren haben zu hören, in Geschichten verwandeln. Auch Adler und Geier bevölkern den Himmel, kreisen hoch oben am Firmament, beäugen das Land unter sich wie eine Landkarte, erkennen jedes einzelne Sandkorn an seinem Platz, warnen die kleinen Mäuse im Busch, bevor sie herabstürzen, um sie mit ihren scharfen Krallen zu fangen. Geier, Geier, warne mich, wenn ein Büffel mir zu nahe kommt. So singen die Kinder in der Nacht.

Es ist ein seltsames Land, erzählt er und ringt um Atem. Der Honigvogel führt dich dahin, wo es Honig gibt, wenn du die Gesetze des Landes von Gotami befolgst. Doch wenn du Gotami mißachtest und die Erde seines Volkes schändest, nur weil es scheinbar rückständig ist, wenn du ihre Bäume und Berge beleidigst und ihre Tiere, dann wird der Honigvogel zornig und führt dich zu einer Höhle, in der die wütende schwarze Mamba mit ihren Giftzähnen auf dich wartet. Mit Zähnen so spitz wie Dornen. Der Honigvogel kennt die Gesetze der Schreine im Land Gotamis, das weit entfernt liegt, in der Nachbarschaft des Landes der Tonga, nahe den Wassern des Sambesi, von dem man sich erzählt, daß die Tonga-Fischer dort Fische von der Größe ausgewachsener Menschen fangen. Wenn ihr wissen wollt, wie seltsam es im

Land Gotamis zugeht, wie bezaubernd es ist, dann befragt die, die schon seit vielen Jahren dort leben. Sie wissen, wie sie sich zu benehmen haben, wie sie die Ahnen von Gotami, ihrem bescheidenen Oberhaupt, ansprechen müssen.

Ein traurige Geschichte erzählt davon, wie das Volk Gotamis aus seinem Land vertrieben wurde. Eines Tages erschien der weiße Mann beim Chief. Er fuhr mit seinem Land Rover durch den dichten, finsteren Wald. Er wußte genau, was er wollte. Er kam zu Gotami und sprach zu ihm: »Das Land gehört euch nicht länger. Nächste Woche, wenn der Mond am Himmel steht, müssen du und deine Leute hinter die rauchblauen Hügel dort in der Ferne ziehen. Ich weiß, daß du mir mit den Gräbern deiner Vorfahren und ihren Schreinen kommen wirst. Im neuen Land könnt ihr euch neue Schreine errichten. Ihr dürft auch die Gebeine eurer Vorfahren mitnehmen und dort neu bestatten. Das ist alles. Mehr habe ich euch nicht mitzuteilen. Wenn jemand auf Ärger, Gefängnis und Ketten aus ist, dann soll er zu mir ins Büro kommen und es mir sagen.«

Als der Weiße verschwunden war, nahmen die anerkanntesten Heilkundigen etwas Staub aus seinen Fußspuren. Sie wollten erreichen, daß der weiße Mann am nächsten Tag wiederkäme und ihnen sagte, alles sei nur ein Scherz gewesen. Oder ihnen sagte, er hätte alles nur geträumt, weil ihm ein Rausch die Sinne vernebelt hatte. Wie könnten sie wohl aus dem Land fortziehen, das sie von ihren Vorfahren erhalten hatten, denen es die Vorfahren ihrer Vorfahren übergeben hatten? Die Heilkundigen befaßten sich mit dem Staub aus den Fußstapfen des weißen Mannes, sangen ihren Vorfahren Lieder, flehten andere Heilkundige an, zu ihnen zu stoßen und das Land, ihr Land, zu retten. Die Schreine, die Gräber der Vorfahren, die Erde, in deren Schoß die Nabelschnüre der Toten wie der Lebenden begraben lagen.

Der neue Mond aber brachte den weißen Mann zurück. Diesmal kam er mit Gewehren und eisernen Ketten für all diejenigen, die es wagten, das Volk gegen die Macht des weißen Mannes aufzuwiegeln.

Gotamis Volk scheute das Blutvergießen. Schon zu der Zeit, da die Krieger der Ndebele aus dem Land des Sonnenuntergangs sie überfallen und ihnen die Frauen und das Korn in den Scheuern genommen hatten wie auch alles andere, das ihnen gefiel, schon zu der Zeit hatten sich die Menschen von Gotami gescheut, Blut zu vergießen. Gotami selbst hatte aus den alten Schreinen heraus seine Stimme erhoben: »Laßt ihnen, was immer sie haben wollen, so lange sie euch nicht das Land nehmen.«

Kurz darauf hatten die Heilkundigen des Volkes von Gotami einen Traum. Eines Morgens erwachten sie, füllten riesige Töpfe mit Erdnüssen und ließen sie auf einer Kochstelle zurück. In der Kochstelle aber, unter den Töpfen, loderte kein Feuer. Als die Krieger der Ndebele zu der Herdstelle kamen, fanden sie heiße Töpfe vor, die unter dichten Dunstschwaden vor sich hin dampften und köchelten. Bei den wunderlichen Töpfen entdeckten sie niemanden. Die Büsche ringsum waren still. Weder Vogel noch Eidechse oder Ameise waren zu sehen. Die Stille des Todes. Die Stille des Augenblicks, bevor der Stein aus der Schlinge des Katapults den Kopf des Vogels trifft, der ahnungslos auf einem Ast sitzt. Das Schweigen.

Die hungrigen Krieger erblickten die beiden riesigen Töpfe, in denen es kochte und brodelte, ohne daß ein Feuer darunter brannte. Sie waren überrascht. Sie schauten erst die Töpfe an und dann einander. Sie waren verwirrt. Was war das? Was bedeutete das? Ein böses Omen? Der Anführer blieb stehen. Fest schloß sich seine Hand um die Speere, als er seinen Kriegern zurief: »Laßt das stehen. Wir dürfen nicht davon essen. Wir haben es mit Hexenmeistern zu tun.«

Einer der Krieger aber mochte das nicht hinnehmen. In seinem Blut kochte die Wut unzähliger Kriege, in denen er gefochten hatte. Eilig erhob er sich und bat ums Wort. Wem die Zunge juckt, der soll reden dürfen. Der *Induna*, ihr Anführer, meinte, der Mann müsse aussprechen dürfen, was ihm auf der Zunge brenne.

»Es handelt sich um Hexerei«, donnerte der Kämpfer los. »Und Hexerei müssen wir vertilgen, wo immer wir ihr begegnen. Wenn sie über so mächtige Zaubermittel gebieten, dann hätten sie uns längst aufhalten können, bevor wir noch die Heimat Mzilikazis verlassen hatten. Wir essen das auf und warten ab, was geschieht. Die Leute von Gotami sind Feiglinge. Seht, sie verstecken sich in Höhlen, drängen sich ängstlich aneinander. Männer, Frauen und Kinder. Glauben, daß die Krieger Mzilikazis sich vor kochenden Töpfen voller Erdnüsse fürchten. Essen wir alles auf, damit die Trunkenbolde hier keine Lieder über unsere Feigheit singen können. Stellt euch vor – unsere Namen auf den spitzen Zungen des Volkes von Gotami, wie sie singen und tanzen, uns in Lied und Tanz verhöhnen, uns beleidigen als Krieger, die vor Kochtöpfen davongelaufen sind: die, die den ganzen Weg aus dem Land des Sonnenuntergangs gekommen sind, ergreifen die Flucht vor zwei kleinen Töpfen. Wir sind Krieger. Wir besiegen die Menschen und ihre Zaubermittel. Das ist meine Meinung.«

Und der Mann setzte sich, die schweißbeperlte Stirn in Falten, wütend bis ins Mark hinein.

Alle stimmten ihm zu. Die Krieger waren jetzt wütend. Ohne die Befehle des *Induna* abzuwarten, griffen sie sich bergeweise Erdnüsse und schmatzten unbekümmert drauflos. Dazu sangen sie die Lieder der Kriege, die sie ausgefochten hatten. Sie aßen den ganzen Vormittag, den ganzen Nachmittag, aßen, bis sich die Dunkelheit auf sie senkte. Doch sie konnten nicht aufhören. Sie aßen und aßen und aßen. Je mehr sie aßen, desto mehr füllten sich die beiden riesigen Töpfe.

Als die Nacht hereinbrach, waren sie so satt, daß sie nicht mehr laufen konnten. Sie lagen auf dem nackten Boden und dösten vor sich hin wie Kinder, die zuviel gegessen haben. In den Höhlen, in denen sie versteckt lagen wie totes Holz, vernahmen die Menschen von Gotami das Echo ihres Schnarchens.

Am nächsten Morgen waren alle Krieger tot. Nicht einer kehrte zurück, um die Geschichte der Krieger Mzilikazis zu erzählen, die in den Wäldern Gotamis den Tod gefunden hatten. Allesamt waren sie von zwei Töpfen mit Zauberkraft ausgelöscht worden.

Also wies der Chief seine Leute an, nicht gegen den Weißen vorzugehen. Die Heilkundigen würden herausfinden, was zu tun sei. Zauberkräftige Tränke und Gegengifte wurden gebraut. Die Zungen der Eidechsen und die Enden der Schlangen, unbekannte Pflanzen und Brocken glitzernden Steins, Preisgesänge und Anrufungen der Götter – all das mischten sie in einem Topf und stellten ihn hin, den weißen Mann in Versuchung zu führen. Sollte er es wagen, den Topf zu berühren, dann würde ihm der Kopf zu solcher Größe schwellen, daß er vor Ort, im Lande Gotamis, zusammenbräche und die Bewohner des Landes fortan in Ruhe ließe, damit sie im Land ihrer Vorfahren weiterhin ihr friedvolles Leben führen könnten.

Eines frühen Morgens aber kam der Weiße wieder mit Bulldozern und bewaffneten Männern und befahl ihnen zu verschwinden. Das ganze Land wurde zerstört. Nur die Stimme des Chiefs war noch zu hören. Mit harten Worten haderte er mit den Vorfahren, forderte zu wissen, welche Sünde sie begangen hatten, die es dem weißen Mann erlaubte, sie in Tiere zu verwandeln, in Ratten und Mäuse, kleine Nager, die sich nicht zur Wehr setzen konnten.

So geschah es, daß das Volk Gotamis aus diesem Landstrich vertrieben wurde. Dort, in jener Gegend, baden Vögel, Affen, Kudus und die mächtigen Elefanten zusammen mit den Menschen in ein und demselben Fluß. Sie lauschen einander bei jeder Unterhaltung. Die Hügel dort verschlingen jeden, der sorglos mit Worten, mit Sprache umgeht. Der so unachtsam ist, die Eigentümer des Landes zu beleidigen.

Es ist ein Land des Wohlstands. Der Boden ist fruchtbar. Dunkle, lehmige Erde. Trächtig. Wenn du heute ein Saatkorn einbringst, sprießt zwei Tage später ein Setzling durch die Erde, bricht sich energisch seine Bahn. Sagt dir, daß nunmehr die Zeit sei, sowohl den eigenen Bauch zu füllen als auch den Bauch des Geldbeutels. Und nur denjenigen ist ein Anteil an Wohlstand und Reichtum beschieden, die die Schreine des Landes achten. Denjenigen, die auf ihre Worte achten, die die Gesetze des Landes und der Schreine einhalten. Der Boden füttert den Bauch, und der Bauch füttert die Börse. So hat es der LDO gesagt.

Und auf die Leute, die den zornigen Schreinen keine Achtung entgegenbringen, warten Krankheit und Tod.

Einstmals fand ein Mann im Lande Gotamis sein ganzes Feld von unbekannter Hand abgeerntet. Der Mann hatte an einem geheiligten Tag auf dem Feld gearbeitet. Die Herrscher des Landes hatten ihn gewarnt: »Wir haben keinerlei Streit mit dir. Wir liegen mit dem weißen Mann im Streit, der das Land unseren Händen entrissen hat. Du mußt nur unsere Gesetze befolgen. Arbeite an allen Tagen außer dem jeweils vierten. Dieser Tag ist unser, damit wir unsere Ahnen und ihre Schreine ehren können.«

»An diesem Tage ruhe aus und gedenke meiner«, hatte Gotami ihm gesagt.

Mann und Frau aber verständigten sich flüsternd darüber, wie dumm das Volk von Gotami sei: »Wir gehören zur Kirche Gottes.«

Sie beschlossen, an dem bewußten Tag zu arbeiten und abzuwarten, was geschehen würde. Wer oder was sollte mächtig genug sein, die Macht ihres Gottes und des Heiligen Geistes zu bezwingen? Sie lachten, während sie ihr Abendessen kochten und die Schlafmatten auf dem nackten Fußboden auf sie warteten.

Am folgenden Morgen, der geheiligt war für alle, deren Fuß auf dem Lande Gotamis stand, arbeiteten der Mann und seine Frau den ganzen Tag auf ihrem Feld. Von Sonnenaufgang bis Sonnenuntergang. Dabei sangen sie heilige Hymnen von Christus, dem Bezwinger alles Bösen, von Christus, dem Licht in aller Finsternis. Und während sie sangen, ernteten sie. Unser Schweiß ist unser Leben, so dachten sie sich. Sie arbeiteten und sprachen dabei über die heiligen Worte aus dem Buch Jesu Christi, dem heiligen Sohn Gottes. Sie betonten, wie gut Gott es mit ihnen gemeint hatte, als er ihnen ein neues Leben schenkte, weit entfernt von den Menschen, die sie nicht leiden konnten und ihnen und ihren Kindern mit Zaubersprüchen das Leben schwer machten.

Dann waren sie müde. Die Glieder wurden steif vor Erschöpfung. Sie gingen nach Hause und starrten in den Rauch, der von ihrer Feuerstelle aufstieg, sahen zu, wie er ihre Träume ans Ende der Welt und in den Himmel trug.

Als am nächsten Morgen die Sonne aufging, war das Maisfeld vollständig abgeerntet. In sauberen Haufen waren die Maiskolben übereinandergeschichtet, als hätte eine Kolonne die ganze Nacht gearbeitet. Als die beiden das sahen, rannten sie wie besessen los und riefen alle Nachbarn zusammen, damit sie ihnen halfen, ihren Augen zu trauen. Der Fluch ihres Lebens, eine Beleidigung seitens der Ahnen des Landes. Und genau in diesem Augenblick war die Stimme eines Ältesten zu vernehmen, der sie warnte, am geheiligten Tag Gotamis zu arbeiten. Sie sollten die Gesetze Gotamis achten, denn die waren weder streng noch schlecht. Und besaß ihre neue Religion von Christus nicht auch ihre geheiligten Tage und Schreine? fragte die Stimme des Ältesten den Mann und die Frau.

***

So hörten sich die neuen Märchen an, mit denen dein Vater dich betörte. Er vergaß zu erwähnen, daß du aufs neue den Flüssen und Hügeln, deren Namen du nicht kanntest, Namen geben müßtest. Die Obstbäume, die Vögel, die Tiere, die Gräser, du konntest ihre Namen nicht in deinem Gedächtnis finden. Aus den Geschichten deines Vaters ergab sich, daß die Entfernung zwischen dem Land von Gotami und dem Land der Vorfahren nicht sehr groß war. Dem Land des immerwährenden Glücks, dem Land der Wasser des Meeres, in denen Mensch und Fisch einander die Hände reichten und sich gegenseitig nach des anderen Gesundheit erkundigten.

Was dein Vater dir nicht erzählte, war die Geschichte von den Gebeinen der Frau, die ohne Worte in ihrem Mund zur Welt kam.

2. Juli 1970

Die Worte, die ich meinem Vater immer sagen wollte, sie sitzen mir im Herzen und im Hirn. Mit einer Sehnsucht, die den Wunsch, etwas zu benennen, weit übersteigt, drängen sie danach, aus mir hervorzubrechen, sich aus mir zu verströmen wie ein Fluß den Hügel hinab. Ich erkenne sie. Mit männlichem Blut stehen sie in den sandigen Pfad der Missionsschule geschrieben, auf die man mich geschickt hat, damit ich mir Bildung und Religion der Weißen zu eigen mache. Blut und Sand haften aneinander wie ein beharrlich wiederkehrender Traum an einer finsteren Nacht. Es sind die Worte, die jene Frau mit mir geteilt hat. Jene Frau, die nicht mehr ist als ein Traum. Die Geschichtenerzählerin, die so vielen tauben Ohren weibliche Geschichten erzählt. Es sind Geschichten über den Anteil weiblichen Blutes in mir. Blut aus so vielen Geschichten, die Vater vor mir verborgen gehalten hat. Die er einfach übergangen hat.

Wenn ich am Morgen aus schlafloser Nacht erwache, sehe ich die Worte an den blauen Himmel geschrieben, und sie verfolgen mich wie ein Schatten. Ich höre sie, gesprochen von ihrer Stimme. Miriro. Die, auf die alle warten. Die, die noch nicht angekommen ist. Die, die fortging, bevor sie noch angekommen war.

Vater,

Du wirst überrascht sein, daß Du so kurz nach dem letzten Brief, den ich Dir geschrieben habe, schon wieder einen Brief von mir bekommst. Ich muß Dir aber unbe-

dingt ein paar Dinge über mein Leben in den letzten Tagen erzählen.

Die Nacht naht, die Sonne geht unter, und ich bin hier an meinem Schlafplatz, den Du nicht kennst, Dir nur vorstellen kannst, weil Du noch nie hier gewesen bist. Erinnerst Du Dich an Deinen geplanten Besuch bei mir, der dann ausgefallen ist? Meine Freunde reden noch heute davon. Erinnerst Du Dich an das Bett, von dem ich Dir erzählt habe? Ich schlafe jetzt woanders. Der Aufseher hat mir ein neues Bett zugewiesen. Wegen meiner unruhigen Nächte.

Ich will es gerade heraus sagen: Ich hatte wieder den schrecklichen Traum von Deinem Tod. Stell Dir vor, daß ich Dich sterben sehe und hilflos zuschauen muß. Ich habe das nicht nur einmal geträumt. Der Traum kam jede Nacht wieder. Nacht für Nacht war er da. So unmittelbar und wirklich, daß der Aufseher schließlich zu dem Schluß kam, vielleicht hat irgend jemand mir irgend etwas auf mein Bett getan, das mir die Nächte verdirbt.

In dem Traum kommst Du die Straße von den Feldern herauf. Ein Mann auf einem Traktor schließt zu Dir auf und sagt: »Papa, Du kannst doch nicht den ganzen langen Weg zu Fuß laufen. Warum steigst Du nicht auf meinen Traktor, und ich setze Dich zu Hause ab?« Du freust Dich über die Freundlichkeit des jungen Mannes. Du springst auf den Traktor auf, und er fährt mit Dir Richtung Fluß. Du weißt schon, der Fluß, der sich zwischen unseren beiden Feldern hinzieht. Den meine ich.

Am Flußufer redet der Mann auf Dich ein, während er den Traktor steuert. Er achtet nicht auf den Weg. Dadurch verfehlt er die Brücke, und der Traktor gerät außer Kontrolle, benimmt sich wie ein wildes Tier. Er überschlägt sich, und Du wirst schlimm verletzt. Du blutest überall, und Dein Kopf ist kaputt. Dann passiert etwas Eigenartiges: Eine Frau, sie ist taub und stumm, kommt auf euch zu. Sie hat den Unfall beobachtet und sich kein bißchen darum bemüht, euch zu helfen. Jetzt steht sie da und macht noch immer keinerlei Anstalten, euch zu helfen. Ich schreie sie an, versuche sie zu bewegen, Dir zu helfen, aber sie hat keine Lust dazu. Dein Gesicht ist blutverschmiert. Und sie steht da, mit offenen Augen und klarem Blick.

»Ich bin wütend.«

Das war alles, was sie gesagt hat. Und die Leiden ihres Herzens und ihrer Seele sprachen aus ihren Worten.

Wer ist diese taubstumme Frau, die pausenlos meine Nächte stört? Kennst Du sie? Ich wünschte mir, Du würdest sie kennen, dann könntest Du ihr sagen, daß sie mich in Ruhe lassen soll. Manchmal sucht sie mich mitten in der Nacht heim, ergreift Besitz von mir und will mich mit sich nehmen. Ich spreche sie an, und sie beginnt zu weinen. Sie weint bis in die frühen Morgenstunden. Und noch immer will sie mich mitnehmen.

Grüße an alle zu Hause, auch an die Lämmchen, die jetzt jeden Tag zur Welt kommen müßten.

Dein Sohn
Mucha.

Mein Herz brennt vor Verlangen, diesen Brief abzuschicken, und voll unschuldiger Angst werfe ich ihn in den Briefkasten. Ich habe das Gefühl, als würde ich jemandem per Post eine Schlange schicken. In seiner stummen Art sagt mir mein Körper, daß ich mich fürchten muß. Mehrere Tage lang wünsche ich mir, den Brief nie abgeschickt zu haben. Die Angst ergreift vollständig von mir

Besitz. Das Essen kommt mir eklig vor und schmeckt auch so. Auch die Freunde interessieren mich nicht mehr. Wie Kings zum Beispiel, der mit mir immer über Mädchen und Jungen reden will, über den Brief, den mir meine kleine Freundin vor ein paar Tagen geschickt hat, in dem sie mich um ein neues Foto von mir bittet. Dann will er mit mir über meine andere Freundin reden. Ja, über die, die fünf Jahre älter ist als ich und größer auch. Über die mit den Brüsten, die so groß sind und reif wie bei einer Mutter. Über die, die mich einmal, am Tag des Sportfests, zu ihren Eltern in die Stadt mitgenommen hat und vor der ich mich so geschämt habe. Wie könnte ich dieses Ereignis je vergessen? Wie sie mich geküßt hat in der Kirche, als ein paar Freunde und ich in ihrer Schule zu Besuch gewesen sind, und wie sie so getan hat, als wollte sie mir die Schule zeigen, und mich dann plötzlich in der einsamen Kirche geküßt hat, weit entfernt von den Augen der anderen Schüler.

»Hat sie dir in der letzten Zeit geschrieben?« geht mir Kings mit seinen vorlauten Fragen auf die Nerven. Ich höre gar nicht hin, während er weiter und weiter fragt wie ein ewiges Echo. Ich sehe nur seinen Schatten auf meiner Bettkante sitzen. »Wie konntest du in einen solchen Schlamassel geraten? Eine Freundin in der Oberschule, und du bist noch nicht mal so weit? Manche Jungs sind wirklich durchgeknallt, das kannst du mir glauben«, zieht Kings mich auf. Doch ich schweige. Das Leben ist mir zum Schweigen geworden. Dem Schweigen des Schweißes. Dem Schweigen der Träume und Alpträume. Des Todes.

»Hör zu, Kings, ich hab jetzt keine Lust zu so was. Reden wir ein anderes Mal drüber. Ich bin wieder von dem Traum heimgesucht worden. Wer immer mir den Traum auch schickt, scheint fest entschlossen, mich umzubringen. Letzte Nacht war es am schlimmsten. Ich konnte überhaupt nicht mehr schlafen. Es schien alles so wirklich. Ich berührte die Hand der taubstummen Frau. Sie ist genau hier vor mir hergegangen. Und ihr Gesicht war von Traurigkeit erfüllt. Das hat mir solche Angst eingejagt, daß mich der Aufseher hierher in dieses Zimmer gebracht und auf mich aufgepaßt hat«, erzähle ich Kings. Er versteht nichts. Er putzt nur seine Brille, auf die er so stolz ist. Weil sie ein Zeichen dafür ist, daß er sich für Bücher interessiert. Von Büchern nimmt man an, daß sie einen halb blind machen, weißt du. Und wenn du eine Brille trägst, dann unterscheidest du dich von den Leuten um dich herum, die von Wörtern auf einer Seite nichts wissen. Und auch nicht davon, wie man sie sich in den Kopf saugt.

Kings, kurz und stämmig, wie er ist, gehört zu der Sorte, glaube ich. Er putzt sich die Brille, wann immer es ihm erforderlich scheint, die Blicke anderer auf sich zu ziehen. Um ernsthaft und gebildet zu wirken.

»Laß dich doch von diesem Traumzeugs nicht so fertigmachen.«

Wieder höre ich nur das entfernte Echo seiner Worte.

»Weißt du, wenn der Traum nicht aufhört, muß ich vielleicht von der Schule gehen und nach Hause zurück. Ich kann mich ja schon gar nicht mehr richtig konzentrieren, aber erzähl das keinem«, flüstere ich Kings, meinem besten Freund, vertraulich zu.

»Ehrlich? Ist es wirklich so schlimm? Ich hab gesehen, daß du einen Brief abgeschickt hast. An wen denn? Ich will nur hoffen, daß du nicht allen erzählst, du willst von der Schule abgehen. Ich werd mich ohne dich hier ganz elend fühlen.« Kings ist jetzt etwas ernster.

Tagelang weicht Kings mir nicht mehr von der Seite. Als wäre ich ein Baby. Er hat Mitleid mit mir, fühlt sich aber hilflos. Er bietet mir sogar an, mit mir im selben Bett zu schlafen. Er nimmt mich sogar an die Hand, wenn wir über den nackten, sandigen Pfad zu den Klassenzimmern hinübergehen.

2.2.

20. Juli 1970

Lieber Sohn,

wenn Träume Dich quälen und beim Lernen behindern, dann ist es besser, Du kommst wieder nach Hause. Ich weiß nicht, was Du zu essen bekommst, aber ich weiß, daß man an Internatsschulen manchmal mit seltsamen Dingen gefüttert wird, wie Bohnen zum Beispiel. Die ist Dein Körper nicht gewöhnt. Wenn das der Fall ist, dann iß weniger Bohnen und weniger von dem anderen, das sie Dir zu essen geben, und öffne Deinen Verstand den Büchern. Deshalb bist Du schließlich dort.

Könnte es sein, daß Deine Decke Dir in dieser Winterkälte nicht genug Wärme schenkt?

Ich habe Deiner Mutter erzählt, daß Du an der Schule nichts anderes tust, als von meinem Tod zu träumen. Sie hat deswegen so geweint, als sei ich wirklich gestorben. Wer immer es ist, der mit Dir meinen Tod plant, er wird sich eines Tages dafür zu verantworten haben.

Über alles andere reden wir, wenn Du in den Ferien nach Hause kommst.

Dein Vater

1972
Stimmen

Du gehst nach Hause. Du gehst nach Hause, von der Bushaltestelle, an der dich der staubbedeckte Bus in eine Nacht voller Schrecken gespuckt hat. Du gehst und hörst, wie deine Schritte zwischen den Bäumen hallen. Du bist ganz allein in dieser dunklen Welt. Die Einsamkeit bewirkt, daß du in die Finsternis hineinlauschst. Gespannt horchst du auf jeden Laut. Die Stimmen von allem Möglichen reden mit allem Möglichen. Die Termiten erzählen davon, wie sie den Termitenhügel gebaut haben. Wie sehr sie sich wünschen, Elefanten und Menschen und andere gemeine Tiere kämen nicht in ihre Nähe, störten nicht ihren Frieden und zertrampelten nicht ihre Eier. Und die Vögel, sie singen im Traum davon, daß die Tomate ihre Lieblingsfrucht ist: Du schlägst deinen Schnabel hinein, und der ganze Kopf ertrinkt im Saft. Du hörst die stummen Worte der Bäume davon sprechen, daß die Männer ihre Äxte und Sägen voll Stolz tragen, obwohl die Menschen in ihrem Leben niemals auch nur einen Baum erschaffen haben. Sie reden, raunen einander zu. Du hörst es und achtest nicht darauf. Aber du hast es vernommen. Das hier, das ist ein Leben, aus Geräuschen geboren. Ein Leben, in dem das Kind beobachtet, wie sich die großen Leute gegenseitig Grimassen schneiden, weil der eine dies gesagt hat oder das und der andere nicht, und wozu überhaupt? Das hier, das ist ein Leben, in dem die Stillen nicht still sind. Hügel und Höhlen reden, und du hörst zu. Sogar die Pferde und Esel reden, wie sehr sie sich auch immer fürchten. Sie schlagen aus und rennen fort in wilder Aufregung, schauen, wiehern, schenken einander den Duft des Lebens.

Eine Frau kommt vorbei, auf ihrem Weg zu einer Beerdigung. Das stellst du dir vor. Bevor sie weitergeht, wartet sie auf ihre Nachbarin, die sich hinter einen Busch gehockt hat, um sich zu erleichtern. Die Frau spricht mit sich selbst. Ich habe heute keine Tränen, sagt sie sich. Ich will auf Tauyas Mutter warten. Sie hat die richtige Stimme zum Trauern. All die Todesfälle. Eines Tages sind im Dorf vielleicht keine Stimmen mehr übrig, die noch trauern könnten. Ah, da kommt Tauyas Mutter ja. Geht, als wäre sie zu einer Hochzeit unterwegs.

»Hei, hast du etwas Schnupftabak übrig für mich? Ich will ihn mir ins Gesicht reiben, etwas davon in meine Augen streuen, damit mir Tränen kommen. Seit der Trauer um die Toten vom Traktorunfall habe ich keine Tränen mehr«, wendet sich die Frau an Tauyas Mutter.

Die beiden Frauen betreten das Gehöft des Verstorbenen. Wie der Faden einem Nadelöhr entringt sich der Kehle der einen ein schriller Schrei. Die andere bedeckt das Gesicht mit den Händen, damit niemand sieht, daß sie sich vergeblich müht, eine Träne zu weinen. Nicht eine einzige Träne, wie selbst aus einer fast versiegten Quelle, nicht ein einziger Tropfen salzigen Wassers rinnt ihr aus dem Auge.

»Wenn ich sterbe, dann weine bitte um mich, Mutter«, sagt ein Kind. »Weine um mich, meine liebe Mutter. Weil ich sterben werde«, spricht das Kind. Es ist krank, stirbt an Malaria. Vor einem Jahr ist seine Freundin gestorben. In der Zeit des vollen Mondes. »Was ist der Tod, Mutter?« fragt das kleine Mädchen.

»Stell nicht solche Fragen«, fährt die Mutter sie an. »Red nicht so.«

»Aber was ist denn der Tod, Mutter?« Das Mädchen bleibt hartnäckig.

Die Mutter erklärt, daß du, wenn du tot bist, dich nicht mehr mit deinen Freundinnen unterhalten kannst. Man begräbt dich unter der Erde, und dann gehen alle fort, lassen dich allein. Und niemals kehren sie zurück, niemals werden sie dich holen. Nur die Hexen, die die Toten fressen, kommen in der Nacht und graben dich aus. Wenn du tot bist, kannst du nicht mehr tanzen. Du kannst die Musik auf dem Spielplatz nicht mehr hören. Die Toten essen nicht und spielen nicht. Sie werden von Termiten zerfressen und von Eidechsen, die unter der Erde hausen, von Moskitos, die unter der Erde leben. Von allem, was fressen kann. Würmern.

»Ach, Mutter, dann will ich nicht sterben«, meint das Mädchen. Seine Stimme wird schon schwächer.

Ich kann dir sagen, daß sie drei Monate später krank wird und fühlt, ihr bleibt nur noch Zeit für ein paar Worte.

»Weine um mich, Mutter. Laß nicht zu, daß sie mich nachts holen kommen, um mich aufzuessen. Erlaube nicht, daß mich die Schlangen fressen. Die Hexen, die in Körben durch die Luft fliegen oder auf dem Rücken von Hyänen reiten. Laß nicht zu, daß sie mich auf dem Rücken einer Hyäne entführen«, schluchzt das Mädchen.

Daran muß die Mutter denken, als sie sich verzweifelt bemüht, bei dieser neuerlichen Beerdigung ein oder zwei Tränen zu weinen.

Die Nacht mit ihren nicht enden wollenden, furchteinflößenden Träumen erzählt dir all diese Geschichten, während sie mit dir zusammen auf die lange Reise durch das fremde Land des Volkes von Gotami geht. Schon spürst du Furcht. Die Furcht und die Nacht. Unsichtbare

Stimmen in der Nacht, in deinem Kopf, in den Ästen der Bäume. Du siehst Schatten, die sich bewegen, wenn du gehst, und dir folgen.

Schließlich beschließt du umzukehren und, da es dunkel wird, um einen Schlafplatz zu bitten. Du bist nicht mehr weit von zu Hause entfernt, doch die Nacht sagt dir, daß deine Furcht die Entfernung größer macht, als sie ist.

Der Schlaf flieht dich. Noch immer kannst du Stimmen hören. Du belauschst Stimmen, die über den Tod deines Vaters reden. Er will nicht sterben, sagen sie. Wie bringt ein Mann den Mut auf, dem Tod mit seiner Stimme zu trotzen? Wer nicht sterben will, hat vielleicht nicht einmal die Kraft, das zu verkünden. Der Vater des Jungen ist schon seit Tagen krank. Die Krankheit hat sich ihn als nächsten ausgesucht, weil sie an seinem Beispiel dem ganzen Dorf zeigen will, daß sie noch immer über Tränen und Not gebietet, sagen die Leute. Der arme Junge. Wie, glaubt er, kann er helfen? Ist doch noch ein Junge. Der Mann hat keine Chance, sagen sie. Der Tod kann sich sogar einem Baby nähern.

Am nächsten Tag sagst du den Leuten in aller Frühe auf Wiedersehen. Sie bieten dir nichts an, mit dem du deinen morgendlichen Hunger vertreiben könntest. Fremden Gesichtern begegnest du auf dem Weg, Gesichtern, die dich anstieren, dich anstarren. Stimmt es, was unsere Ohren uns erzählen? Über den Tod deines Vaters? Berichten uns unsere Ohren etwas, das wir glauben können? Wenn es wahr ist, was wir vernehmen, dann sehen wir uns in eurem Dorf wieder. Deinen Fußspuren werden wir folgen, um uns mit eigenen Augen zu überzeugen. Das ist traurig, Kind, ganz traurig. Wie wollt ihr für das Schulgeld und all die anderen Notwendigkeiten aufkommen? Traurige Stimmen folgen deinen taubenetzten Füßen. Du hörst sie, ohne sie richtig zu verstehen. Du bist taub und stumm. Ein Zombie. Ein Geist.

Alle, Frauen, Kinder, Männer, denen die Äxte lässig von der Schulter baumeln, Kinder, die Worte noch nicht richtig formen können, fragen dich, schreien dich mit schrillsten Stimmen an. Sogar der Staub auf dem Pfad, so kommt es dir vor, will dir Fragen stellen. Auch er verlangt seinen Anteil an deinem Herzen. Stimmt es? Stimmt es? Stimmt es wirklich? Alle stellen dir immer wieder dieselbe Frage. Bis sich dir der Kopf dreht. Durchgeschüttelt vom unaufhaltbaren Geist eines Wirbelwindes. Eines Wirbelsturms.

Zu Hause liegt dein Vater. Ausgezehrt von der Krankheit. Ein gebrochener, ein sterbender Mann. Du mußt an das traurige Gesicht der taubstummen Frau denken, die dir immer in deinen Träumen erscheint. Dein Vater will nichts von ihr wissen. Niemand will etwas über die Frau erfahren, die dich heimsucht. Die Frau, die eine Stimme hat, so wütend, daß dich der Schlaf flieht. Sie ist ein Teil von dir geworden.

Als deine Mutter dich sieht, beginnt sie zu weinen. Nicht nötig, sie zu fragen, was ihr solchen Kummer bereitet. Es sind die Träume, über die du geschrieben hast. Du bist hier, zu Hause, allein, und trägst fremde Stimmen in dir.

Du setzt dich, voll Kummer und Furcht, und weißt nicht, wie du deinem Vater gegenübertreten sollst. Einem Mann, der schon so oft dem Tod entgangen ist. Einem Mann, der lange so stark wie ein Baum gewesen ist. Der dem Tod getrotzt hat. Der Ärzten und Heilern die Stirn geboten hat. Sie sagen dir, daß sein Körper kein menschlicher Körper mehr ist. Nur noch ein hohles Stück Fleisch, das aussieht wie ein Körper.

Wieder meldet sich eine Stimme. Eine Stimme, behend und matt zugleich. Beinahe stumm schon. Weine nicht, Kind. Weine nicht. Tränen erleben keine Ernte. Weil niemand jemals Tränen ernten will. Wieder hörst du die Stimme. Wie einen Traum.

»Vater, der Traum. Die Frau ist gekommen und hat mich zu einem Mann gebracht, der dir eine Medizin gegeben hat. Dann konnte ich dich wieder durch die Felder gehen sehen, ausschreiten, kräftig und stark, mit einem Lächeln auf dem Gesicht«, erzählst du deinem Vater. Er scheint zuzuhören, ohne daß sein Herz bei der Sache ist. Kann sein, daß er dich gehört hat. Vielleicht aber auch nicht. Ihm ist das wie der Widerhall eines Echos ... Dein Vater, die Blume. Glaubte, die Vorfahren wären so wie ein Mann mit einem scharfen Messer, mit einer Sichel, der die knospende Blume beobachtet und auf den Augenblick wartet, da sie erblüht, die Blätter sich entfalten. Blatt für Blatt. Trieb um Trieb. Die Blume wächst und wächst, bis sie aufblüht und sich mit dem Duft des Lebens verströmt. Jetzt sieht das Land schön aus. Das Auge kann rasten. Auch die Insekten mit ihren farbenfroh schlagenden Flügeln verneigen sich vor der Blume, umtanzen sie wie die Kinder im Winter das Feuer, an dem sie das Leben in der Abfolge der Jahreszeiten feiern. Der Gebieter über die Sichel steht da, grinst und weiß im Grunde seines Herzens, daß der Tanz der Insekten und der kleinen Vögel schon bald sein Ende finden wird. Schweigend steht er da. Sein Herz empfindet nicht die betörende Schönheit der Blume und der Insekten. Sacht bläst der Wind und läßt die Blume noch betörender aussehen, ein Hauch Verzauberung wie in den Farben des Python, der sein Opfer in Bann schlägt, bevor er ihm die Rippen bricht.

Noch war die Zeit nicht reif. Man pflückt die Frucht

nicht vor ihrer Zeit. Wozu sollte das gut sein? Du pflückst sie und kannst sie nicht essen. Du wirfst sie ins hohe Gras, und niemand schaut sie je wieder an. Die Wut der Vorfahren ist reif. Die Zeit noch nicht.

Wenn ein Mann krank wird, Krankheit ihn auffrißt wie ein Feuer, dann ist das wie eine Ruhepause zwischen den Schauern der Regenzeit. Die Regen kommen und die Pflanzen, die kleinen wie die großen, breiten die Arme aus, spreizen die Finger, machen die Herzen weit. Blätter und Blumen blühen auf. Das Grün der Blätter breitet sich über den Wald, als ob es das stumpfe Holz nie gegeben hätte. Die Blumen fächeln dem Wind Kühlung zu und klopfen ihm aufmunternd auf den Rücken. Sie singen das Hohelied der nahenden Regenfälle.

Dann kommt eine Zeit, in der die Regen wieder ausbleiben, sich bei der Regenmutter ausruhen und warten, so daß die kleine Sonne einen Blick auf die Erde werfen, sie rissig aufbrechen kann wie die Lippen eines hungernden Kindes. Und dem Wald beibringen, daß das Warten zu den Jahreszeiten gehört. Warten. Ein Regentropfen weigert sich, zur Erde zu fallen. Der Tau vertrocknet. Die Blätter und Blüten welken, bis sich die Augen aller Dorfbewohner zum Himmel richten und die Vorfahren verfluchen, weil sie so grausam sind. Was ist das für ein Leben, wenn die Vorfahren mit der einen Hand geben und mit der anderen nehmen? Kann man die Nachfahren ehrbarer Ahnen wie einen Kornspeicher behandeln, dem man Ernten schenkt, nur um sie ihm wieder wegzunehmen? Alle Augen im Dorf beobachten den Himmel, tauschen sich tagtäglich über die unterschiedlichen Schattierungen in der blauen Himmelsfarbe aus, über das Streicheln des Windes auf nackten Gesichtern. Fühl mal die Luft, den Wind und seine neue Kühle: Spürt man da nicht schon den Regen? Alle im Dorf horchen, ob *Haya*, der Regenvogel, sein unwandelbares Lied anstimmt. Sein Lied ist das Lied der Regen, sagt man. Wenn Tag und Nacht die Regen niedergehen, dann lauscht keiner dem einsamen Vogel. Hört es aber auf zu regnen und welken die Pflanzen auf den Feldern, dann horchen alle auf den Regenvogel. Jeder redet von der Farbe des Himmels, der Form der Wolken, der Stärke des Windes, der von Süden her weht.

Dein Vater würde nicht sterben. Das wußte ich. Und die anderen Vorfahren wußten es ebenfalls. Seine Krankheit war nur ein Ausruhen zwischen den niedergehenden Regenfällen der Regenzeit, damit alle wieder einmal über das Leben reden konnten. Will man etwas vom Leben wissen, muß man auch den Tod kennen. Tod und Leben liegen dicht beieinander. Nur weigern sich die Herzen und Hirne der Lebenden oft, beides zusammenzubringen. Tod und Leben. Feuer und Wasser. Anwesenheit und Abwesenheit.

Da lag dein Vater. Für ihn war es eine Zeit des Nachdenkens. Er lag da, und seine Gedanken streiften umher. Die Insekten, die die Blume umschwirren, ihr, seine Kinder, alle warteten und betrachteten die welkende Blume. Die Kinder, sie werden einen anderen Mann Vater nennen. Sie werden sein wie die Kinder eines Bettlers, der gestorben ist und sie in Not und Elend zurückgelassen hat. Ihre Mütter sind jung. Einige zumindest. Nach meinem Tode werden die jungen Frauen von unhöflichen Händen umarmt werden, deren einziger Wunsch darin besteht, dort herumzutrampeln, wo einst der König entlanggeschritten ist. Das Gras zu berühren, auf dem einstmals des Königs Rinder weideten. Das gibt Gesprächsstoff für die Trunkenbolde und Narren des Dorfes. In Orten nah und fern.

Der rauhe Wind der Trockenzeit teilte deinem Vater mit, daß alles vorüber war. Er trug ihm den Geruch seines Landes in die Nase. Die Erde und der Wind trafen sich und brachten ihm, was sie tragen konnten. Ihm, einem sterbenden Mann, der in seinen letzten Worten ausdrückte, was ihm das Leben gewesen war. Er lag da und welkte. Welkte wie die kleine Blume, die einmal viel größer gewesen ist.

Meine Vorfahren, ist es eure Absicht, daß ich der erste bin, der fern von den Gräbern seiner Väter beerdigt wird? Es war der Traum, der mich so weit weg geführt hat. Wer aber sagt, es sei nicht gut zu träumen? Träume sind doch kein Kinderspielzeug. Zu einer Zeit, die lange vergangen ist, folgten da die Vorfahren meiner Vorfahren nicht dem Weg des Windes, und träumten sie nicht von Ländern jenseits des Flusses Save, wo Blut vergossen wurde, bis sich alles Wasser in wütendes Blut verwandelt hatte? Stimmt es nicht, daß das Wasser dieses Flusses den Kindern ihrer Kinder heute heilig ist? Keiner trinkt von diesem Wasser, vom Traumblut der Vorfahren unserer Vorfahren. Träume. Das Blut unserer Träume.

Auch ich habe geträumt, sagt dein Vater in die Stille des Todes hinein. Dieses Land, diese Erde, wie wird sie mich aufnehmen? Wir begruben unsere Väter, übergaben sie der Erde, und ihre Gesichter schauten auf Berge, Flüsse und Wälder, in denen die Geschichten unserer Vorfahren zu Hause sind. Nun das Land Gotamis: Wie werden die Kinder mich in mein Grab legen? Hier fehlen die Hügel und Berge unserer Vorfahren. Auch die Flüsse. Die Flüsse unserer Träume. Ach, mein Tod wird keinem anderen gleichen, denkt er bei sich. Und seine Zunge ist zu schwach, seine Worte den Ohren desjenigen zu sagen, der bei ihm wacht. Er ist allein und wartet darauf, daß das

Messer der Ahnen ihm den Gnadenstoß versetzt. Er denkt daran, wie er mit den Vorfahren abrechnen wird, wenn er erst einmal zu ihnen eingegangen ist. Ein weiteres Jahr wird es dauern, bis er mit ihnen rechten und ihre abgetragenen Lendenschurze mit Worten in der Luft zerfetzen kann. Das wird erst kurz vor dem Augenblick sein, da er die Person kennt, die seine zweite Begräbnisfeier ausrichtet, um ihn mit seinen Vorfahren zu vereinen. All dies bewegt dein Vater in seinem innersten Herzen, wohl wissend, daß der Tod an seine Tür geklopft hat wie zuvor an die Türen der grasgedeckten Häuser seiner Ahnen. Manche von ihnen sind singend gestorben, andere tanzend, wieder andere in den dunstigen Wäldern auf der Jagd nach wilden Tieren.

Der Tag mit dem Sturmwind war der schlimmste. Die Bäume begehrten auf und warfen ihre Blätter ab, wühlten den Erdstaub hoch und warfen die Wolken hin und her, mischten Staub und Wolke und Blatt. Die staubige Erde von Gotamis Land stieg ihm in die Nase und sprach zu ihm: »Hier bin ich. Iß mich, das Pulver deines Traums. Iß mich, bevor ich dich verspeise. *Kakara kununa kudya kamwe.* Das kleine Tier, das ein anderes kleines Tier verspeist, bringt es zu etwas. Der Fluß, der über seine Ufer tritt, erhält seine Wasser von anderen Flüssen.« Er konnte nicht antworten. Die Erde roch aufrührerisch, wie er noch nichts gerochen hatte.

Und wie aus weiter Ferne vernahm er die Stimmen von Menschen, die er nicht beim Namen nennen konnte. Das Leben endete in einem Sturm, sprachen sie. Er sollte jetzt abtreten. Er hatte vollendet, weswegen er hierhergekommen war. Und jetzt war es Zeit zu gehen. Ein Mann, der solchen Wohlstand erworben hatte, sollte nicht derartigen Schmerz erdulden müssen. Solches Leid. Er sollte schnell sterben, raunten sie ihm zu. Und ihre Stimmen drangen wie schwache Echos zu ihm. Wie von jenseits der Hügel und Flüsse. Kein Mitleid, keine Trauer wohnen in ihren Worten, dachte er, dem Tode nahe. Der Mann, den Worte töteten. Ein *coup de grâce* mit Worten. Zwei Frauen unterhielten sich. Ihre Worte waren so frei wie der Wind. Ehefrauen, die es müde waren, mit immer demselben Mann zu schlafen, nach all den Jahren des Glücks und des Leids, den Jahren der Wanderschaft von einem Stück Land zum anderen.

Ach, wie schlimm ist es doch, reich zu sterben, hörte er sogar die Fremden sagen. In ihren Herzen, in ihren Seelen empfanden sie Schmerz, denn sie hatten in Gesichter geschaut, die sich gleich nach der Beerdigung Wohlstand erwarteten. Gesichter, in denen keine Herzen wohnten. Sie flüsterten miteinander, wenn niemand sie belauschen konnte.

Deine Mutter hat dich angesehen, ohne Worte zu finden, die sie dir sagen könnte. Tief in ihrem Innern tat es ihr gut, daß der Mann, den sie kennengelernt hatte, als er noch jung und arm gewesen war, so viele Menschen um sich geschart hatte. Unachtsame, kalte Menschen sind das, Menschen, die sich nicht um seine Seele bekümmern, dachte sie bei sich, als sie all die Stimmen hörte, die von Wohlstand redeten und vom Bauch des eigenen Geldbeutels. Ihr, deiner Mutter, fehlten die Worte, um auszusprechen, was in ihr vorging. Sie starrte nur verloren vor sich hin, war bloß Besucherin im neuen Königreich des Todes, in dem niemand wollte, daß die eigenen Worte über die Lippen des Grabes hinausgingen.

Bringt seine Lieblingssachen und die Laken, hatten die Frauen geflüstert, als sie den Tod in seinem Gesicht sahen. Bringt sie schnell, sofort! hatten sie mit unterdrückter

Stimme gerufen. Ihr Fest steht unmittelbar bevor, hörtest du dich selbst wütend sagen. Das Fest. Das Fest des Todes für diejenigen, die gleich dir nur Zuschauer waren, Träumer.

Selbst Mishek, der Taugenichts von einem Neffen, sprach davon, wie Fremde ankommen und Vertraute werden und dann wieder abreisen, doch ganz anders, als sie gekommen sind. Leben und Tod eines Reisenden. Der Untergang eines Königreiches, das sich erhebt und fällt wie ein Baum in der Wildnis. Sandalen nutzen sich ab, meinte Mishek. Meine Sandalen nutzen sich ab und sterben dann. Er tagträumte. Und nahm den Tod an. Tiere, Engel und Geister, wie anders sollen sie enden als im Tod? So ließ sich Mishek Tag für Tag bis in die Nacht hinein vernehmen, ergeben in seinen bevorstehenden Tod. Leben so kurz vor seinem Ziel, vor einem neuen Anfang. Der Reisende ist fast angekommen, seine Füße berühren die Ströme seines Zieles. Mishek – du erinnerst dich an die Geschichten, die dein Vater von ihm erzählt hat. Vor Jahren war er ausgezogen, ihn aus einem Leben voll kleiner Verbrechen zu befreien. Dorfschlägereien und Rücksichtslosigkeiten und Leichtsinnigkeiten. Er wollte ihm den Rhythmus der Arbeit auf dem neuen Hof im Lande Gotamis ins Blut legen.

Viele Tage und viele Nächte war dein Vater auf seiner Suche nach Mishek umhergezogen, suchte nach einem Mann ohne bestimmtes Ziel im Leben. Sohn meiner Schwester, hatte dein Vater zu Mishek gesagt, anstatt deine Tage mit Trunk und Frauen zu verschwenden, komm mit und laß uns die reiche Erde des neuen Landes gemeinsam bewirtschaften. Du wirst mein Gefährte sein und ich dein Hüter, dein Herz, dein Alles. So flehte er Mishek an.

Mishek schaute deinen Vater lange unverwandt an und lächelte dann. Er haßte es, wenn Leute um irgend etwas bettelten. Sie werden zu Kindern, wenn sie betteln, meinte er, erzählte davon, wie Männer ihn anflehten, wenn sie einen Faustkampf gegen ihn verloren hatten. Ihre Augen waren dann wie die Augen von Toten, die mit Furcht im Herzen gestorben sind. Er konnte sich nicht daran erinnern, von seinem Onkel jemals solche Worte gehört zu haben. Ruhige und besänftigende Worte, die ihm versicherten, daß zumindest sein Onkel der Meinung war, in ihm stecke etwas, das die Anstrengung lohne.

»Ich werde darüber nachdenken.« Mishek zog an seiner Zigarette, die er sich aus Zeitungspapier gedreht hatte. Mehr als den Rauch aus Mund und Nase hatte Mishek nicht in die Luft geblasen. Verschlungene Muster in die Luft gezeichnet. Hügel und Täler, Geister und Bäume. Dein Vater sah das und mußte anerkennend lächeln, verspürte Freude über den kleinen Fortschritt, die er aber verbarg. Es dauerte nicht lange, und sie teilten die Selbstgedrehte miteinander. Selbes Blut, selbe Zigarette.

Nach sieben Jahren entschied sich Mishek, seinem Onkel in das Land der Marorofrucht zu folgen. Dorthin, wo die Frucht zusammen mit deinem Herzen größer wird, wo Hasen und Büffel hinter deinem Hause grasen und darauf warten, für das tägliche Mahl geschlachtet zu werden. Wo du alles bei dir hast, zu deiner Verfügung, wartend und erwartet.

Seine Frau, die fast erblindete Mutter und die halbnackten Kinder brauchten nicht lange, ihre wenigen Besitztümer zusammenzupacken und den nächsten Bus zu nehmen. Um für immer dem Traum von einem neuen Land zu folgen. Einem Land mit fruchtbaren Böden und einer unberührten Wildheit, die den Menschen ein längeres und glücklicheres Leben schenkte. So hatten es die Worte seines Onkels verkündet. Niemals wieder zurück in das Land der Armut und Not, dachte Mishek, als er die rissigen und staubigen Hände seiner Verwandten zum Abschied schüttelte.

Sie erinnerten sich Misheks als eines Mannes, der immer tat, wonach ihm der Sinn stand. Mashiri. Den Spitznamen hatten sie ihm gegeben, nachdem er einem Mann buntgefiederte Vögel verkauft hatte. Verkäufer der wilden Vögel. Er hatte einem Mann wilde Vögel verkauft, ohne sie gefangen zu haben. Alle redeten von Misheks Abenteuern mit den Vögeln und von seinen anderen Streichen.

Weißt du, Mishek, so fingen sie gewöhnlich an, der verkauft dir sogar das Hemd, das er trägt.

»Morgen bringe ich dir das Hemd. Heute aber laß uns einen heben, Sohn unsres Volkes. Trinken wir einen von dem Geld, das du mir gegeben hast. Man muß das Leben genießen, solange es dauert. Die Toten, die sich ihres Lebens nicht erfreut haben, bevor sich die Termiten über sie hermachten, sind Narren gewesen. So lautet eins der großen Sprichwörter, die uns die Vorfahren hinterlassen haben. Das Dumme ist nur, daß wir in unserer Narretei nie auf das hören, was uns die Alten sagen. Wir sind ihnen gegenüber taub. Und wenn uns ein Unglück heimsucht, dann glauben wir, daß die Ahnen uns den Rücken kehren.«

Sie hörten das Echo von Misheks Stimme noch lange, nachdem sein Onkel ihn mit in das Land der Träume genommen hatte, das sich nicht in ein Land der Alpträume verwandelte.

Dann ließ der Mann, der das Salz unserer Erde ist, der Verkäufer der wilden Vögel, Glas auf Glas auf Glas folgen. Die Himmel hatten sich geöffnet. Schwere Tropfen gingen auf die Kehlen der Dorfbewohner nieder. Das Siebentagegebräu sagte jedem, daß Mishek ein guter Trommler war. Und ein standfester Trinker ebenso. Er brachte die Trommeln in einer Weise zum Sprechen, wie man es in diesen Breiten noch nie gehört hatte. Die Trommeln husten und niesen unter seinen Händen. Er ließ jeden Mann, jede Frau an die Liebsten denken, die sie nicht geheiratet hatten.

Die, deren Stimme
der silbernen Pfeife des Weißen gleicht,
warum hab ich sie nicht genommen?
Die mit den Brüsten
so aufrecht wie die Hörner des kleinen Bullen,
warum verschwand sie aus meinen Augen?
Schwere Brüste an der Schwiegermutterbrust,
warum habt ihr euch die Schwiegermutter ausgesucht,
seid mein Weib geflohen?
Die Frau, die Brackwasser in Tee verwandelt,
warum geriet sie mir aus den Augen,
als sie in den Wald ging?
Die, deren Mutter freundlich zu mir war, warum hat mich ihr Vater gehaßt?
Ihr Himmel, haben mich die Ahnen dafür aufgespart?
Ihr Himmel,
hat das Firmament all dem zugeschaut
und blieb stumm?
Hörende dieses Lands,
euch sollten die Ohren klingen.
Sehende dieses Lands
eure Augen sehen nicht, was ich sehe.

Die Dorfbewohner bewahren die Erinnerung an Mishek, den Propheten der Trommeln. Er hat die Trommeln verhext, wenn seine Handflächen über die Kuhhaut tanzten, die über die Trommeln gespannt war. Und seine Zunge erzählte die Geschichte zu Ende, ließ Tag für Tag alles aufs neue leicht erscheinen.

Und wenn die Dorfbewohner nach dem Biergelage nach Hause gingen, dann flüsterte Mishek dem Mann in scheinheimlicher Vertraulichkeit zu: »Dank dir für das Bier, Sohn unseres Volkes. Mögen die Ahnen uns mehr von deiner Sorte schenken, damit das Land lebenswert bleibt. Beim Umtrunk teilen wir das Lachen über die Freuden und Nöte des Lebens. Beim Umtrunk reichen sich deine Vorfahren und meine die Hände und sagen: Seht, unsere Kinder wissen, wie man das Erdenleben miteinander teilen muß.«

Die Trunkenbolde des Dorfes nickten zustimmend und schüttelten dem Käufer des Hemdes, das er niemals tragen wird, die Hand. Man muß das Leben mit Freunden zusammen leben, nicht mit Feinden. Diejenigen, die die Kalebasse des Lebens mit anderen teilen, mögen sie dieses Dorf bevölkern. Erde, Erde, Erde, lerne doch zu verhindern, daß die guten Menschen so oft von dir getilgt werden. Die Trinker schwankten heimwärts. Unterschiedlich schwer angetrunken. Sie murmelten etwas vor sich hin. Manchmal sangen sie auch, verwünschten die Erde, verfluchten alles und jeden, die Jungen wie die Alten, die Hügel und die Flüsse, in denen Hexen und Hyänen zu Hause sind, die boshaften Vögel wie *Nhengure* zum Beispiel, der andern die Federn ausrupft, um sich zu amüsieren. Verfluchten den Jumben für die beißende Art, in der er den Dorfbewohnern das Land zuwies. *Sabhuku, meso amai vako, Sabhuku meso amai vako*. Und sie beleidigten die Augen der Mutter des Jumben als häßlich.

Drei Tage später fällt dem Käufer des Hemdes Mishek wieder ein. Doch Mishek kann sich nur daran erinnern, daß der Mann freundlicherweise Bier gekauft hat, als ob der schäumende Saft im Dorf versiegen würde.

»Habe ich dir nicht gedankt vor allen, die uns zuschauten und an den Früchten unserer Freundschaft teilhatten? Habe ich nicht mein Lob auf den weisen Rat gesungen, den du von den weisen Menschen deines Volkes erhalten hast? Frag Marunda, den Mann, der so lange trank, bis er sich in die Hosen schiß, ob ich dir je ein Hemd versprochen habe? Und überhaupt, dir ein Hemd zu verkaufen, das ich gerade trug!«

Mishek lacht laut und lehnt sich zurück an den dünnen Baumstamm in seinem Gehöft. Sein Gesicht und sein Herz strahlen vollkommene Zufriedenheit aus.

Mishek mit seinem Lachen kommt ungeschoren davon. Sogar der Jumbe erinnert sich, wie Mishek einst das wilde Gras und den Busch in Brand setzte und dann zum Jumben kam, um ihm Geschichten aufzutischen, wie schlecht sich einige Raucher im Dorf benehmen, wenn sie im Laden des weißen Mannes Zigaretten kaufen. Alle wissen, daß jeder, der Mishek einmal Geld geliehen hat, sich an der Art und Weise erfreut, wie Mishek ihm das Geld *nicht* zurückzahlt. Keiner hegt deshalb Groll gegen Mishek. Nicht einmal die, deren Trommeln er die ganze Nacht schlug und die er dann erbärmlicher Handwerkskunst bezichtigte. Auch sie sehen weiter zu und schlucken staubige Spucke herunter.

Im Jahr des Schmerzes bedurften die Sprechenden gar nicht der Ohren der Hörenden, um vernommen zu werden. Aus ihnen brachen Ströme aus Worten hervor, die nicht in Sprichwörtern versteckt werden mußten.

Ein paar Monate später erleben ihre Augen, wie sich dein Vater wieder erhebt. Sie schämen sich nicht, heiße Tränen der Schande zu vergießen. Sie schauen auf und danken den Ahnen, daß sie dieses Wunder erleben dürfen. Ihr Vorfahren, kommt und bezeugt, was wir sehen. Seht es gemeinsam mit uns. Seltsamen Ereignissen muß man im Beisein derer zuschauen, die über Stärke verfügen, klagen sie, bevor sie mit verschlagenen Blicken deinen Vater grüßen.

3.1.

1972
Vater

Du, ein kleiner Junge noch, beobachtest, wie dein Vater das Land seiner Träume der Länge und Breite nach mit Schritten durchmißt. Sein Erfolg spiegelt sich im frisch leuchtenden Grün der Pflanzen. Er ist ein Mann des dunklen Bodens, der schwarzen Erde, die Träume gebiert oder Alpträume entstehen läßt, wenn die Regen ausbleiben. Und er ist auch ein verzückter Bewunderer wohlgenährter Stiere und der Kühe mit ihren muhenden Kälbern.

Das sind für ihn Augenblicke der Freude. Er ist ein Mann des Bodens. In den zurückliegenden suchenden Jahren war er, wann immer er von einer seiner Reisen zurückkehrte, ganz außer Atem, so viele Geschichten von den Löwen und Elefanten aus dem Land Gotamis wußte er zu berichten. Gemeinsam mit anderen Träumern hatte er das neue Land besucht, das der Weiße dem Volk Gotamis entrissen hatte. Die großen Ackerflächen könnt ihr den Weißen nicht abkaufen. Schließlich seid ihr noch immer blutige Anfänger, was den Feldbau betrifft. Darum kauft das Land hier, das wir dem Volk von Gotami abgenommen haben, dem Volk, das nicht einmal in den Kampf gezogen ist, um sein Land zu verteidigen. Das ist jetzt euer Land, hatte der Weiße gesagt.

»Das Land unserer Träume«, schwärmte dein Vater, als ihr um das Feuer gesessen und den betörenden Geschichten von Löwen und Elefanten gelauscht habt, die sich mit den Geiern und dem Honigvogel unterhalten. In dem Land, in dem du geboren wurdest, gab es nichts außer ein paar dünnen Schlangen, die voller Furcht vor dem Adler und dem hungrigen Habicht durch das Dikkicht glitten. Da waren auch Männer, die sich für die Jagd auf kleine Jungen und Mädchen anheuern ließen, vor allem auf Erst- oder Letztgeborene. Die gaben gute Zutaten für Zaubertränke ab und sicherten dem Geschäft den Erfolg. Die Schlangen und die Männer, die gehörten im Land deiner Geburt auf ganz natürliche Weise zur Angst dazu.

In den Wäldern erschrakst du beim Anblick einzelner Männer. Dort, in den Wäldern, hast du die Rinder gehütet und den Vögeln, die du mit der Kraft deines Katapults oder deines Pfeiles erlegt hast, Preislieder gesungen. Wenn die Pfeile versagten, dann hast du Stöcke mit Gummilösung bestrichen und den Vögeln Fallen gestellt. Du hast die langen, mit Gummi bestrichenen Stöcke dort aufgestellt, wo sich die Vögel auf ihrer Suche nach Körnern oder Wasser niederlassen. Dann hast du dich in der Nähe versteckt. Mit klopfendem Herzen, die Augen weit aufgerissen. Mit knurrendem Magen. Verborgen vor den Augen der Vögel am Himmel. Du hast dich versteckt, bis Webervögel oder andere Vögel in deine Fallen gingen. Wenn sie sich auf den Stöcken niederließen, die du mit Gummi bestrichen hattest, dann bist du mit heißem Blut losgerannt, um ihnen den Hals abzuschnüren, den Schnabel zu brechen, sie mit Stöcken zu erschlagen. Und dir lief bereits das Wasser im Mund zusammen, wenn du gesehen hast, wie Federn und Blut sich mischten.

Manchmal hast du soviel Glück gehabt, den *Go-away*-Vogel zu fangen, den Herrscher der hohen Bäume. Für ihn war eine besonders dicke Schicht Gummi auf einem dicken Stock nötig, damit er sich nicht mitsamt der Falle davonmachte. Wenn du so einen gefangen hattest, dann schenkte dein Vater dir vielleicht sogar ein kleines Stück vom Fleisch des Vogels als Belohnung für deine wehrhafte Leistung. Söhne des Lazarus. Dein Vater überhörte deinen bitteren Ärger. Er machte sich über den Vogel her und verspeiste ihn ganz und gar, ohne sich um dich zu kümmern. Der Vogelfänger war noch lange nicht derjenige, der den Vogel essen durfte.

Dennoch, wer war nicht stolz auf sich, wenn er mit einem Bündel Vögel im Bastsack, den er auf seinen Weg in den Wald mitgenommen hatte, zurückkehrte. Wenn du große Vögel gefangen hattest, dann ließest du sie an einem Strick von der Schulter baumeln. So konnten alle sehen, daß ein Jäger in dir steckte. Ein Krieger für die vielen Jahre, die noch vor dir lagen. Alle Augen im Dorf schauten dich bewundernd an. Und du hattest Angst davor, daß die Hexen nun einen weiteren Grund haben könnten, in der kommenden Nacht deine Schlafmatte heimzusuchen, dich für diese eine Nacht zu ihrem Pferd zu machen, damit ihre Hyänen sich eine Weile ausruhen konnten. Das heißt, wenn sie es gut mit dir meinten.

Auch die Augen der Mädchen begleiteten dich auf deinem Weg in den Wald und wieder nach Hause. Wenn du zurückkamst, rannten sie auf dich zu, umzingelten dich regelrecht, um zu erspähen, was du in deinem Bastsack nach Hause brachtest. »Komm, zeig uns, was du gefangen hast«, riefen sie dir zu, wobei ihre Stimmen zärtlich und herausfordernd zugleich klangen. In ihrer Gegenwart kamst du dir klein und schüchtern vor. Und ein wenig hast du dich auch gefürchtet, weil du nicht genau einschätzen konntest, was sie mit dir vorhatten.

Mädchen. Die machten manchmal die unvorstellbarsten Dinge mit dir. Sie zogen dir die Hosen herunter. Und du hast dich ziemlich geschämt. Dann nannten sie alles beim Namen, was vor einem Augenblick noch in der Hose gesteckt hatte. Du hast geweint, als ob dich Schlimmeres als Worte verletzt hätte. »Oh, Mutter, hast du uns dafür zu Frauen werden lassen?« riefen sie, wenn sie dich prüfend anschauten wie ein in die Falle gegangenes Tier. Du hast geweint und dich umgeschaut, während ihre festen Hände dich gepackt hielten, damit sie in Ruhe ansehen konnten, was sie sehen wollten.

»Was gebt ihr mir, wenn ich euch zeige, was ich gefangen habe?« hast du gefragt.

»Das hier«, lautete die Antwort. Sie entblößten ihre kleinen Brüste vor dir, und du durftest sie anfassen und streicheln, wenn du ihnen dafür etwas von deinem Fang gabst. Heimlich brieten sie dann den kleinen Vogel, damit ihre Mütter es nicht merkten. Und wenn du die Brüste eines der kleinen Mädchen gestreichelt hattest, fühltest du dich plötzlich wie ein richtiger Mann. Ein Mann, dessen ganzer Stolz darin bestand, die auserwählte Frau zu versorgen.

Bei den *Mahumbwe*-Spielen hast du wieder die Brüste des Mädchens angefaßt, das den Vogel von dir angenommen hatte. Sie war jetzt deine Frau. Du hast dich zu voller Größe aufgerichtet und bist der Vater geworden, hast sie angewiesen, dir etwas Wasser zu bringen, weil Vater Durst hatte, Essen zu bringen, weil Vater Hunger hatte. Paß auf, daß die Kinder nicht mit meinen Schnitzereien spielen, ich gehe in den Wald und schneide ein paar Pfosten für einen neuen Rinderpferch.

Beim Schein des neuen Mondes hast du mit den dir vertrauten Mädchen getanzt. Du hast mit ihnen getanzt und dich dabei irgendwie wichtig gefühlt, hast die ganze Zeit getanzt, und der Staub, den deine Füße in die Nachtluft hochgewirbelt haben, hat dir nichts ausgemacht. Du hast in die Luft getreten und den Staub der Erde eingeatmet, in der deine Nabelschnur vergraben ist. Du hast die alten Lieder der Eulen gehört und gewußt, wer über diese Nachtvögel herrscht.

Auf dem Heimweg wußtest du immer, welche Geister in den Termitenhügeln hausten. Also mußtest du aufpassen, nicht die Verwandten zu beleidigen, die über die Geister herrschen, die sich an den dir bekannten Orten verbargen. Die Flüsse, die Hügel, die Ströme und die Termitenhügel, sie dienten den Geistern, die dir schlaflose Nächte bereiten konnten, als Verstecke. Doch das ängstigte dich nicht, denn es waren vertraute Geister und Ungeheuer. Die spielten dir mal einen Streich. Und du spieltest ihnen ab und zu einen Streich. Das Leben mußte weitergehen.

Das neue Land aber, von dem dein Vater träumte, es hatte einen anderen Klang, der nur von Ferne zu dir drang wie die Geschichten, die sich in deinen Träumen ereigneten. Erst waren sie nur ein Traum. Die Geschichten, die er dir vom Land Gotamis erzählt hat. In dem Mensch und wildes Tier sich miteinander zum Essen setzen, ohne in Streit zu geraten. Er hat dich in einer dunklen Nacht ans Feuer geholt, hat dir erlaubt, dich zu setzen. Dorthin, wo sich nur die Männer und die großen Jungen setzen dürfen, wenn sie einander die Zeichen des Jahres deuten und den Geschichten von Leben und Tod lauschen.

»Es waren einmal Hase und Pavian, die zogen aus, Mädchen zu suchen. Am Ort ihrer Geburt gab es nicht allzu viele hübsche Mädchen. Hase hatte von fernen Landen gehört, wohin sie nun wandern wollten, weil man dort die hübschesten Mädchen des ganzen Kontinents, ja der ganzen Welt fand. Die Mädchen dort sollten so hübsch sein, daß niemand sie bei Tag ansehen durfte, weil ihre Schönheit die Augen blendete. Ihre Füße, ihre lächelnden Gesichter, die prallen Brüste. Und geschmeidig sollten sie sein.

Eines Tages hatte etwas in Hases Brust ihm bedeutet, er müsse sich die Mädchen einmal aus der Nähe betrachten. Sein Herz wurde rastlos. Aber er konnte nicht allein fortziehen. Das Land war weit entfernt, und unterwegs konnte es leicht geschehen, daß ihn ein wildes Tier entdeckte, wenn er allein den Pfad daherkam, und der Idee verfiel, sich mit dem Häppchen Fleisch den hohlen Zahn zu füllen. Hase mochte sich das nicht vorstellen. Er brauchte also jemanden, der mit ihm wanderte, damit sich der weite Weg mit Unterhaltungen und Liedern bewältigen ließ.

Hase konnte zuckersüß reden. Er konnte dich bitten, ihm deinen Schwanz zu verkaufen, und du hättest es bereitwillig getan, ohne auch nur eine Frage zu stellen. Er wedelte mit seinen großen Ohren hierhin und dahin, als wollte er dir frische Luft zufächeln. Der ist nett, hättest du gedacht. Dann die Frage: Willst du nicht mit mir kommen in das Land mit den hübschesten, bezauberndsten, verführerischsten Mädchen mit den süßesten Stimmen, die du je gehört hast? Die Mädchen in jenem Land sind ausgesprochen entgegenkommend. Sie weigern sich nicht, mit dir zu schlafen. Nicht mal im freien Feld, in den Tälern nicht und nicht unter den Bäumen. Ihren Eltern macht das nichts aus. Ihnen ist klar, daß eine schöne Kalebasse eines Tages mit Wasser gefüllt werden muß.

Pavian war ein Mann, der gern solcher Glückseligkeit teilhaftig werden wollte. Hase hatte gerade erst mit seiner Geschichte begonnen, da wedelte Pavian schon mit seinem steifen Schwanz und rieb ihn mit Öl ein, damit die

Mädchen sich ihm zuwendeten, bevor Hase sie mit seinen großen Ohren betören konnte. Er puderte die dunklen Haare in seinem Gesicht, damit ihr Schwarz kräftiger leuchtete.

Wie sie so dahingingen, Hase und Pavian, Freunde seit dem Anfang aller Zeiten, spürten sie, wie Hunger sie überkam. Sie brauchten etwas zu essen. Pavian knurrte der Magen, so sehr, als ob auf den fernen Hügeln ein Löwe in seiner Höhle brüllte.

Hase, der ja ein schneller Läufer ist, bat Pavian, eine Weile zu warten. »Setz dich auf einen Ast und schau, ob sich im Unterholz etwas bewegt.« Und Hase rannte los.

Bei seiner Rückkehr brachte er eine Kalebasse voll schäumender Milch mit, die er mit seinen sauberen Händen gemolken hatte. Pavian lief das Wasser im Munde zusammen, als er die überschäumende Milch erblickte. »Ich glaube, wir sollten hier eine Weile rasten. Die viele Milch! Wenn die Frauen hier so eine Milch in ihren Kühen haben, dann müssen ihren Schößen auch hübsche Mädchen entspringen«, beeilte sich Pavian vorzuschlagen.

Ohh, die Milch schmeckte köstlich. Wie sie dem hungrigen Pavian schäumend die Kehle hinunterrann! Seine Hände, dunkel und schmutzig, weil er sorglos den Pfad aus brauner Erde entlanggelaufen war, wurden vom Milchschaum aus der Kalebasse ganz weiß.

»Ich habe immer geglaubt, du wärst der einzige, der Versuchungen nicht widerstehen kann«, murmelte Hase zwischen zwei Schlucken Milch. »Ich bin auch der Meinung, daß wir eine Weile hier bleiben sollten. Noch liegen viele Wälder vor dem Land mit den hübschen Mädchen. Wir werden weiter von der Milch trinken und dann unsere Reise fortsetzen.« Er verhehlte nicht, daß auch er eine

Schwäche für die Milch hatte, die da so frisch und warm aus dem Euter einer Kuh kam. Er konnte sich nicht erinnern, jemals zuvor in seinem Leben den Besitzern der Kühe so schmackhafte Milch gestohlen zu haben. Bisher hatte er Milch gestohlen, die wie Wasser schmeckte. Schlechte Bauern, hatte er geflucht, die sollte man dem hungrigen Löwen zum Fraß vorwerfen, der alle Tage im Wald lärmt und sich König der Tiere nennt.

»Das höre ich gern«, stimmte Pavian seinem Freund zu.

»Aber, Onkel Pavian, jetzt mußt du gehen. Ich kann dir doch nicht alles zeigen, das Land mit den hübschesten Mädchen, das Land mit der schäumenden Milch, einfach alles. Es ist nicht meine Aufgabe, immer alles für dich zu erledigen. Mir ist ja klar, daß wir enge Verwandte sind, aber der Gedanke, daß immer ich es bin, der alles in die Wege leitet – das geht nun doch zu weit«, beklagte Hase sich. Dabei war ihm durchaus bewußt, daß er, seit sie miteinander befreundet waren, Pavian so oft übers Ohr gehauen hatte, daß sie beide es nicht mehr zählen konnten.

»Kein Problem, mein lieber Hase. Du kennst die Tricks. Bring sie mir bei, und ich erledige alles zu unserer Zufriedenheit. Was würde ich nicht für diese Milch tun! So wohlschmeckend und schäumend, daß ich mich am liebsten für den Rest meiner Tage hier ansiedeln würde.« Pavian war ganz aufgeregt, sein Herz raste.

»Klar kenne ich alle Tricks. Du nimmst die Kalebasse mit, die hier im Netz hängt. Wenn du in den Kuhpferch kommst, melkst du ganz sacht die Kühe. Die fetten. Du melkst, bis die Kalebasse voll ist. Sollten dich die Kühe fragen, was du da zu suchen hast, antwortest du ihnen, du seist der neue Hütejunge. Erzähl ihnen, daß du sie so zeitig melkst, weil du auf deine neue Herrschaft einen guten Eindruck machen möchtest. Und sag ihnen, daß jede Kuh, die sich weigert, dir ihre Milch zu geben, bei den Feierlichkeiten zur neuen Ernte geschlachtet wird.« Hase räusperte sich.

»Alles klar.« Pavian hatte den Plan begriffen. »Das leuchtet mir ein.«

Er sah sich schon mitten in der Nacht mit der Kalebasse in der Hand verstohlen in den Pferch schleichen und an den Zitzen der Euter ziehen. Er spürte schon die wohltuend warme Milch an seinen Handflächen. Die Besitzer der Kühe würden ruhig weiterschnarchen, und keiner würde gestört werden. So stellte Pavian sich das vor.

»Dann kommt das Schwierige an der Sache. Auf dem Rückweg könnte es langsam hell werden. Schließlich liegt der Ort weit weg. Du wirst also Leuten mit mißtrauischen Augen und Nasen begegnen, die dich grüßen und fragen, woher du kommst und wohin du gehst. Antworte ihnen, daß du einen Verwandten besucht hast, der an einer unbekannten Krankheit leidet. Daß du festgestellt hast, daß seine Felder von einem riesigen Schwarm brauner Heuschrecken heimgesucht worden sind. Und weil du nichts gegen ein paar wohlgebratene braune Heuschrekken einzuwenden hast, hättest du ein paar aufgelesen, die sich jetzt in deiner Tasche befänden. Wenn jemand sie sehen will, dann sag ihm, sie seien noch am Leben und könnten wegfliegen. Du aber weißt natürlich, daß du keine Heuschrecken mit dir herumträgst, sondern die frische, schäumende Milch, die wir dann gemeinsam trinken werden.« Damit hatte Hase ihm alle zum Diebstahl notwendigen Tricks offenbart.

Pavian nickte. Er hatte die ganze Zeit über gelächelt, und sein Schwanz schlug plump hin und her.

Am nächsten Morgen kam er weinend zurück. Die Kalebasse war fort, und Milch brachte er auch keine mit.

»Was ist passiert?«

»Auf dem Rückweg habe ich ein paar Leute getroffen. Sie fragten mich, was ich durch die Gegend trüge, und ich erzählte ihnen, daß es braune Heuschrecken seien, ich eigentlich aber wüßte, daß ich frische, schäumende Milch nach Hause trüge, damit Hase und ich davon trinken könnten.« Pavian weinte herzzerreißend, und Hase mußte lachen, wünschte sich aber, er wäre selbst gegangen.

»Nein, Onkel Pavian, du solltest ihnen nicht sagen, was du eigentlich wußtest.« Hase lachte, lief den Pfad hinunter, wobei sich eine Wolke wütenden Staubs in die Luft erhob. Sie setzten die Reise in das Land der hübschesten Mädchen fort. In das Land, in dem nur die hübschesten Mädchen am Leben gelassen wurden. Alle anderen wurden kurz nach der Geburt getötet.

»Weißt du was?« fragte Pavian, während sie so daherschritten.

»Was denn?«

»Die Milch war ohnehin sauer heute.« Pavians Augen schimmerten noch immer tränenfeucht.

»Ich weiß«, entgegnete Hase nur.

***

Das ferne Land der Tiermärchen wird nur zu bald Wirklichkeit werden, meinst du, während dir die Geschichten von Geiern und Männern, die sich gemeinsam über die Kadaver toter Tiere hermachen, in den Sinn kommen und sich dir auf das Gemüt legen wie Ruß, der von einem Dach herunterfällt. Elefanten, denen der Magen grollt, brüllende Löwen, gierige Hyänen und Schakale, jedes Tier, das in den Märchen erwähnt wird, wird dort zu finden sein. Und alle werden das Land sehen können, frei wie der Wind am Morgen. Die Geschichten der Nacht lassen dir den Atem stocken, und du denkst: Was für eine Welt! Menschen und Tiere leben miteinander in dem Land, singen gemeinsam, sterben gemeinsam.

***

Jahre später breitet sich ein neues Gehöft am Fuße des heiligen Hügels aus. Die Häuser stehen ausgerichtet wie stramme Soldaten. Neue Feuerstellen, neue Dächer. Und ein Geruch, für den dir die Worte fehlen. Neues Land, das frisch riecht wie Gras, das man zwischen den Handflächen zerreibt, tut sich auf, als die riesigen Bäume gefällt sind, deren Schatten von einem Termitenhügel zum nächsten reichen, auch wenn der nicht zu sehen ist. Die neue Erde, die sich nur widerstrebend wenden läßt, riecht so ganz anders als alles, was dir je in die Nase gestiegen ist.

Ist dies das Land in den Hügeln und Flüssen, die ohne Furcht vor dir oder irgend jemandem, der vorüberkommt, ihres Weges ziehen? Berühr die Erde, fordert dein Herz dich auf. Berühr sie. Atme ihren Duft. Spür seine unbeugsame, fruchtbare Grobkörnigkeit.

Sieh die Vögel, wie sie, winzigen Wolken gleich, am Himmel kreisen, mit glatten, festen Federn ohne bestimmtes Ziel dahinziehen. Eine Schar langhälsiger Geier kreuzt den Himmel auf dem Weg zum Kadaver eines Tieres, das räubernde Jäger getötet haben. Du hast das Gefühl, als könntest du der nächste sein, dem die Geistervögel einen Besuch abstatten. Die Lieder der anderen, der kleineren Vögel, bringen dich durcheinander. Sie klingen dir so zärtlich in deinem einsamen, verlorenen Herzen, wie eine Begrüßung. Und trotzdem sticht tief in dir drin ein Schmerz. Du verstehst die Worte nicht, die dir die kleinen Vögel in ihrer Sprache sagen. Niemand war so freundlich, dir ihre Namen zu nennen. Für dich sind sie einfach nur Vögel. Vögel mit langen Schnäbeln, Vögel mit leuchtend bunten Hälsen, Vögel mit glänzend schwarzem Gefieder. Vögel. Vögel. Wie sollst du auf ihre Rufe antworten, wenn du nicht verstehst, was sie dir sagen? Abends gehst du schlafen, ohne zu wissen, wie der Vogel heißt, der dir am Morgen als erster ein Lied singt, damit du aufwachst. Der Morgen kommt mit einer Stimmenflut, die du nicht verstehst. Es ist, als brächte jede Nacht deinen letzten Atemzug.

Leer ist der Spielplatz im Land Gotamis. Dort spielen keine Kinder mehr. Die Lieder, mit denen du aufgewachsen bist, sie sind verstummt. Die Kinder fürchten sich vor dem Mond. Gebadet vom Mondschein, können sie weit in die Nacht hinein sehen, und sie wissen, daß auch die wilden Tiere sie aus großer Entfernung erblicken können. Oder auch aus großer Nähe. Dann nämlich, wenn sie sich im hohen, dichten Gras verbergen und auf eine Gelegenheit zum Angriff lauern. Du fürchtest dich.

Nachts fallen die Warzenschweine in die Felder deines Vaters ein. Paviane und Affen, die man nicht beleidigen darf, klettern auf die Bäume und springen über euren Köpfen am Himmel entlang. Sie singen andere Lieder als die, die du während der Jahre gehört hast, in denen du herangewachsen bist.

Insekten, Zikaden, sie singen schrillere Lieder von dem Schmerz, den sie empfinden, weil sie die Blumen mit Schafen und Ziegen, diesen Neuankömmlingen, teilen müssen. Erschreckte Vögel singen warnende Lieder. Vielleicht wollen sie sagen: Wir hassen euch dafür, daß ihr gekommen seid! Unbekannter Tod, verschwinde!

Alles ist anders hier. Die Sonne steigt am falschen Himmel auf. Die Flüsse fließen rückwärts. Die Finger der Hügel weisen in die falsche Richtung. Weg von dem Land, in dem du geboren wurdest. Als wollten sie dir deinen Tod zeigen. Wenn du singst oder die Esel und Rinder anschreist, werfen die Hügel dir ein gedämpftes, unheimliches Echo zurück. Wütende Echos der Stimmen des Volkes von Gotami. Du fürchtest dich vor der Nacht. Und auch vor dem Tag, der dein Herz immer aufs neue mit so vielen Ängsten überflutet.

Du hast Angst vor dir. Es ist die tief sitzende Furcht, sich selbst nicht zu kennen. Eine Furcht, die so tief sitzt, daß du in Schweigen verfällst wie jemand, der auf einen unmittelbar bevorstehenden Besuch wartet. Alle Gesichter um dich herum sprechen von der tief sitzenden Angst, die niemand recht aussprechen kann. Hier gibt es keine Namen. Niemand hat einen Namen, wofür auch immer. Niemand kennt die Schatten der Nacht. Niemand träumt von den Bildern des kommenden Tages. Finsternis. Hier versammelt sich alle Finsternis der Welt. Nur Hexen gibt es nicht. Weil die wilden Tiere alle Hexen fressen würden. Und nur die Träume bleiben. Träume von entlegenen Gegenden, weit entfernt von diesem Ort, von dem dein Vater immer geträumt hat.

Land von Gotami, hörst du dich sagen, du bist wild und voller Schrecken, voller unbekannter Träume.

Als deine Mutter die Saat in die Erde Gotamis bringt, sind die Felder grün, bevor man es sich noch versieht. Es ist wie ein Wunder. Saftiger, fruchtbarer Boden schenkt neuen Saaten überbordendes Leben. Mais. Baumwolle. Die anderen Saaten, die du aus dem Land deiner Geburt kennst, verschwinden in der Welt der Geschichten.

An einem feuchtheißen Tag steht dein Vater am Feldrain und lauscht den Stimmen der Maispflanzen, wie sie sich unterhalten. Er streicht über die Blätter und murmelt etwas über das Leben, das nun nach Maiskolben gemessen wird. An jedem Blatt kann er den Puls der Pflanze fühlen. Die Blätter wispern ihm zu, beschwichtigen sein Herz, raunen ihm Geschichten von Wohlstand und Überfluß zu, Geschichten, die er seit langer Zeit erzählt hat. Ich wünschte mir, die Leute zu Hause sähen das hier, denkt er laut vor sich hin. Die Pflanzen belauschen die Sehnsüchte seiner fliegenden Seele. Allein wandert er über die Felder, spricht er zur Erde, hört er die Botschaften der Pflanzen, fragt er so manche, warum sie dünn bleibt, während alle anderen dick und dicker werden. Freude überkommt ihn. Er ist wie entrückt, pfeift eine namenlose Melodie vor sich hin, läßt seiner Leidenschaft freien Lauf. Das überwältigende Grün scheint sein eigenes Gedeihen zu sein, frisch und saftig.

In solchen Augenblicken vergißt er alles andere. Auch euch. Und die Gräber seiner Ahnen, die er in einem weit entfernten Land zurückgelassen hat. Er ist allein. Ist ein Mann, der einsam träumt. Der träumt, ohne daß Tote oder Lebende sich einmischen. Er ist allein mit den Hügeln und den Flüssen, die zu ihm in einer Sprache sprechen, die nur er versteht. Allein mit den wenigen Auserwählten, die nur er sieht. Mit denen nur er gemeinsame Lieder singen kann. Allein mit den Stimmen des neuen Landes. Allein mit den Stimmen der Blätter an den Feldfrüchten, den Stimmen der Wellen, die sich auf unbekannten Flüssen kräuseln, den Stimmen der Sterne, die geheimnisvoll an dem fremden, von allem so weit entfernten Himmel stehen.

Hast du gesehen, wie dein Vater mitten durch die Rinder und die Schafe gegangen ist? Nein, nicht durch die Ziegenherde. Die mag er nicht leiden. Ziegen haben keine Persönlichkeit. Dafür haßt er sie. Er würde das Geschäft mit den Ziegen am liebsten den Frauen, seinen Ehefrauen, überlassen. Gern hört dein Vater zu, wie die Kühe atmen, wie ihre scharfen Zähne das hochgewachsene Gras abmähen. Er setzt sich hin, um ihnen zuzusehen. Und seine Augen leuchten. Sein Herz steht in Flammen. Dank den Ahnen, daß sie mir diesen Wohlstand geschenkt haben. Er streichelt die Kühe und spricht jede einzelne mit ihrem Namen an. Alle Kälbchen, die gestern und heute geboren wurden, haben schon einen Namen. Er kennt sie alle. Sie sind seine Kinder. Wann immer er sie ruft, heben sie die Köpfe, und es scheint, als würden sie sagen: Ja, Herr, wir hören dich.

Der Bulle mit dem Fleck auf der Stirn heißt Star. Ein Bulle, den er dem gierigen weißen Bauern abgekauft hat. MaMhlanga heißt die Kuh, die mehr Milch gibt als alle anderen. Die Kuh, die die Milchkanne zum Überlaufen bringt. MaDube ist die widerspenstige, die es niemandem erlaubt, ihr Euter anzufassen. Er lauscht ihrem Atem und spürt ihre Herzen. Fühlt, ob sie kränkeln oder gesund sind. Auf ihren Gesichtern erkennt er Gesundheit oder Krankheiten, lange bevor der LDO ihn darauf hinweist. Stundenlang, tagelang, jahrelang könnte er neben einem Bullen oder einer Kuh stehen, dem Tier die Nase streicheln, ihm das Hinterteil tätscheln und sich vorstellen, wie glücklich die Tiere sein müssen in diesem Meer saftiggrüner Weiden. Sattgrüne Gräser und Blätter, die locker auf dem Antlitz der Erde sitzen.

Dein Vater unterhält sich auch mit den Kälbchen. Als fragte er sie, was sie einmal werden wollen, wenn sie erwachsen sind. Die Milch, mögt ihr eure neue Milch? Wie ist das, wenn ihr hier in die Luft springen könnt, in diesem Himmel aus Gras und Blättern? erkundigt er sich.

Die Kühe, die Bullen, die Kälber lecken ihm Finger und Handflächen, nicken vor Freude mit den Köpfen.

Wenn der Pflug die Erde umbricht, ist dein Vater dabei, steht da. Seine Hände sind von Erde verschmutzt, die er aufgehoben hat, damit sie sein Herz erfreut. Hat nicht der LDO dasselbe getan? Seine Augen sagen ihm, ob der Klumpen schwarzer Erde in seinen Händen reich an Nährstoffen ist. Dieses Land schenkt mir, was ich mir wünsche, spricht er. Und seine Stimme wird vom Rattern des Traktors verschluckt. Die Ernte von Korn und Baumwolle. Vögel, die sich singend und tanzend von Baum zu Baum schwingen. Die Tiere der Wildnis. Regen, die keine Jahreszeiten kennen. Flüsse, in denen sich das ganze Jahr über Fische und quakende Frösche im Übermaß tummeln.

Zur Erntezeit darf niemand von den Früchten der Felder essen, bevor nicht den Ahnen die Opfergaben dargebracht worden sind. Dein Vater hält große Maiskolben in den Händen und erzählt den Vorfahren, daß nicht seine Hände die Maiskolben halten, sondern ihre. Denn ihre Stimmen haben den Maiskolben zu wachsen befohlen. Jedes Jahr bittet er um eine bessere Ernte, und er erhält sie. Er betet, daß der Tod die Familie verschonen möge. Und seine Gebete werden erhört, denn noch gibt es kein einziges Grab in der Nähe des Gehöfts. Lange Jahre wächst du in dem Glauben heran, daß der Tod die anderen Familien betrifft und dir und deinen Schwestern und Brüdern nicht bestimmt ist. Der Tod meidet dich. Gräber sind entlegene Angelegenheiten: Du erfährst von ihnen nur aus Märchen und Sagen. Sie sind dir fern wie die Wolken in der Trockenzeit.

»Gotamis Land«, hörst du deinen Vater sagen. »Wenn sich nur die Gräber meiner Väter hier befänden«. Das sagt er nur selten. Dann, wenn es seinem Herzen nicht gut geht. Nachts.

Es ist Tag. Der Himmel ist hoch und weit. Oben am Himmel siehst du Flüsse, die sich aus kleinen und großen Wolken zusammensetzen. Ein Mann entdeckt im hellen Tageslicht ein Glühwürmchen. Er läuft ihm hinterher. Sein Herz fiebert. Er folgt ihm, wie jemand, der darauf aus ist, daß winzige Feuer des Glühwürmchens zu fangen. Der Mann bleibt stehen, läuft wieder los, berührt ein Blatt und seufzt. Ihm ist das Glimmen des Glühwürmchens entglitten. Er bückt sich, kniet nieder, um die grünen Pflanzen anzufassen, die sein Leben bedeuten. Die Pflanzen und das Glühwürmchen verbinden sich zu einer großen Freudenflamme in seinem Herzen. Er berührt den Boden, lobpreist ihn, weil er Glühwürmchen und Pflanzen hervorbringt. Wenn er an der Erde riecht, spürt er, wie sein Herz sich mit neuem Lachen füllt, das sich stürmisch Bahn bricht. Seine Handflächen erzählen es ihm. Er ist nicht länger einsam. Die Pflanzen, die Glühwürmchen, die Vögel, die sich über seinem Kopf niederlassen, all das Leben rings um ihn herum, die vielen Freunde. Das Leben. Die alten Freunde. Und die neuen Freunde, die mit Anbruch einer neuen Jahreszeit auf die Welt kommen werden.

***

Direkt vor mir fällt ein Blatt. Gelb. Sterbend. Ein Buchstabe fällt vom dunkelblauen Himmel, der voller Flüsse ist aus Wasser und Tau. Auf dem Blatt erscheinen ineinander verwobene Muster, die aussehen wie die Handfläche eines Kindes. Ein Gruß von den Toten. Sanftes Raunen des Windes in meinem Ohr. Ein weiteres Blatt, so gelb wie eine Blume, fällt, *schschsch*, zu Boden. Zischt sacht wie ein Freund. Und noch ein Blatt folgt dem Strom der Blätter. Eine Feder, vom Wind getragen. Feder und Glühwürmchen werden zu einer großen Freudenflamme. Sie singt eine kleine, kitzelnde Melodie von ihrer Flucht, verwünscht mich, weil ich mich eingemischt habe.

Ein kleiner Vogel schrickt hoch und macht mir den Weg frei. Seine Flügel schlagen auf das trockene Gras, als wollte er eine Matte weben aus Gras und Federn. Kleine Vögel lassen dein Herz vor Lachen hüpfen. Wenn du ihn mit einem Katapult zur Strecke bringst, erntest du nur einen kleinen Haufen Federn. Und wenn du den kleinen Vogel zum Braten in das Feuer legst, verschwindet er völlig. Stille. Hei, sogar die Eidechsen tanzen, wenn ich vorübergehe. Eidechsen. Eidechsen. *Dhambakura rovera musoro pasi, mai vanogwara kumba. Dhambakura rovera musoro pasi, mai vanogwara kumba.* Kinderlieder. Kinder und Eidechsen spielen miteinander. Sie sind im gleichen Alter, die Kinder und die Eidechsen. Und haben sich gern.

Trotzdem: Die Menschen sind taub. Wenn ich spreche, sitzen sie auf den Ohren. Worte irritieren ihre Ohren nur. Doch sind die Worte erst einmal ausgesprochen, dann dringen sie ins Ohr und breiten dort ihre Schlafmatte aus. Wenn ich sage, daß der Tod Angst vor mir hat, dann glauben die Leute, daß ich es nicht ernst meine. Wer stirbt, wenn die Sonne scheint und der Wind ihm sacht ins Gesicht bläst, der ist ein Narr. Ich habe für all das schwer gearbeitet. Kinder, Frauen, Scheunen voller Korn. Ställe. Maschinen, die so brüllen, wie die Vorfahren sich das nie vorgestellt hätten. All das gehört mir. All das kommt von den Händen, die gearbeitet haben. Wohlstand kommt von Händen, die arbeiten, und von Füßen, die nie ruhen.

Der Hintern allein hat noch nie jemandem irgend etwas eingebracht.

Ich weiß, daß ich allein bin. Einsam in diesem Land schwitze, weit entfernt von den Stimmen, die mein Lob gesungen hätten. Weit entfernt von den vertrauten Wolken, deren Bewegungen und Farben ich zu lesen weiß. Hier aber gehört mir, was ich besitze. Der Boden. Der Himmel über meinem Land. Der Mond, der nachts so kalt da oben glimmt. Der Boden, auf dem du stehst, gehört mir. Das Gras, die Schlangen, die Ameisen. Sogar die räuberischen und gefräßigen Hyänen. Sie gehören mir. Ich kann ihnen befehlen zu leben oder zu sterben. Ich schenke den Tieren das Leben oder lasse sie sterben. Je nachdem, ob ich meine, daß sie leben oder sterben sollten, weil sie alt und krank und schwach sind. *Basopo lo inja.* Gefahr, *skelemu.* Das sah ich vor vielen Jahren am Tor stehen, das zu den Häusern des Weißen führte. In meinen Tagen als Milchjunge. Der Mann, der den Speer besitzt, legt die Regeln fest, nach denen er benutzt werden darf.

Rinder, Ziegen, Lämmer, Vögel, Glühwürmchen, selbst der Fluß, der durch meine Felder fließt, alles gehört mir. Alles ist in meinem Besitz. Ich werde sterben, wenn alles vollbracht ist. Laß mich jetzt, für den Augenblick, alles betrachten und mein Herz zur Ruhe kommen. Ich will die Tage vergessen, an denen ich morgens aufwachte, nur um dem Weißen die dreckigen Schuhe zu lecken. Das waren Zeiten! Ja, Baas. Ich verkaufe Eier, Baas. Tut mir leid, daß ich Ihnen Eier verkaufe, Baas. Aber meine Hühner sind gut. Sie fressen nicht, was gute Hühner nicht fressen sollten. Oh, welchen Preis Sie auch immer zahlen wollen. Ich werde meinen Kindern etwas zu essen kaufen. Baas! Baas! Gleichzeitig spielt Baas mit seinem Hund. Nichts bringt ihn aus der Ruhe. Ich erinnere mich des

Weißen, der alle Eier aus meinem Korb nahm und mir als Bezahlung aus einer alten schmierigen Kanne eine Tasse Tee einschenkte. Ich trank den Tee, verbeugte mich, um mich zu bedanken, und ging davon, um zu kotzen. Ich fragte mich, wann damit wohl Schluß wäre. Wird es mit dem Weißen in Haß oder in Freundschaft enden? Wenn ich ihn mir zum Freund mache, sagte ich mir, dann verrät er mir eines Tages vielleicht die Tricks seiner Väter.

Die Zeit verging, und ich griff zu Hacke und Pflug. Ich lieferte Wassermelonen, Kürbisse, Zuckerrohr und Erdnüsse an die indischen Händler in der großen Stadt. Inder, die dir abnahmen, was du in deinem Garten angebaut hattest, es dir dann wieder verkauften und dabei reich wurden. *Buya tinapangana*, schrien sie mich immer an. Wollten, daß ich ihnen die Früchte meines Schweißes umsonst überließ. Ich versuchte, so viel wie nur möglich mit ihnen zu verdienen. Doch es war nur wenig. Zwei Schilling für eine Tüte voll guter Erdnüsse. Zwei Pennies für eine Wassermelone. Drei Pennies für eine Legehenne.

LDO, sag mir, was bringen meine Hände nicht zuwege, was deinem Volk gelungen ist, um immer reicher zu werden?

Der Bauch des Geldbeutels, erwidert er. Der Bauch des Geldbeutels.

Erinnerst du dich an den Tag, als der LDO ins Dorf kam, um mich zum Master Farmer zu krönen? Die Augen des ganzen Dorfes ruhten auf mir. Die Augen der Hexen. Die Augen der Wahrsager und der Heilkundigen. Augen, aus denen Eifersucht, Gier, Bewunderung spricht. Ein Traum gewinnt Gestalt. Eine schlaflos verbrachte Nacht bringt viele Nächte guten Schlafes hervor. Ein Nestling, der Angst vor dem Fliegen hat, wird niemals das Nest im Fluge verlassen.

So war das Leben. Ich war das Leben, und das Leben war ich. Ich lernte, daß das Leben sich verändern muß. Schau dir den Boden an und bitte ihn um das, was du dir wünschst, sprach ich zu mir. Erde, bist du es, aus der der Weiße seinen Wohlstand bezieht? Schweiß. Hände und Füße. Meine Kinder müssen zur Schule gehen, die Mädchen und die Jungen. Also schwitz noch etwas mehr, damit du die Mäuler stopfen kannst, die sich dir wie verschlafene Nestlinge entgegenrecken.

»Mädchen zur Schule schicken?« Mein Freund Tsapi lachte mich aus. »Die Prediger der Kirche haben dich wohl bekehrt? Wie kann ein Mann wie du die Mädchen zur Schule schicken? Siehst du nicht, daß ich nur meine Jungs zur Schule schicke? Wenn dir ein Mund, der nicht um den heißen Brei herum redet, die Meinung sagen soll, dann höre: Schicke ein Mädchen zur Schule, und du gibst Geld an deine Schwiegerleute zurück, denen du den Brautpreis bezahlt hast, um dir eine Frau ins Haus zu holen. Obwohl du bei klarem Verstand bist, verbrennst du bares Geld, als wäre es Feuerholz. Mädchen brauchen nur so lange zur Schule zu gehen, bis sie die Briefe ihrer Verehrer lesen können. Das reicht völlig.« Tsapi ließ sich nicht umstimmen. Er warnte mich, und seine Gummisandalen aus alten Autoreifen knirschten über den sandigen Pfad, als wir zu ihm nach Hause gingen.

Tsapi hatte seine »Jungs« gebeten, uns eine kleine Kuh zu schlachten. Damit wir etwas zu essen hatten, derweil wir uns über die Bürden unterhielten, die auf unseren Herzen lasteten. Er hatte die Gewohnheit, etwas Blut zu vergießen, ein kleines Leben zu opfern, damit seine Freunde sich satt essen und die Sorgen der Welt hinter sich lassen konnten. Ein reicher Mann muß seine Freunde von Zeit zu Zeit zum Essen einladen. Um zu feiern, daß das Leben es gut mit ihm meint. Und auch die Vorfahren kann man auf diese Weise glücklich machen. Solche Augenblicke dürfen nicht von Männern gestört werden, die wie Frauen reden, meinte Tsapi immer.

»Wenn die Mädchen nicht zur Schule gehen, woher sollen dann Krankenschwestern und Lehrerinnen kommen?« Fast unbeabsichtigt hatte ich ihm den Fehdehandschuh hingeworfen. Kluge Gedanken werden einem manchmal erst nach gedankenlosen Fragen bewußt.

»Ach! Wer sagt denn, daß die Krankenschwester ausgerechnet aus deinem Hause kommen muß? Haben die Krankenschwestern dir je erzählt, was bei ihnen zu Hause los war? Vielleicht hatten sie keine Väter.« Mit dem Mund war er ziemlich schnell.

Ich erkenne, worauf er mit seinen Worten hinauswill, doch mich plagen Sorgen. Meine Mädchen. Die Mädchen, die mir Rinder ins Haus bringen sollen. Ich will mich selbst dazu überreden, daß ich Tsapis Rat befolgen werde, auch wenn ich nicht völlig mit ihm übereinstimme. Ich halte es für möglich, daß seine Gedanken im späteren Leben Früchte tragen werden. Der Mann lacht die Dummheit aus, wann immer er sie irgendwo sieht. Die heisere Stimme kann dir das Blut krätzig werden lassen. Tsapi hatte so laut gelacht, daß die Frauen aus ihren Häusern gelaufen kamen, um nachzuschauen, ob der Mann nicht an einem Stück Fleisch erstickte.

Dummheit. Mädchen zur Schule schicken. Nein. Ich sehe das jetzt alles noch viel klarer. Von meinen Mädchen ist keines lange genug zur Schule gegangen, um Krankenschwester oder Lehrerin werden zu können. Sie können gerade die Briefe ihrer Liebhaber lesen. Mehr nicht. Wer sagt denn, daß man die ganze Quelle leertrinken muß, um seinen Durst zu löschen? Manchmal tut es auch eine kleine Kalebasse mit Wasser. Die Mädchen können jetzt mit ihren Ehemännern die Abendschule besuchen. Hätten sie etwa die Feldarbeit erlernt, wenn ich sie in meiner Dummheit zur Schule geschickt hätte? Nein. Sie würden jetzt nur die Zähne putzen, baden, essen und schlafen, und ihre Hände wären so weich wie Baumwolle.

Siehst du den Boden hier, hast du den Vogel gesehen, der an mir vorüberflog, die grüne Pflanze auf dem Feld, die mir etwas ins Ohr geflüstert hat? Ich bin selbst nicht zur Schule gegangen. Ich habe nichts anderes getan als hart zu arbeiten. Schweiß.

Neulich sprach mich der LDO, ein junger Weißer, mit »Mister« an. Nur wenige Afrikaner werden von einem Weißen mit »Mister« angeredet. Ob alter oder junger Mann, sie nennen jeden »mein Junge«. Ich weiß, daß sie uns für Tiere halten. Für Tiere, die manchmal auch wild werden können. Und mitunter haben sie sogar recht. In den Bergwerken gingen uns die Buren scharf an. Scharf wie roter Pfeffer. Ein Tritt in den Hintern. Ein Schlag auf die Nase. Beleidigungen. Unsere Leute mögen die Arbeit nicht. Sie arbeiten ein bißchen, dann sehen sie in die Sonne, legen die Hacke oder den Pflug zur Seite und schauen sich nach einem Ort um, an dem man singt und tanzt. Der Weiße aber will uns arbeiten sehen. Es gefällt ihm nicht, wenn wir herumsitzen wie kleine Kinder und zu nichts nutze sind. Der Hintern hat noch nie jemandem Wohlstand beschert. Füße und Hände bringen dir Wohlstand. Wisch dir den Schweiß ab. Singe und tanze später, wenn die Arbeit getan ist. Halt nicht als erstes nach einem Biergelage Ausschau, wenn du am Morgen erwachst. Verschieb die Vorbereitungen auf Gesang und Tanz und Feier. Folge dem Pfad, der dich zum Klang der Trommeln führt. Trommeln werden aus Holz und der Haut starker

Ochsen gefertigt. Wenn du faul bist, wie kommst du dann zu einem starken Ochsen? Nein, der Weiße hat recht. Ich habe für ihn gearbeitet und gelernt, daß das Leben mit harter Arbeit anfängt und mit harter Arbeit endet. Jetzt bin ich wer, weil mir die schwere Arbeit neue Kraft geschenkt hat.

Jetzt zu sterben, würde bedeuten, die Sonne zu bitten, mittags unterzugehen. Krankheit kann man heilen. Der Tod ist sinnlos, wenn die Blume blüht. Jetzt kann ich umhergehen, und die Sohlen meiner Füße ruhen auf der warmen Erde des Landes, das mir gehört. Die, die sich insgeheim schon über meinen Tod gefreut haben, werden welke Gesichter bekommen. Dieser Boden, meine Seele, so sanft und wohltuend, kitzelt mir die nackten Sohlen, der Mais singt mir flüsternd die Lieder einer neuen Vereinigung mit dem Land.

Auch die Vögel singen mir ihre Lieder des Glaubens. In den Flüssen werde ich die Finsternis meines Lebens von mir spülen. Der Himmel geht auf. Ich sehe in ihn hinein und atme erneut den Seufzer der Erleichterung, den so viele Leute nicht auf meinem Gesicht sehen wollen.

***

Am nächsten Tag nähert sich der Morgen mit einem Raunen. Der rote Himmel sieht hart und abweisend aus. Ein Raunen liegt in der Luft. Und Schreie auch. Die Sonne ist wütend rot. Dein Vater liegt im frühmorgendlichen Schatten des *Musuma*baumes. Er atmet nur schwach. Wenn die Leute ihn fragen, wie es die Nacht mit ihm gemeint habe, starrt er sie bloß an. Der Körper ist gesund, der Geist aber unterwegs zu weit entfernten Orten. Nun, in Zeiten schamloser Hexen und anmaßender Heiler ist es unmöglich, in Frieden zu schlafen. Dein Vater denkt schweigend: Die Krähe hat gegessen und ihren Schnabel im Staub gereinigt. Ich habe Angst. Eine Stimme schreckt mich aus meinen nächtlichen Träumereien. Soll ich pochenden Herzens nach den Rindern sehen? Mit der Angst, daß da in mir eine Falle ist? Ich will durch das Gewirr aus Blättern und Schlingpflanzen brechen, das meine Beine umschlungen hält. Meine Seele. Brich sie entzwei. Zerreiße sie in Stücke. Flieg. Entflieh dem Spinnennetz. Die Rinder! Die Rinder! Der Wohlstand treibt den Fluß hinunter, der über die Ufer getreten ist. Kommt mir jemand zu Hilfe? Helfe mir doch jemand! An der Wolke hoch oben am Himmel erkenne ich eine tiefe Narbe. Weit weg.

Frauen

1966
Spiel

Du hörst Kinderstimmen. Von weit her. In Wellen kommt ihr Klang näher. Der Wind weht die Stimmen an deine Ohren heran, in dein Herz hinein. Wie einen Duft von wilden Blumen mit unbezähmbaren Blütenflügeln, die durch die Lüfte flattern und ihren gelben Puder so freizügig durch die Luft wehen lassen, die du atmest. Du versuchst zu schlafen. Die Mutter hat das angeordnet. Du mußt schlafen. Gestern bist du, im vollen Mondlicht, weinend vom Tanzplatz zurückgekommen, verletzt durch die Beleidigungen, die unachtsame Lippen anderer Kinder ausgesprochen haben. Und trotzdem mag dein Herz der strengen Stimme deiner Mutter nicht folgen.

Das Herz pocht dir hämmernd gegen die Rippen, diese zerbrechlichen Knochen in dir drin, die du im Rhythmus der prahlenden Stimmen der Kinder deines Alters schwingen spürst. Sie spielen auf dem Spielplatz des neuen Vollmondes, der dich in seinen Bann zieht. Das Händeklatschen, das rhythmische Stampfen der jungen Füße, all das gelangt in deine Ohren und klopft an die Tür deines Herzens. An die Türen deiner Sehnsucht.

Dabei darf sogar der Tod verlacht werden, teilen dir gellende Stimmen mit. Noch immer bezaubert dich der Mond mit seinem flutenden Licht, lockt dich fordernd, gemeinsam mit den anderen Kindern zu singen und zu tanzen.

»Teufelin«, nennst du deine Mutter mit einem unhörbaren Flüstern. In ein Ungeheuer hat sie sich verwandelt! Eine Teufelin, die besser bei ihren Eltern geblieben wäre. Sie hätte lieber nicht wagen sollen, in das Haus deines

Vaters einzudringen, um dir den Mond wegzunehmen. All die Lieder, die die Nacht überfluten, ohne daß du dabei sein darfst!

Die Stimmen der anderen Kinder mischen sich mit dem Licht des Mondes, mit der Nacht, dem Schlaf, den du so haßt und in den du sinken sollst. Noch immer wechseln sich Lieder von kindlichem Werben mit Liedern ab, die die faulen Taugenichtse im Dorf verspotten. Auch Lieder über Tänze und die Anmut mancher Bewegung erklingen. Du lauschst, und dein Herz tut so weh, als ob es bersten und dich sterben lassen will. Ein Schmerz durchzieht deinen Körper wie der, von dem sie erzählen, daß Nadeln so weh tun, wenn sie in dein Blut gelangen. Sie stechen hier, kneifen da, stoßen dort, überall. Du spürst, daß dir ein grausamer Mensch *Hurukuru*-Puder auf die Haut gerieben hat. Ganz wund ist sie! Aufmerksam lauschst du, wie die Kinder jetzt spielen, daß alle Kinder einer Mutter in der richtigen Reihenfolge ihrer Geburt hergesagt werden müssen. Bei diesem Spiel schlägst du alle Stimmen, die du da draußen im Mondlicht hörst. Aber du bist nicht dabei. Wenn du nur dort sein könntest! Wenn du nur mit dabei sein dürftest! Denn deinen Namen werden die Kinder nicht nennen, da du nicht bei ihnen bist. Dann ergeht es dir wie einem Kind, das vor vielen Jahren gestorben ist. Der Schmerz in deinem Körper schwillt an. Seine Klaue schließt sich fester um dein Herz, weil die Stimmen im Wind lockender als zuvor erklingen, dich zugleich einer Art Betrug beschuldigen. Wach auf, Verräter! Wach auf, Verräter! Wach auf, Verräter! Du spürst, wie die Stimmen durch den Wind driften, wie die Echos aus deinem Herzen, das zu einer dunklen Höhle geworden ist, in dir widerhallen.

Solist: Dudu muduri.
Chor: Kache!

Solist: Dudu muduri.
Chor: Kache!

Solist: Raviro muduri.
Chor: Kache!

Solist: Chipo muduri.
Chor: Kache!

Solist: Rambai muduri.
Chor: Kache!

Du weinst fast lautlos. Versteckst deine Tränen unter dem Laken. Mutter hört deine Nase, die voller Tränen ist, unter dem alten Laken schniefen. Sie ist wütend. Sie hört auf, das Lied ihrer eigenen Probleme zu singen, um die du dir im Augenblick keine Gedanken machst. In ihrem Zorn klappert sie mit den Tellern. Vielleicht brechen sie entzwei. Das wird ihr eine Lehre sein, wünschst du dir.

Das Feuer in der alten Feuerstelle, an der du aufgewachsen bist, ist schon fast erstorben. Sie legt kein Feuerholz mehr nach. Es ist mühsam, die ganze Wegstrecke bis zu den Hügeln zu laufen und dort neues Feuerholz zu sammeln. Zornig reißt sie das Laken weg, das dich zudeckt, droht, dir weh zu tun mit einem Schlag ihrer Hand, die bis vor einem Augenblick noch für dich gekocht hat. Einmal wird sie dir noch den Schädel einschlagen. Dummer Junge, dem der Kopf voller Würmer und nutzloser Eidechsen steckt, schimpft sie.

»Geh spielen! Aber schlaf dabei nicht ein!« hörst du

ihre Aufforderung, glaubst aber noch immer, daß sie es nicht ernst meint. Du wartest ab, um zu sehen, ob sie dich drängen wird, nach draußen zu gehen. »Ich hab gesagt, du kannst gehen und mit den andern spielen. Schlepp nur den Staub der Erde an«, sagt deine Mutter und zieht dich damit auf, daß du jedesmal, wenn du nach Hause kommst, unter dem Staub des Tanzplatzes regelrecht begraben bist. Sie ist verärgert. Für den Augenblick aber hat sie aufgegeben.

Du springst aus dem Haus. Und dein Herz ist frei wie das Herz eines kleinen Vogels, den die Hand eines Hungrigen freigibt. Die Hand des Todes, die dich rupft und brät. Du fliegst und fliegst und fliegst, bis du dich auf dem Tanzplatz niederlassen kannst. Die anderen haben sich schon gewundert, wo du die ganze Nacht gewesen bist. »Hast wohl unter den Röcken deiner Mutter gesteckt«, meinen sie verächtlich. Du achtest nicht auf sie und lauschst dem Klang aus dem Strom der Gefühle, dem Strom der Musik und des Tanzes. Und bevor dich irgend jemand auffordern kann, ergreift der Tanz schon Besitz von dir. Du atmest ihn ein. Du riechst ihn. Du kannst ihn in der Luft berühren. Und die Flamme des Tanzes verschlingt dich, bis du ganz und gar vergißt, daß deine Hosen an Stellen zerrissen sind, für die du dich eigentlich schämen müßtest.

Einmal auf dem Tanzplatz angekommen, wird das Licht des Mondes noch berauschender. Du siehst alle Kinder vom Gehöft deines Vaters. Die Nachbarskinder sind nicht da. Nur die Kinder, die aus einem Blut geboren sind. Die Lieder, die du an weit entfernten Orten zurückgelassen hast, werden in den Stimmen der Kinder deiner Mütter wiedergeboren. Vieler Mütter, junger und älterer. Junge Brüder und Schwestern, ältere Brüder und Schwestern. Und alle baden sie in den Freuden, die der Mond schenkt. Und in den Tänzen der Orte, an die sie sich jetzt nur noch erinnern können.

Mit schwindendem Atem sagst du die Namen aller Kinder auf. Dann spielt ihr das Spiel, in dem man die Bäume beim Namen nennt, die Flüsse, die Hügel und Berge. Du kannst nur die Flüsse und Hügel der Gegend beim Namen nennen, in der du geboren worden bist.

Die Namen der Kinder deiner verschiedenen Mütter, all ihre Namen, und in der richtigen Reihenfolge ihrer Geburt. Manche sind schon in die geheimnisvolle Welt der Arbeit an fernen Orten eingegangen, arbeiten in weit entlegenen Bergwerken. Sie werden nie wieder zurückkehren. Trotzdem sagst du ihre Namen her. Schließlich sind sie nicht gestorben.

Bei dem Namen-nenn-Spiel sagt man zum Rhythmus von Händeklatschen und sachtem, gleichmäßigem Füßestampfen die Namen aller Kinder einer Mutter her. Kommt einer ins Stottern oder kann er sich nicht mehr erinnern, dann wird er ausgelacht und aus dem Kreis gestoßen.

Die Kinder bilden einen Kreis. Die Vorsängerin steht in der Mitte und klatscht zum Stampfen eurer tanzenden Füße in die Hände. Sie führt beim Namen-nenn-Spiel das Lied an, darf dabei nicht zaudern. Der Gesang übernimmt den stampfenden Rhythmus des Stößels im Mörser beim Kornmahlen, hämmert auf das Gedächtnis ein, damit es dir alles verrät, was du möchtest:

Solist: Dudu muduri.
Chor: Kache!
Solist: Dudu muduri.
Chor: Kache!

Du hörst, wie die Stimme der Vorsängerin die Luft zerteilt, wie der Chor sie wie ein Adler mitten in der Luft auffängt, wie die Nacht sich mit Namen und Händeklatschen füllt, wie der kaum sichtbare Staub sich auf dem Rücken der Stimmen erhebt. Dir ist klar, daß deine Haare bald so weiß aussehen werden wie das Haar eines Geistes. Aber das spielt jetzt keine Rolle. Unentwegt ergießen sich die Namen deiner Brüder und Schwestern in den Staub. Sie berühren den Staub und setzen sich doch sauber und rein in deinem Gedächtnis fest.

Als der Tanz wie eine Krankheit nach dir greift, versuchst du in die Mitte des Kreises zu springen. Nein. Ein anderes Mädchen steht bereits in der Mitte. Das macht dir nichts aus. Sie singt die Namen der Kinder deiner leiblichen Mutter. Du glaubst, daß sie einen Fehler gemacht hat. Du lachst sie aus. Warum hat sie deine Schwester Tariro nicht genannt? Du lachst sie wieder aus. Dann fühlst du dich mit einem Mal allein gelassen. Deine Stimme war die einzige, die die Vorsängerin ausgelacht hat. Und du hörst, wie die Singenden mit ihrem Lied fortfahren, als gehöre Tariro nicht mehr dazu.

Also ist Tariro gestorben. Tariro ist tot, sprichst du zu dir selbst. Sie muß aus der Erinnerung der Lebenden gelöscht werden. Sie ist tot. Eine Ausgestoßene. Eine Abgewiesene.

Tariro, dein Name ist nicht erwähnt worden. Wo ist dein Name geblieben? Bist du noch meine Schwester? Du stellst dir viele Fragen, während du zu deiner Mutter zurückläufst, der du davongerannt bist. Noch ist der Tanz nicht aus, aber du empfindest einen Schmerz, der geht viel tiefer als der, der in dir genagt hat, als deine Mutter dich nicht mit den anderen Kindern spielen lassen wollte. Du hast das Gefühl, als ob ein scharfes Messer durch dein Blut schnitte und dich verrückt macht wie jemanden, den es an einer Stelle juckt, die er nicht erreichen kann. Im unsichtbaren Licht des Mondes schleichst du dich davon. Die Tränen in deinen Augen lassen die Nacht finster werden. Du bist allem gegenüber blind und taub.

Kurz vor dem Haus deiner Mutter hältst du an. Du willst nicht hineingehen, bevor deine Tränen nicht getrocknet sind. Mutter merkt es sonst und fragt dich, ob du dich geprügelt hast. Und sie gibt dir die Peitsche, wenn du dich geprügelt hast. Sie wird dich am Arm festhalten und dir eins mit der Peitsche geben dafür, daß du ein Schwächling bist, der immer gleich weint. Sie wird dich hart anfassen, solltest du so ein verweichlichtes Kind sein, das immer gleich losheult, wenn ihm ein anderes Kind auf die Zehen tritt. Nein, es ist besser, sich hinter dem Haus zu verstecken, bis deine Augen wieder klar sind und deinem Gesicht nicht mehr anzusehen ist, daß du geweint hast. Du versteckst dich, bis deine Stimme wieder nach mondlichtener Ausgelassenheit und Gelächter klingt. In der Stille der Nacht hörst du, wie dein kleines Herz pocht. So laut, daß du fürchtest, deine Mutter könnte es drinnen hören.

»Wer ist da?« fragt Mutter. Sie steht vor ihrem Haus. Du weichst zurück, um ihren im Mondschein suchenden Augen zu entfliehen. Doch deine Füße verursachen ein Geräusch. Sie hört es. »Wer versteckt sich da?« fragt sie noch einmal.

»Ich bin‘s«, sagst du und gibst dir Mühe, deine Stimme normal klingen zu lassen.

»Wer ich?« Sie klingt erregt.

»Ich, Mucha«, gibst du matt zur Antwort. Du bemühst dich, daß deine Stimme froh klingt, damit sie denkt, es macht dir Spaß, mit ihr im Halbdunkel Versteck zu spielen.

»Ja, du, du weinst wieder mal, bist schon zurück! Dein spitzer Hintern hat also schon wieder gesagt, setz dich nicht hin, setz dich nicht hin. Und nun kommst du zurück und heulst mir was vor? Hast wohl wieder irgendwo einen Kratzer, den ich behandeln soll? Jeden Abend das gleiche, eine blutige Nase. Was ist los?« Du merkst, wie sich ihr Zorn in die Luft entlädt wie ein kräftiges Feuer, das die Luft um die Feuerstelle herum erwärmt.

»Wir haben *Dudu muduri* gespielt. Sie wollten Tariros Namen nicht nennen. Sie haben gesagt, ihr Name darf nicht mehr genannt werden.« Tränen fließen dir über das Gesicht und ertränken alles. Tränen. Tränen. Tränen. Schluchzer. Schmerz in der Brust. Dein ganzer Körper besteht aus diesem Schmerz. Deine Mutter nimmt dich in die Arme wie ein kleines Kind. Sie setzt sich mit dir ans Feuer, bevor sie dich zum Schlafen in deine alten Laken hüllt. Sie entfacht das sterbende Feuer zu neuem Leben. Bald darauf hörst du den klagenden Schrei ihres Mahlsteins. Sie stimmt ein Lied an, singt von etwas, das du nicht verstehst. Schmerzerfülltes über ihr wehes Herz, über ihr Volk, über alles. Sie singt in die Nacht hinein, bis du hörst, wie sich ihr Lied mit deinen Träumen von Tariro vermengt. Bin ich etwa kein Kind mehr, daß du mir solchen Schmerz zufügst? Bin ich etwa nur dazu geboren, daß du mir solchen Schmerz zufügen kannst? Denen, die unter gutem Stern geboren sind, schenkst du das Glücklichsein. Doch was mich angeht, ich sehe glückliche Zeiten nur in meinen Träumen.

Du weinst im Traum, als dir eine Frau zeigt, wo sich deine Schwester Tariro befindet. Sie schweigt, während sie dir das Grab zeigt. Nein, du kannst niemanden nach ihrem Tod befragen. Die Leute hier sprechen eine seltsame Sprache. Schau hin und geh davon wie ein Schatten. Das hier ist nur etwas für die Augen. Die Zunge mag ruhen …

1958
Tariro

Es geschah am frühen Morgen. Zu der Stunde, bevor die Faulen wie die Fleißigen erwachen, um auf die Felder zu gehen. Zu der Stunde, da die Elefanten zum Bad trotten und die Schakale und andere kleine Tiere der Wildnis ihnen folgen, in der Hoffnung, daß sie auch so groß wie Elefanten werden, wenn sie dort baden, wo die Elefanten, die Bergen gleichen, sich waschen. Wir wollen sehen, welche Kräuter sie zu der frühen Stunde auf ihre Körper reiben, sprach einmal ein Schakal. Die anderen Winzlinge unter den Tieren flüsterten ihre Zustimmung. Die Elefanten aber achteten nicht auf die dünnen Stimmchen, sondern trotteten voran in Richtung des Flusses, um sich im weißen Sand und schlammigen Wasser zu baden. Es sind kleine Tiere und man muß Mitleid mit ihnen haben, dachten die Elefanten.

Zu eben derselben Stunde kam ein Fremder auf dem Gehöft deines Vaters an. Er hatte einen Stock bei sich, einen *Knobkerrie*, und trug den Mund voller Worte und einen Lendenschurz aus Fell, der vom Öl glänzte. Damit hatte seine Frau ihn am Abend zuvor auf seine Bitte hin eingerieben. »Hast du etwas Besonderes vor?« hatte sie verwundert gefragt. Der Mann hatte die Frage nicht beachtet und sie nur darum gebeten, das zu tun, was er ihr aufgetragen hatte.

Es sah so aus, als trüge der Mann große Worte im Mund. Er ließ sich einfach nieder, strich sich durch den Bart und wartete darauf, daß sich der Vater des Gehöftes von seiner Schlafmatte erhob.

Das Aufwachen war für deinen Vater schon immer die einfachste Angelegenheit der Welt. Er blinzelte einmal mit den Augen, dann war er ohne Gähnen aufgesprungen und im nächsten Augenblick schon nicht mehr im Haus. Draußen hatte er das Geräusch von Schritten gehört und fragte sich, wer so früh am Morgen vorbeikommen könnte. Schritte. Man weiß nie, was sie bringen, sprach er zu seiner jungen Frau und ließ ihren warmen Körper unter dem Laken zurück. Schritte übermittelten im Leben die Nachricht vom Tod. Und Schritte überbrachten die Einladung zum Bier.

Schritte trugen die Nachricht bevorstehender Kriege heran. Als der weiße Mann in unser Land eindrang, trugen ihn Schritte. Und auch die, die in den fliegenden Maschinen am Himmel hingen, landeten irgendwann und liefen auf ihren Beinen, um zu überbringen, was immer sie mit sich führten. Nur Schritte konnten so weit gehen und Nachrichten überbringen. Entdeckungen werden mit den Füßen gemacht. Das hatten schon die Vorfahren gesagt. Lange, bevor sonst irgend jemand geboren worden war. Schritte. Laufe, und du wirst es zu etwas bringen. Bleibe auf deinem Hintern sitzen, und du bleibst für den Rest deines Lebens arm. Der Hintern ist der Freund der Armut, dachte sich dein Vater. Wenn ein Mann faul war, dann bekam er sehr schnell den Spitznamen »Der sich auf seinen Hintern verläßt« verpaßt. Ein beschämender Name. Doch das Dorf lernte schnell, ihn bei diesem Namen zu rufen, ohne sich zu schämen. Sogar die Kinder würden ihn im hellen Licht des Tages so rufen, wenn sich ihnen die Gelegenheit böte. »Der sich auf seinen Hintern verläßt« kommt, sangen sie, wenn sie den Mann vorübergehen sahen. Ohnmächtig in seiner Wut. Er konnte es sich nicht erlauben, die Kinder zu züchtigen.

Du schlägst Kinder nicht, nur weil sie deinen Spitznamen rufen. Das wäre eine noch nie dagewesene Verfehlung. Wenn du sie dafür prügeltest, dann bliebe der Spitzname erst recht wie eine Zecke an dir haften. Warum hat der Vater von dem und dem die Kinder verprügelt? Das würden die Stimmen im ganzen Dorf fragen. Und dann würde diese Frage durch das Dorf kreisen wie das Seil, an dem sich die Kinder hin und her schwingen, bis ihnen schwindlig wird. Um und um und um und um. Und auch die Antworten würden ihre Kreise ziehen. Wie ein Echo, das sich zwischen zwei Hügeln verfangen hat. Und bald schon würde der Spitzname für immer an dem Mann festkleben. In jedem Dorf würde man ihn nach Belieben verwenden:

»Du, der du auf dem Hintern sitzt«, hast du keine Kinder?
»Du, der du auf dem Hintern sitzt«, du verprügelst Kinder.
»Du, der du auf dem Hintern sitzt« den ganzen Tag,
haben die Kinder dir einen neuen Namen gegeben.
Kommt, ihr Gaffer im Dorf,
seht »den mit dem wütenden Hintern«.
Er hat eine Frau,
alle sitzen sie nur rum.

Bauern dieses Landes,
»der mit dem wütenden Hintern« braucht einen Korb.
Er braucht einen Korb voll Korn.
Schenkt ihm Almosen, dem armen Mann.
Er sitzt rum von Sonnenauf- bis -untergang,
folgt mit seinem Stuhl dem wandernden Schatten.

Ihr Gaffer im Dorf,
habt acht und wacht über eure Töchter.
Hintern will sich eine neue Frau nehmen.
Seht nur das Hinterteil seines Lendenschurzes,
geflickt ist es
wie der Hintern eines Pavians.

In den Köpfen der Dorfbewohner machten sich Lieder und Rätsel breit über den Mann, der sich gegen seinen Spitznamen auflehnte. Kinder, junge Mädchen, Männer beim Biertrinken, alle. Manche behaupteten, daß sogar die Hähne im Dorf sich einen neuen Weckruf zugelegt hatten: Habt ihr den Hintern gesehen, der rumsi-i-i-tzt? Habt ihr den Hintern gesehen, der rumsiiitzt? So lange, bis die Vögel des Waldes antworteten: Welchen? Der den härtesten Schurz aller Zeiten trägt? Welchen? Der den härtesten Schurz aller Zeiten trägt?

Nachts trafen sich die Kinder zum Rätselspiel. Rätsel erhellten ihnen die dunkle Nacht.

Tapiwa: Wer schlägt sich erst selbst und fängt dann zu schreien an?
Nyarai: Der Hahn, der vor dem Krähen erst mit den Flügeln schlägt.
Tapiwa: Wer singt so, daß sich die Leute die Nase zuhalten?
Nyarai: Jemand, der einen fahren läßt. (Gelächter)
Nyarai: Jemand, dessen Schurz hinten ganz abgeschabt ist?
Tapiwa: Mafukidze, der Dorffaulpelz.

Und so schreitet die Nacht voran. Laß die Kinder spielen. Was wird aus ihnen, wenn sie nicht spielen? Die Ältesten verfluchen den wütenden Mann. Als der Mann ankam, stand am Himmel noch immer eine sonderbare Mischung aus Blau und Rot und Gelb. Sein Herz trug wohl schwerwiegende Dinge.

Dein Vater erwachte, hustete trocken und trat vor die Tür, sobald er hörte, wie der Mann beharrlich seine Ankunft verkündete und darauf wartete, daß jemand zu seiner Begrüßung herbeieilte. Eine heisere, schlaftrunkene Stimme hatte ihm aus dem Hausinnern geantwortet und ihm erlaubt, das Gehöft zu betreten. Die Stimme sprach, bis der Fremde sie gehört und sich beruhigt hatte, weil er dachte, der Eigentümer der Stimme zöge sich seine Sandalen aus Reifengummi an oder wechselte die letzten Worte der Nacht mit seiner Frau.

»Oh, du bist es, Mafunga! Ist die Erde mit dem falschen Fuß aufgestanden, daß du schon zu so früher Stunde zu uns unterwegs bist?« fragte dein Vater.

»Wie geht's dir, Schwiegervater?« erkundigte sich Mafunga.

»Wir leben in Frieden. Doch es macht uns Angst, wenn du so früh am Morgen zu uns kommst, als müßtest du einen Tod verkünden«, fuhr dein Vater fort. Sein Puls wurde schneller. Auf seiner Wange war noch immer das Muster seiner Schlafmatte zu sehen.

»Ich bin nur der Bote, Schwiegervater. Der das Gewehr trägt, ist nicht unbedingt der, der damit schießt«, entgegnete Mafunga.

»Ich weiß, der Bote verdient es nicht, daß man ihm Wunden zufügt. Ich hoffe nur, du hast nicht so schwerwiegende Worte zu sagen, daß es erforderlich ist, ernsthafte Männer zu holen, die um mich sind, wenn du sie aussprichst«, sagte dein Vater.

»Oh nein!« beeilte sich der Bote zu erklären, und ein

widerstrebendes Lächeln huschte über sein Gesicht. »Es sind nur Worte. Ernste und nicht ganz so ernste. Ich bringe dir Grüße von dem Mann, der die Trommeln schlägt. Er meint, die Sache mit dem Mädchen, ich meine Tariro, die schlanke, hochgewachsene, ist eine gute Sache. Er nimmt das Angebot an. In aller Form. So, wie es die Ahnen verlangen. Er fürchtet nur, daß das Mädchen zu jung für ihn sein könnte. Immerhin sei er ein Mann, der dem Ziel seiner Lebensreise schon näher ist als dem Anfang. Das ist das einzige, was ihm Kopfzerbrechen bereitet. Denn es könnte bedeuten, daß die junge Frau die Witwenschaft kennenlernt, bevor sie noch die Freuden des Ehestandes genießen konnte«, fuhr Mafunga fort.

»Ach, Mafunga, du redest wie ein Kind. Weiß denn Musindo in seinem Alter nicht, daß ein Mann, der eine junge Frau heiratet, auch für diejenigen von seinem Blute die Ehe eingeht, die noch nicht geboren sind?« Dein Vater lächelte. Sein Herz sah einen Mann mit guter Botschaft vor sich. 4.1.

Als Mafunga zu der Zeit, da die Sonnenstrahlen schon über den hohen Bäumen stehen, wieder geht, hat eine Tochter einen Ehemann gefunden. Sie weiß nicht um das Geschehen. Sie schläft und wacht auf und geht mit den anderen Mädchen zur Quelle. Sie singt Lieder, aus denen die Sehnsüchte ihres Herzens sprechen. Von dem Tag, an dem der hübscheste Junge des ganzen Dorfes um sie anhalten wird, sie anbeten wird wie eine Göttin, ihr wunderschöne Worte sagen wird: was für einen wundervoll langen Hals sie hat, wie sie daherschreitet, wie betörend die Lücke zwischen ihren Schneidezähnen ist. Als sie an der Quelle zum ersten Mal sieht, wie sich ihr Gesicht im Wasser spiegelt, singt und tanzt sie vor Freude:

Ah, hinga ndakanaka!
Ah, hinga ndakanaka!
Ah, hinga ndakanaka!

Oh, wie schön ich bin!
Oh, wie schön ich bin!
Oh, wie schön ich bin!

Erhobenen Kopfes geht das Mädchen nach Hause, wiegt sich in den Hüften und balanciert die Kalebasse auf dem Kopf, wie sie es bei den Frauen gesehen hat, die anmutig ihre Wassertöpfe tragen, die Hälse gerade wie bei den Giraffen, die Bewegungen geschmeidig wie der Flug eines Adlers. Du Frau mit dem Hals einer Gazelle, warte auf mich, sonst bringe ich mich um. Du Frau, deren Schritte weich sind wie das Mahlen auf dem Stein, sag deiner Mutter, da ist ein Mann, der ist von deiner Schönheit betört. Du Frau mit der Lücke zwischen den Schneidezähnen, sag deinem Bruder, er wird jeden Tag meine Fußstapfen in eurem Gehöft erblicken. Du Frau, die nur Milch trinkt, weil sie die Zähne sauber halten möchte, du hast mir das Herz gebrochen. Schöne junge Frau, sag deinem Vater, er möge bald damit anfangen, seinen Rinderpferch zu vergrößern.

Tariro kniet an der Haustür nieder, um die Kalebasse abzusetzen. In ihrem Herzen singen die Freuden und Sorgen der Mutterschaft, die sie sich erträumt.

Was die Schule angeht, die kann warten, bis ihre Kinder ihre Zeit mit dem zornigen Lehrer verschwenden. Dem, von dem die Leute sagen, er erzähle von Orten, die er nie gesehen habe, als sei er wirklich dort gewesen. Tariro kennt viele Mädchen, die ihre Zeit mit der Schule vergeudet haben. Große Mädchen, die sich die Kindergeschichten anhören müssen, die der Lehrer erzählt. Und noch dazu schlecht. Kein Mann wollte sie heiraten. Ihre Brüste werden flach und schlaff wie verdorbenes Obst. So, als hätten mehrere Kinder an ihnen gesaugt. »Großmütter« werden sie von den jungen Männern genannt, die auf der Suche nach jungen Frauen sind, damit mit ihnen ein neues Feuer, eine neue Wärme in ihr Gehöft einzieht. »Die Frauen des Lehrers«, haben ihr spottende Stimmen im Schlaf ins Ohr geflüstert. Singen nicht die Trunkenbolde im Dorf Lieder über die Lehrer? »Ihr Lehrer, ihr klagt immer, daß es keine Frauen gebe, können eure Augen denn nicht sehen? Warum klagt ihr, ihr Lehrer? Die Frauen laufen doch vor euren Nasen rum. Seht ihr denn die Schulmädchen nicht, mit Brüsten so stolz wie die Hörner eines jungen Bullen? Seht ihr denn die Schulmädchen nicht, mit Augen so rund wie der Vollmond? Ihr Lehrer, öffnet die Augen. Seht doch die Schulmädchen mit Gesichtern so glatt, daß nicht einmal die Spur einer Falte in ihnen steht.« So haben die nächtlichen Stimmen in ihren Ohren geklungen. Und in den Herzen des ganzen Dorfes.

Manche Lehrer vernahmen die Lieder, schluckten die Galle herunter, und niemand hörte je wieder etwas von ihrem Unterricht bis zum Tage ihres Todes. Anderen kam das Lied gleichfalls zu Ohren, und sie hörten die Stimme des strengen Schulinspektors, der mit seiner Peitsche in die Schule einfiel, wann immer ihm danach war, und wie ein Besessener auf Schüler, Lehrer und Eltern einprügelte. Wenn sie merkten, daß die Schulmädchen ihnen mit ihrer jugendlichen Schönheit die Augen blendeten, dann behandelten sie die Augen mit einer Salbe und gaben ihnen die Schuld an ihren schlechten Ahnungen.

Ein Jahr später wird Tariro, das junge Mädchen mit

Brüsten wie die kleinen Daumenkuppen eines jungen Mannes, von zwei Frauen zu einem unbekannten Ort geleitet. Die beiden Frauen, eine alternde Tante und eine nicht mehr ganz taufrische »Schwester«, gehen neben ihr her und lehren sie mit Hilfe von Sprichwörtern und Rätseln, wie sie sich nach der Heirat um ihren Mann zu kümmern hat. Wie Essen gekocht wird, das den Magen des Ehegatten nicht zur Rebellion anregt. Wie man sich um die Verwandten des Mannes kümmert. Daß sie darauf hört, was der Mann sagt und tut, was er anordnet. »Allein deswegen haben unsere Ehen gehalten. Nie sind wir ins Haus unserer Väter zurückgeschickt worden.« So reden sie fort und fort. Und die Echos ihrer Stimmen hallen aus dem Innern der Grotten in den Hügeln und der *Dongas* der Täler wieder, durch die sie auf ihrem Weg ziehen. Manchmal stimmen die beiden Frauen auch ein Lied an. »Wir bringen sie, die Schwiegertochter, wir bringen sie.« Manchmal halten sie ein paar Schritte neben dem Pfad an, um sich zu erleichtern. Sie machen keinerlei Anstalten, dazu tiefer in den Busch hineinzugehen. »Es sieht uns niemand«, sagen sie, und weit und breit ist auch nicht die Spur eines Mannes zu entdecken.

»Dieses Bedürfnis kommt ohne Vorwarnung über dich«, meint die ältere der beiden Frauen. »Sogar in der Versammlung des Jumben, mitten in der ernstesten Unterredung. Und was soll der Jumbe anderes tun, als hinter das Haus zu gehen, während die anderen in seiner Abwesenheit flüsternd über ihn herziehen?« fährt sie fort, während das Wasser zwischen ihren uralten Schenkeln hervorschießt und ihr Erleichterung verschafft. »Er kann doch niemanden losschicken, das Geschäft an seiner Stelle zu erledigen. Jedenfalls hat es das, so weit ich es zu sagen vermag, auf dieser Welt noch nicht gegeben.« Die beiden lachen. Und die Hügel werfen ihr Lachen zurück.

Dann zeigen sie Tariro, welche Kräuter *Nhova* heilen, die Krankheit, bei der sich die Fontanelle eines Kindes nicht schließt und einsinkt. Schau her, wenn ein Baby immer nur weint und weint, dann mußt du wissen, daß jemand mit einer bösen Medizin deinen Weg gekreuzt hat. In so einem Fall nimmst du dieses Kräutlein hier, verbrennst es und bestreichst mit der Asche deinem Kind die Stirn. Das ist schon vor vielen Jahren so gehandhabt worden. Lange bevor du geboren wurdest. Es rettet den Kindern das Leben. Und so bist auch du vor dem gefräßigen Maul des Todes gerettet worden. Wenn das Kind durch deine Nachlässigkeit und Unachtsamkeit stirbt, dann wirst du zur Zielscheibe des Spotts im ganzen Dorf. Man wird dich so lange mit Liedern und Tänzen herunterputzen, bis du aus dem Gehöft deines Ehemannes davonläufst. Und es ist ein trauriger Anblick, wenn man miterleben muß, daß eine Frau zu ihrem Vater zurückgeschickt wird, weil sie nachlässig oder unachtsam oder gar faul ist. Oh, und die Mutter dieser Frau weiß dann nicht, wie sie mit einer solchen Schande im Dorf weiterleben soll. In allen Dörfern wird man Lieder über sie anstimmen und Tänze ersinnen, um sie zu verhöhnen. Und alle werden sich darin überbieten, sich neue Beleidigungen für deine Mutter einfallen zu lassen. Verhalte dich nicht so wie die Mutter von der und der, die von der richtigen Erziehung einer Tochter keine Ahnung hat. Es gibt auch Mütter, die verhexen die Hochzeit ihrer Tochter …

Die Frauen reden, ohne darauf zu achten, ob Tariro ihnen antwortet oder nicht. Tariro ist von dem vielen Gerede völlig verwirrt. Genauso hat auch ihre Mutter immer zu ihr gesprochen. Warum erzählen die beiden ihr das alles? Ihre Mutter hat es ihr doch schon vor vielen,

vielen Jahren beigebracht? Und warum singen sie immer wieder das gleiche Lied auf ihrem Weg hin zu dem unbekannten Ziel? Wissen sie nicht, daß sich ein Lied abnutzt, wenn man es wieder und wieder singt, als wäre es das letztgeborene Lied überhaupt?

»Heute bringen wir dich zu deinem wirklichen Zuhause«, sagt ihr die alte Frau mit den schrundigen Fußsohlen. Sie tut so, als wären sie alte Vertraute.

»Mein wirkliches Zuhause? Das haben wir doch gerade verlassen, meine ich«, trotzt das Mädchen der Älteren. Sie fragt sich, warum sich die beiden so seltsam anhören, warum ihre Stimmen so geheimnisvoll klingen.

»Das wirkliche Zuhause einer Frau ist bei den Menschen, bei denen sie eingeheiratet hat«, erklärt ihr die jüngere »Schwester« mit fester Stimme.

Dem Mädchen schießen die Tränen in die Augen. Eine Träne. Zwei. Drei. Vier. Und als sie in Musindos Dorf ankommen, ist es schon ein ganzer Tränenstrom. Die Farben eines angeschwollenen Herzens. Von Regengüssen, die alles in ihren Fluten ertränken. Sie sieht Schmerz und Zweifel. Dann stöhnt sie tief auf. Wie jemand, der im Sterben liegt.

Als der kleine Trupp an diesem heißen Nachmittag vor Musindos Dorf auftaucht, beginnen die Frauen dort zu singen und zu tanzen. Ihre Hüfttücher flattern durch die Luft, ihre Füße zeichnen schwierige Muster in den staubigen Boden. Sie halten sich bei den Händen, schließen einen Kreis um Tariro, wiegen sich in den Hüften, werfen die Hände in die Luft, tanzen zur Musik von Hochzeit und Geburt, singen und singen, bis die fernen Hügel in das Lied einstimmen. Wer vorüberkommt, bleibt stehen und fragt: »Wessen Sohn heiratet hier wessen Tochter?« bevor er anbietet, einen Schritt oder zwei zu Ehren und für das Glück des Sohnes dieses Dorfes zu tanzen. Möge der neue Schoß fruchtbar sein wie die Erde, die Saatkörner und Bäume treibt.

Musindo sitzt nicht weit entfernt unter dem *Musasa*, glücklich darüber, daß das Heiratsangebot eines Mannes, der mit der Hochzeit ihrer beider Freundschaft zu verewigen wünscht, endlich zur Vollendung gelangt. Wie die Hochzeit von zweien, die sich seit langer Zeit lieben. Es ist wie in einem Traum, der sich beim Erwachen erfüllt hat. Bedächtig nuckelt er an seiner Pfeife. Seine uralten Nasenlöcher pflichten ihm bei: Das ist ein guter Tabak. Der Alte weiß, daß ihm die Erde über all die Jahre eine glückliche Zeit beschert hat und daß sie ihm auch für die letzten Jahre Glück schenken wird. Dann hüstelt er zufrieden, unterdrückt das krachende, unheimliche Husten, das er sonst hören läßt und bei dem die Kinder um ihr Leben rennen und die Hühner in Verstecke flitzen. Haben nicht neulich die Hunde zu bellen angefangen, als er im Gehöft des Jumben zu Gast war? Krachend war der Husten aus ihm hervorgebrochen und hatte alle Anwesenden zum Schweigen gebracht. Heute darf ihm das nicht passieren. Er weiß, heute ist der Tag, von dem an das Blut der jungen Frau auch durch seine Adern fließen wird.

Zwischen Tanz und Gesang wechseln Rinder den Besitzer. Mafunga, der Unterhändler, hat Tag und Nacht hart gearbeitet. Was mehr kann er sich wünschen als Unterhändler, als Verbinder zweier Familien, als Stifter immerwährender Freundschaft? Er ist mit sich zufrieden. Sein Gesicht und seine Augen leuchten in der morgendlichen Sonne. Alles steht bestens. Gute Dinge sind eben gute Dinge. In eine Kalebasse voll Milch wirft man keine Gewürze – man verdirbt sie damit, denkt er. Alle stimmen ihm zu, nicken mit den Köpfen, ohne darauf zu achten, ob diese durch zu häufiges Nicken abfallen könnten oder nicht.

Als sich der Abendtau auf die Klingen der sterbenden Gräser legt, beruhigt sich Mafungas Herz. Von allen furchterregenden Besuchern der Nacht ängstigt er sich am meisten vor den eifersüchtigen Hexen und wilden Zauberern. Nicht immer haben sie für den Erfolg anderer Bewunderung übrig. Er weiß, daß sie Tag und Nacht nach ihm trachten und ihren Anteil an seinem Erfolg einfordern werden. Doch er findet tröstende Worte. Ein Mann, der seines Erfolges wegen verhext wird, stirbt als glücklicher Mann. Mafunga seufzt bei diesem Gedanken. Er hört, wie ihm aus der Ferne die Vögel Preislieder singen, ihm dafür danken, daß er sich hier so verhalten hat, wie es die Ahnen einfordern. Eine Prise Schnupftabak, um die Nerven zu beruhigen. Guter Schnupftabak ist das, meint er, ist nicht zuviel *Mudhombo* darin. Guter Schnupftabak. Benebelt schickt er derjenigen seinen Dankesgruß, die den Tabak gemischt hat. Ihre Ahnen werden seinen Dank vernehmen und ihr seine Anerkennung für ihr Vermögen übermitteln, irdische Genüsse zu schenken. Glückliche und endlose Tage auf Erden, denkt er durch den Nebelschleier, den der Genuß des Pulvers ihm bereitet.

Ein paar Tage später meidet, wenn die Nacht sich senkt, der Schlaf Mafungas Haus. Das junge Mädchen hat ihm eine Frage gestellt, die ihm den Schlaf raubt. Sie ist ihm auf dem Rückweg von der Quelle begegnet. Wenn die Sonne sinkt, dann bereiten stachlige Fragen dir Schlaflosigkeit. Es ist, als würde man mit einem Speer durchbohrt. Einsam und schwerelos hängt eine einzelne Wolke am blauen Himmel über dem nahen Bupwaberg, dem Heiligtum, wo man gut beraten ist, keine beleidigenden Worte im Mund zu führen. »Wozu wurde ich hierher gebracht?« hat ihn das Mädchen gefragt. »Wann kann ich zu meiner Mutter zurück?«

Mafunga weiß nicht, was er ihr darauf antworten soll. Er gibt den Tanten des jungen Mädchens die Schuld, daß sie ihm nicht alles erklärt haben. Daß sie nicht gesagt haben, daß sie von nun an die Ehefrau eines Mannes ist. Daß sie jetzt zu einem neuen Totem gehört und ihre Aufgabe darin besteht, neues Blut hervorzubringen. Jedesmal, wenn ein neues Kind geboren wird, wird man ihr Lob singen und ihren Namen erwähnen beim Gebet an die Ahnen. Sie ist ihr neuer Herd, der Wärme in den erkalteten Haushalt bringt. Ihre Familie wird stolz auf sie sein. Hier wird man die Fruchtbarkeit ihres Schoßes feiern. *Chikuru umvana, umhandara ishongakamwe.* Jungfräulichkeit vergeht wie ein Nebel, verhallt wie ein Echo, versiegt wie eine austrocknende Quelle. Kinder gebären ist alles. Eine Frau, die die Fontanelle ihres Kindes bewundert, darin liegt die Schönheit weiblichen Seins. Vögel, Rinder, Elefanten, sie alle befolgen die Gesetze ihrer Ahnen. Sie singen auf ihre ureigene Art Preislieder und tanzen, wie es ihnen geziemt, denkt er. Dem Mädchen aber sagt er von all dem nichts.

Diese junge Frau, ein Mädchen noch, das den Lauf der Welt gerade erst zu lernen beginnt, stirbt im Innern ihres Herzens. Die wenigen Worte, die Mafunga zu ihr spricht, begreift sie nicht. Sie geht davon und trägt die Last der Kalebasse voll Wasser auf ihrem Kopf, wie sie es von ihrer Mutter gelernt hat.

»Ich möchte meine Mutter nicht allein lassen.«

Das Mädchen setzt die Zuhörenden in Erstaunen. Sie und Mafungas Frauen mahlen auf den zwei Mahlsteinen *Rapoko.* »Ich bin das einzige Mädchen zu Hause, und es beunruhigt mich, daß ich so lange woanders zu Besuch bin. Mutter muß allein zur Quelle gehen. Sie wird das Korn mahlen und dabei Lieder davon singen, wie sehr sie mich vermißt. Sie muß allein kochen und alle andere Arbeit auch allein erledigen. Ich muß nach Hause zurück!« bricht es aus Tariro hervor. Im Korb sieht sie die leuchtend rote Farbe des *Rapoko*. Blut, denkt sie. Blut.

»Irgendwann kannst du zu Besuch zu deiner Mutter zurückkehren«, antwortet ihr schnell Mafungas Frau. »Irgendwann, wenn Zeit dazu ist, kannst du sie besuchen«, erklärt sie. »Wir besuchen alle ab und zu unser altes Zuhause. Hier aber ist dein neues Zuhause.«

Tariro hört, wie die bohrende Stimme der Frau die Luft ertränkt, die sie atmet. »Warum ist dann deine Tochter noch hier? Sie ist doch genauso alt wie ich«, fragt Tariro. Sie möchte wissen, warum ihre Schwestern, alle in ihrem Alter, noch zu Hause bei ihren Müttern sind. Sie möchte wissen, warum sie nicht bei ihrer Mutter sein darf, sich ihre Sorgen anhören und unter dem Schutz einer Mutter heranwachsen kann, die jetzt allein ist.

Mafungas Frau starrt sie an und hustet ihr trockenes Lachen. »Das Leben ist nicht für alle gleich«, erklärt sie dem jungen Mädchen. Ihr tritt Schaum vor den Mund, wenn sie sich vorstellt, daß ihre Tochter »ein Grab heiraten« müßte. Dieser Gedanke hatte sie an dem Tag durchzuckt, als sie mit ansehen mußte, wie das junge Mädchen zur Hochzeit ins Haus gebracht worden war.

In der Tiefe ihres Herzens weiß sie, daß jede junge Frau, die einen so alten Mann heiratet, nicht allzu viele Sonnenuntergänge von den Tränen entfernt ist, die sie beim Tode ihres Gatten weinen wird. Ihre Eltern empfinden kein Mitgefühl mit ihr. Das Leben des jungen Mädchens ist verloren. An jedem Tag ihres Lebens muß sie die

Traurigkeit herunterwürgen. Viele Jahre lang muß sie stumm weinen. Ich würde meiner Tochter das nicht antun. Daß sie die Freuden und Aufregungen des Werbens am Fluß und an der Quelle nicht kennenlernt. Die aufreizenden Tänze, mit denen die Mädchen die Jungen zu Liebesliedern herausfordern:

Kana ndikadai kana ndikadai, zvoshamisa.
Kana ndikadai kana ndikadai, zvoshamisa.

Einst hat auch sie diese Lieder gesungen und vor den Augen der Jungen die verborgenen Stellen ihres Körpers enthüllt, um sie herauszufordern. Trotz der großen Entfernung hatte der kurze Blick, den die Jungen auf ihren halbnackten Körper erhaschen konnten, einen Feuerschauer durch ihren Körper gejagt. Die Jungen waren auf sie und die anderen Mädchen losgestürmt. Und ihr Blut hatte gekocht, ihre Herzen hatten in Flammen gestanden! Den Mädchen bereitete es Vergnügen, davonzulaufen und die Jungen nicht näher als bis auf sichere Entfernung herankommen zu lassen. Oh, welchen Spaß hat das gemacht, denkt sie bei sich. Sie sieht das junge Mädchen an, dessen Leben von den Eltern wie ein zerfetzter Lumpen weggeworfen worden ist. Dem die Eltern die Tage der Freude und die Genüsse des Jungseins beschnitten haben.

Die Sonne geht unter und wieder auf und versinkt erneut. Tariro ist nirgends zu finden. Die Vögel singen die Lieder, die vielleicht Tariro gesungen hat, als sie fortgegangen ist an einen Ort, den niemand kennt.

Verlorenes Mädchen,
Tariro ist weg.

Verlorenes Mädchen,
Tariro ist weg.
Verlorenes Mädchen,
verlorenes Mädchen,

tönt der Chor der Tauben aus den Baumwipfeln.

Traurig hört ihre Mutter die großmäuligen Vögel, wie sie eintönig singen, daß Tariro verschwunden ist. Wo steckt Tariro? Wo steckt Tariro? Bis die Echos der Vögel ihr Herz mit stummer Angst erfüllen.

In den Märchen erzählen sich die alten Frauen die Geschichte eines jungen Mädchens, das sich weigerte, ihr Volk reicher zu machen. Geschichten von einer jungen Frau, die ihre Mutter um eine Kuh prellte. Sie ist wie eine Mutter, die ihrem Kind eine Schale Essen vom Mund fortnimmt, sagen die alten Frauen. Eine Frau, die sich übergibt, wenn ihr Essen in den Mund kommt. Schande! Schande! Flüsse von Schande werden die Besitzerin eines solchen Schoßes überfluten und ertränken. Ein Schoß, dem Banditen, Priester, Mörder und Rebellen entspringen. Der Schoß einer Frau kann so ausgedörrt sein wie die weiten Ebenen, wenn die Regen nicht niedergehen wollen.

Tariro hört von alledem nichts. Sie lebt bereits an einem weit entfernten Ort, lernt Wörter einer Sprache, die zu erlernen sie sich niemals erträumt hat. Neue Namen muß sie lernen. Phiri zum Beispiel. Mwila. Mulenga. Sie hat keine Zeit, von Mafunga oder Charamba zu erzählen. Jetzt sind es die fremd klingenden Namen, die ihren Ohren vertraut vorkommen. Das macht ihr nichts aus. Wer einen Knochen verschlucken will, muß erst seine Kehle fragen, ob der Knochen auch die richtige Größe hat.

In dem weit entfernten, neuen Land weiß Tariro den Weg zur Quelle nicht. Sie ist an einem finsteren Ort gestrandet, dessen Menschen für alles, was sie kennt, andere Namen haben. Die Hügel, die Bäume, die Insekten und die Vögel, alles ist ihr fremd, hat neue Namen. Und sie hat Angst. Doch niemand versteht ihre Furcht.

Meine Mutter, denkt sie, und weint jeden Tag. Meine Mutter. Sie darf nicht sterben, weil ich so weit fort bin von ihr. Einmal noch, bevor sie stirbt, möchte ich ihr Gesicht sehen. Mein Körper sagt mir, daß es mich mit Angst erfüllt, so weit fort von ihr zu sein. Ich habe Angst, und ich kann die Angst nicht unterdrücken. Hier gibt es niemanden, dem ich sagen kann, daß ich Angst habe. Angst. Und es macht mich noch ängstlicher, denkt sie bei sich, daß es niemanden gibt, dem ich meine Gedanken mitteilen kann.

Das junge Mädchen sieht sich die Leute an, die es umgeben. Hier, in der Stadt, die so weit von zu Hause weg ist. Sie nennen sie Lusaka in Nordrhodesien. Sie wundert sich. Sie weiß nicht einmal, in welche Richtung sie zeigen soll, wenn von zu Hause die Rede ist. Sie bittet jemanden, für sie in Richtung ihres Zuhause zu zeigen. Werde ich eines Tages dorthin zurückkehren und meine kleinen Brüder begrüßen? Kinder aus demselben Schoß wie ich. Werde ich eines Tages meine Mutter wiedersehen und die kleine Schwester, die ich noch nicht kenne? Sie glaubt fest daran, daß sie sich eines Tages auf den Weg nach Hause machen wird.

Die brennende Sehnsucht hält die Erinnerung an die lange, beschwerliche Reise hin zu dem seltsamen Ort hier in ihr wach. Die Wanderung über Berg und Tal, durch endlose Ebenen, quer durch alle möglichen fremdartigen Landschaften, die Fahrt mit dem gebrechlichen Lastwagen, der beschwerliche Weg und das Obdach, daß sie sich abends zum Schutz vor der Nacht der wilden Tiere und

Schlangen im Haus eines mißtrauisch dreinschauenden Jumben suchte, dessen Sprache fremd und wie aus großer Ferne zu ihr drang.

Und die Frau, der sie davon erzählt, schaut das junge Mädchen an und schüttelt voller Verwunderung den Kopf. Dann grient sie wie ein wütender Hund und schweigt.

Hat das Mädchen einen Wurm im Kopf?

Denkt die Frau.

Dreht es sich in ihrem Kopf? So weit zu wandern. Warum ist sie fortgegangen? fragt sich die Frau, bevor sie das junge Mädchen allein läßt, ihm aber verspricht, bald zurück zu sein. Sie muß erst noch etwas Wichtiges hinter den roten Mauern dort holen.

Tariro aber hört sie nicht. Sie wartet auf Antwort. Man hat ihr gesagt, ihre Heimat wäre weit, weit weg. Und daß nur Leute mit viel Geld und Glück es schaffen, dorthin zu gelangen. Nicht zu Fuß. Niemals.

Tariro vermißt die kleinen Streitereien, die sie mit ihren kleinen Brüdern, diesen Scheusalen, ausgefochten hat. Im Schlaf hört sie ihre Stimmen. Hört, wie sie die Mutter fragen, wann Tariro zurückkommt, wo sie ist. Sie sieht sie immer vor sich. Unmittelbar vor sich. Wie kleine Papierbilder, die nicht reden können. Da stehen sie, schreien sie an, beleidigen sie, weil sie von ihnen fortgelaufen ist. Doch wenn ihre Bilder verblassen, dann hat Tariro das Gefühl, als glitte ihr alles aus den Händen. Und immer muß sie weinen, wenn die Bilder vor ihr erstehen, verschwommen wie der Mond hinter einem Wolkenschleier.

Ich werde zurückgehen. Irgendwann. Ich werde zurückgehen, denkt sie auf dem Bahnhof, wohin sie jeden Abend zum Schlafen geht.

»Du bist ein junges Mädchen. Laß nicht zu, daß die Großstadt dich verschlingt. Such dir eine Arbeit. Dann bist du eine unabhängige Frau. Und dann kannst du auch zu deiner Mutter zurückkehren, ohne daß dich jemand tragen muß wie ein verdorrtes Stück Holz«, macht ihr die Frau, die neben ihr schläft, Mut. Sie weiß, daß das Herz des jungen Mädchens mit Sorgen beladen ist.

Wenn ich erwachsen bin, dann. Wenn ich erwachsen bin, dann. Tariro denkt daran, wie sie daheim, in weiter Ferne, gemeinsam mit ihren Freundinnen gesungen hat. Sie hat diese Lieder mit ihnen gemeinsam gesungen. Sie hätte nie gedacht, daß sie ihr einmal im Traum einfallen würden. Hier, auf dem Bahnhof, weit weg im Land der Furcht.

1968
Das Ritual

Beim Dankritual dafür, daß die Ahnen die Früchte des Feldes so gut reifen ließen, kniet dein Vater auf der Schwelle zum Haus seiner Erstfrau nieder. Nur Augenblicke noch, und der rotgefärbte Himmel schenkt der Erde die Sonne wieder. Aus dem Bett der Feuermutter, in das sie sich jeden Abend zurückzieht, um ihre Feuer zu erneuern. Ungeduldig darauf wartend, wieder aufzusteigen, gibt sie ihr rötliches Glühen schon den Augen der Erde preis.

Einem Krug voll Bier entweicht der weiße Schaum. Männer, Frauen, Kinder, Menschen, die gleichen Blutes sind, sie alle warten schweigend, während dein Vater eine kleine Kalebasse ergreift und Bier aus dem großen Krug schöpft. Seit langer Zeit strömt das gleiche Blut durch unzählige Adern. Keiner weiß mehr, seit wann.

»Schöpf das Bier, eine ganze Kalebasse voll. Und paß auf, daß deine Hände nicht zittern und etwas verschütten«, mahnt ihn seine Mutter. Sie ist blind, und doch hat sie alles auf den Weg gebracht, der zu den Ahnen führt, von dem Augenblick an, da das Korn, aus dem das Bier gebraut werden sollte, auf dem Mahlstein zu Mehl wurde. »Das Bier darf nur von einer Frau gebraut werden, die die Wechseljahre schon hinter sich hat«, wies sie ihn an. Alle Ohren lauschten ihr aufmerksam. Wie bei Menschen, die von einer Dürre heimgesucht werden und aufpassen müssen, ob in der Ferne nicht ein Donnerhall zu hören ist. »Keine Frau, die noch stillt, darf auch nur in die Nähe des Korns kommen, aus dem das Bier für die

Ahnen gebraut werden soll. Ich hoffe nicht, daß die Dummheit einer Frau oder ihr schlechtes Benehmen so ein wichtiges Ritual entweihen«, hörten sie sie wieder und wieder sagen. Ihre Stimme klang hochmütig, so wie immer, seitdem Blindheit sie geschlagen hatte.

Alle Augen, die sich nun versammelt haben, folgen den Bewegungen deines Vaters, während er aufgeregt das Bier schöpft, einen Schluck davon nimmt und etwas auf den mit Kuhmist gepflasterten Fußboden gießt.

»Fahre fort, sprich die Gebete für die Vorfahren, wie ich es dich gelehrt habe. Erinnerst du dich der Namen? Sag sie in der richtigen Reihenfolge auf, angefangen mit deinem Vater«, fährt sie fort und geleitet ihn in die Welt der Ahnen. Sie erklärt ihm, wie man die Vorfahren zu dieser frühen Stunde anreden muß, bevor noch die Reisenden ihre bevorstehende Ankunft ankündigen ...

Meine Väter,
Väter meiner Väter
und deren Väter
und jene, die die Himmel und die Erde bewohnen:
Bis auf den heutigen Tag haben sich die Früchte des Feldes gut entwickelt.
Die Kinder sind gesund.
Die Frauen haben uns Kinder geschenkt.
Unsere Kinder hören auf uns.
Die Rinder,
die Kühe gehen mit kleinen Kälbern trächtig,
mit zweien oder gar dreien.
Und die Ziegen und Schafe,
wir können nicht mehr über sie sagen, als ihr hier seht.
Unsere Pferche sind voll.
Auf unserer Schwelle wohnt der Wohlstand.

Jeder Regentropfen auf unseren Feldern
wässerte eine Wurzel, die uns Korn schenkte.
Die Erde vergeudete das Wasser nicht.
Von Nährstoffen satt, sickerte es durch sie hindurch
zu den Wurzeln.
Nun, dieser Tropfen Wasser,
den wir für euch brauten,
soll euch nur sagen,
daß das undankbare Kind
von seinen Eltern bestraft wird.
Kräftig stehen wir da,
mit vollen Bäuchen.
Dieser Kolben Mais hier
zeigt euch die Stärke eures Schutzes.
Schützt unsere Kinder.
Ohne euch
würden wir nur husten und siechen
und wären vielleicht schon im Grab.
Doch ihr sorgt für uns,
schützt uns,
lindert den Schmerz,
wenn ein Unglück uns heimsucht.
Ihr steht uns bei
wie ein Vogel,
der seine Küken beschützt
und füttert.
Ihr steht uns bei,
auf daß nachts
die Hexen und Geister
nicht den Jikinya tanzen
auf unseren Schlafmatten.
Ihr schreckt sie
mit eurer Macht,

eine Macht, die darum weiß,
wie sie Regen auf unsere Felder führt,
eine Macht, die darum weiß,
wie sie Geister und Bestien vertreibt.
Ihr tut dies als unsere Vorfahren,
seid unser einziger Rückhalt.
Ein Vorfahr, der seine Kinder nicht schützt,
wird zum Gespött im Dorf.
Was sonst ist das, was geschehen ist?

Hat nicht eine Henne ein Ei verloren, und ihr habt zugesehen?
Ein Kind widersetzt sich den Anweisungen der Eltern
– was ist das für ein Kind?
Darf ein solches Kind ungestraft davonkommen?

Wie sollen die Kinder
die Macht ihrer Vorfahren erfahren,
wenn kleine Jungen und Mädchen
ihnen auf den Kopf pinkeln können?
Ein angesehener Mann wird an seinen Taten gemessen.
Er kann nicht zulassen, daß auf seinem Dach die Eulen nisten …

Dünn windet sich ein anhaltendes Schluchzen durch die geheiligte Luft. Ein Schluchzen, das aus dem Kreis der Versammelten hervorbricht. Es wird immer leidenschaftlicher, stört die Gebete zu den Göttern und Vorfahren, mal heftiger, dann wieder schwächer. Klagelaute, Schluchzer, Klagelaute. Klagelaute und Schluchzer. Schluchzer und Klagelaute. Trauernde Stimmen und ersterbende Herzschläge. Die Erde bröckelt. Manchmal verschlingen die

Flüsse die Fischer. Alles kriecht auf gebrochenen Beinen und Flügeln daher. Kein Händeschütteln zur Begrüßung. Kein Lächeln. Der Tod wandert auf dem Pfad. Wenn man dem Tod dort begegnet, grüßt man ihn nicht. Schweigend zogen die Vorfahren dahin, ohne dich wahrzunehmen. Wieder fällt eine Träne zur Erde. Und ein Herz sinkt zu Boden, verschwindet in ein abgrundtiefes Loch. Ein fliegender Moskito wird von wütendem Feuer verschlungen. Doch niemand hört die Schreie des winzigen Insekts im Feuer. Ein stummes Ritual auch dies.

»Wer weint da? Ich höre die Stimme von Tariros Mutter!« ruft deine Großmutter zornig. »Das ist unerhört. Den Ahnen und ihren Wünschen die Stirn bieten! Du weinst während des Rituals und lädst damit den Zorn der Vorfahren auf uns. Das ist ein böses Omen. Das ist der Tod. So etwas ist noch nie vorgefallen.«

Die alte Frau bricht das Ritual ab und schreitet davon, ohne ihren Stock zu Hilfe zu nehmen. Angeekelt wirft sie die Hände in die Luft, als wäre alles an die Winde verloren.

Die alte Frau trauert um den Tod eines Rituals, das sie schon unzählige Male gefeiert hat, ohne daß jemand gewagt hätte, es in Zweifel zu ziehen. Obwohl sie blind ist, kann sie noch immer die Tränen des Alters weinen, die alle, die ihr zuhören, in Schrecken versetzen. Das sind die Tränen des Todes, sagen sie. Die Flügel des Todes, die sie am Himmel vorüberziehen gesehen hat. Daß Hexen und Wahrsager es bloß nicht hören! Der Mann, der einen fahren läßt, muß auch den fauligen Geruch ertragen, flucht sie.

Sticheleien und Gemurmel, als das Ritual abgebrochen wird. Schweigen. Die Frauen machen deiner Mutter Vorwürfe, weil sie sich im Angesicht der Vorfahren nicht in der Gewalt gehabt hat: »Warum hast du deine Tochter fortgeschickt, wenn du nicht so weinen wolltest?«

Tariros Mutter. Alle Hoffnung ist nun zu Asche gebrannt, nachdem die vielen Stimmen verstummt sind. Kalte, trockene Asche. Wie an verlassenen Feuerstellen.

»Wenn die Ahnen mir meine Tochter fortnehmen, dann verfluche ich sie«, weint deine Mutter. Auf einmal schweigen alle. Niemand im Dorf hat je den Ahnen getrotzt. Heute aber befiehlt sie ihnen, ihr Kind zurückzubringen. Hierher, in ihr Haus. Nicht zu einem alten Mann, der keine Frauen aus seiner Altersgruppe kennt, die er heiraten könnte. »Nein, wenn mein Kind wieder nur einem alten Mann in die Hände fällt, soll es nicht zurückkommen. Nein, meine Tochter ist ebenso geboren wie jede andere. Sie soll zu mir zurückkommen, nicht zu jemand anderem gehen …«

Schweigen dann. Endlose Jahre lang. Sie erwähnt den Namen ihrer Tochter nie wieder. Und niemand wird, wenn die Kinder im Mondschein spielen, beim Namennenn-Spiel Tariros Namen singen. Sie wird ein einziges Schweigen sein. Wie ihre Mutter. Schweigende Tränen.

Dein Vater und deine Mutter sitzen einander am Feuer gegenüber. Das Feuer erstirbt, ist fast schon kalt. Nur wenige Worte wechseln über das Feuer. Auch Worte können in Flammen aufgehen, können nicht ohne weiteres über das Feuer fliegen. Worte werden in die Luft gesetzt, und dann, mitten in der Luft, vom Rauch eingekreist, als seien sie Moskitos. Sie torkeln hinab in das sterbende Feuer, verbrennen mit einem Zischen und sind gestorben. Wer hat gesagt, Worte seien wie Steine? Man kann sie aber nicht aus dem Feuer nehmen und abkühlen lassen. Die Hitze des Feuers bringt sie zum Schmelzen. Sie sterben in deinen Augen. Du möchtest die beiden anschreien:

»Vater, die Worte verbrennen! Mutter, im Feuer brennen Worte!« Deine Worte aber vergehen im Feuer wie die der Ältesten, bevor sie die Ohren der beiden Erwachsenen erreichen.

Deiner Mutter Kopf ist gebeugt, als wäre sie ins Gebet versunken. Sie sitzt da, auf dem Fußboden, hält einen winzigen Zweig in der Hand und spielt mit ihm, kratzt mit dem Stock auf dem harten Zementboden, wie ein junges Mädchen es tut, wenn die jungen Männer es mit Worten der Liebe erschrecken. Wenn ich an dich denke, kann ich nicht einschlafen. Ich kann nichts essen. Wenn die jungen Mädchen so brennende Worte hören, dann glitzern ihre runden Augen vor Vergnügen. Schlaflos? Nicht essen können? Was ist das für ein Mann, der sich da hinlegt, wo die Rinder des Königs weiden, nur um das Gras zu berühren? Dann fällt es ihnen wieder ein: Ein Mann, der sich nicht legt, heiratet nicht. Sie greifen sich einen Zweig, ein Büschel Gras, kauen darauf herum, kratzen damit den harten Boden, kauen wieder darauf herum und fragen sich, was sie diesem vor Liebe trunkenen Mann antworten sollen. Sollen sie ihm eine mit der Liebe ihrer eigenen Quelle gefüllte Kalebasse schenken? Sie sehen ihm in die Augen und wissen, worauf er wartet. Nein. Für den Augenblick werden sie dem jungen Mann die Kalebasse der Liebe nicht anbieten. Er muß wissen, daß, wer den Gipfel eines Berges bezwingen will, den Berg so oft umrunden muß, bis ihm schwindlig ist. Wir reden morgen darüber, sagen sie dem jungen Mann. Morgen. Bis dahin zu warten, ist nicht zuviel verlangt. Vielleicht auch übermorgen. Dann fängt der junge Mann an zu betteln, spricht Worte der Verehrung und Anbetung. Ohne dich bin ich verwaist. Wann kommst du in das Haus meiner Eltern, das Feuer unserer Liebe zu entzünden? Jeden Tag wartet meine Mutter aufs neue darauf, daß du für sie kochst, daß du die Rolle ihrer Mutter übernimmst und ihr die Geschichten erzählst, die deine Mutter dir erzählt hat. Erinnerst du dich noch an die Märchen, die du bei den *Mahumbwe*-Spielen den anderen Kindern erzählt hast? Meine Mutter hörte sie gern. Schenk mir Wasser aus dem Wassertopf ein, und ich werde nie wieder Wasser aus einem anderen Topf trinken. Der junge Mann redet und redet. Jede weitere Verzögerung ist seinem Herzen ein giftiger Trank. Worte sind viel zu langsam. Herzen sind viel zu langsam. Die Erde ist viel zu langsam. Seine Liebe aber ist heiß und heftig. Er weint und bettelt. Wenn du es verlangst, bringe ich meine Mutter um. Wenn du es verlangst, komme ich eine Regenzeit und eine Trockenzeit ohne Wasser aus. Wenn du es verlangst, sterbe ich. Du mußt mir nur versprechen, in der Nähe der Stelle zu bleiben, an der ich gestorben bin. Wenn du der Preis bist, lasse ich mich sogar auf einen Ringkampf mit einem Python ein ... Das Mädchen kann in sein Herz blicken. Nackt und bloß liegt es vor ihr. Sie vertröstet ihn auf morgen. Wer zu sehr eilt, kommt niemals an. Auch die Schildkröte gelangte zu dem Ort, wo der Hase einen Monat zuvor hingekommen war. Morgen, sagt sie.

Und als der nächste Tag dann kommt, erscheint das Mädchen nicht am Treffpunkt. Der junge Mann ist da, stirbt fast am Durst seines Herzens. Sie kommt noch, denkt er. Sie muß jeden Augenblick hier sein. Aber sie kommt nicht. Sie hat sich auch nicht in den Büschen versteckt. Sie steckt nicht zwischen den trockenen Halmen des sterbenden Grases. Sie ist nicht da. Ihre Stimme ist nicht zu hören. Aus keinem der geheimnisvollen, verborgenen Orte des Landes ist ein Hauch zu vernehmen. Hat hier in der Nähe jemand ein Mädchen gesehen, das vor

Liebeshunger fast umkommt? Hat jemand hochgeschreckte Vögel aus den Büschen auffliegen sehen? Hat jemand gesehen, daß Nyarai zur Quelle gegangen ist? Hat jemand die Lieder der Liebe vernommen? In diesem Augenblick erscheint Nyarai. Sie lächelt schüchtern, entschuldigt sich nicht. Sie lächelt und bleibt in einiger Entfernung stehen. Weit weg von ihm. In einer Entfernung, die kurz und lang zugleich ist. In der Entfernung des Verlangens. Da steht sie und lächelt, mit einem Zweiglein in der Hand. Ihre Zähne sind es müde, darauf herumzukauen. Sie steht da und lächelt, und ihre milchweißen Zähne offenbaren dem jungen Mann, wie dumm er ist. Sieht er denn nicht, daß sie ihn schon lange liebt? Hat er denn nicht die Lieder gehört, die sie schon auf dem Spielplatz gesungen hat? Lieder über den o-beinigen jungen Mann, den ich will? Den Jungen mit dem Kopf wie ein Speer, den will ich. Der Junge, der ein bißchen stottert, mit dem will ich etwas Großes anfangen. Hat er denn diese Lieder nicht gehört?

»Geh und sag deiner Tante, daß der Himmel sie angelächelt hat«, spricht sie, und ihre milchweißen Zähne sprechen von der weißen Flamme einer zurückgehaltenen Liebe. Der junge Mann rennt davon. Vor lauter Freude möchte er es am liebsten allen erzählen. Allen. Den Hunden, den Katzen, den Hühnern auf seinem Gehöft. Bald schon wird eine Flamme in seinem Gehöft entfacht werden. Ein Feuer. Das Feuer der Liebe, das sich nur von den Zweigen der Liebe nährt. Liebe.

Stumm sitzt deine Mutter da und betet zu den Göttern ihrer Vorfahren. Sie denkt nach. Und gleichzeitig ist ihr der Kopf völlig leer. Warum soll man sich um Gedanken sorgen, wenn alles bekannt ist? Nur ein dummer Mann betrachtet seine Liebste aus der Ferne und spricht: Ich denke an dich.

Dein Vater trägt einen der Hitlermäntel, die den ganzen Körper vom Kopf bis zu den Zehen verhüllen. Auch er sitzt schweigend da und überlegt, was er mit der Frau tun soll, die die Ahnen beleidigt hat. Der Frau, die weder Furcht noch Respekt kennt. Der Frau, die aufsteht und den Göttern zuruft, sie sollten sterben. Er ist unschlüssig, ob er nicht auch einen Zweig aus dem Feuer nehmen und damit auf dem Fußboden kratzen soll. Die dünne Stille der Nacht muß von einem Zweig gebrochen werden.

»Was du gestern getan hast …« Er unterbricht sich. »Was du gestern getan hast …« Er unterbricht sich erneut.

»Ja«, murmelt deine Mutter kaum hörbar. Und trotzdem ist es in aller Ohren. Der Klang bestätigt, daß sie weiß, was sie gestern getan hat. Schließlich ist sie kein Trunkenbold, der am Morgen nach einem Gelage erwacht und behauptet, er wisse nicht ein bißchen von dem, was er am vorangegangenen Abend angerichtet hat. So ist sie nicht.

»Was du gestern getan hast …« sagt dein Vater immer wieder. Was du gestern angerichtet hast, was du gestern getan hast, was du gestern gemacht hast. »Wenn ich denke, daß meine Väter und deren Väter das miterleben mußten. Wenn ich mir vorstelle, daß du die ganze Familie in den staubigen Abgrund gestürzt hast.« Ihm fehlen die Worte.

»Mir sitzt ein Schmerz im Herzen«, erklärt ihm deine Mutter. Dort, an der Feuerstelle. Wieder fallen die Worte ins Feuer. Verbrennen wie in einem rotglühenden Schmiedefeuer. »Du weißt von meinem Schmerz und tust so, als wäre es keiner.« Sie starrt ihn an.

Dein Vater antwortet nicht. Er hat von ihr ja keine Antwort erhalten. In seinem Innern nistet eine andere Art

Schmerz. Der Schmerz der Vorfahren. Ihr Schmerz ist der Schmerz der Geburt. Die beiden lassen sich wohl nicht miteinander vergleichen.

»Von jetzt an betrachte ich dich nicht mehr als meine Ehefrau«, sagt dein Vater, erhebt sich und wächst zu einem furchterregenden Turm über der Feuerstelle.

»Hast du sowieso nie«, entgegnet deine Mutter schlagfertig. Ihre Stimme vergeht im Feuer, entfacht die sterbende Glut neu, erweckt die Asche zu brennendem Leben.

Als dein Vater fortgeht, tragen seine Schritte den Klang eines bitteren Abschieds. Er erhebt sich von Füßen, die von einer neuen Krankheit geschlagen sind. Einer Krankheit, die der weiße Mann im Jahr der Rinderkrankheit gebracht hat. Du hörst, wie seine Stimme draußen die spielenden Kinder anschreit. Du siehst ihn, wie er schattengleich durch das Gehöft streicht, nach Axt und Hacke verlangt, den Kindern befiehlt, auf den Feldern Unkraut zu jäten oder die Rinder zu zählen, eine Frau anweist, ihm etwas zu essen zu bringen, herumschnauzt, daß ein bestimmtes Kind sich zu den Feldern aufzumachen und nicht untätig herumzulungern hat. Du hörst die verhallende Stimme deines Vaters gegen die Klagelieder deiner Mutter aufbegehren. Es wird dir bewußt, daß der Schmerz, der zwischen beiden steht, so trennend wirkt, daß sie nie wieder zueinander finden werden.

An diesem Tag geht deine Mutter nicht aus dem Haus. Sie sitzt den ganzen Tag da, wo sie gesessen hat, als dein Vater mit ihr sprach. Den ganzen Tag wird sie da sitzen, ein ganzes Menschenleben lang, und auf ihr Leben zurückblicken. Sie denkt daran, wie nutzlos sie ist. Wie die Jahre an ihr vorübergezogen sind. Alles wird alt, sagt sie im Innersten ihres Herzens. Alles wird einmal alt. Sogar die Steine werden alt …

***

Als ich jung war, war ich Tänzerin. Ich habe gesungen und getanzt, meine Stimme stieg auf in die Himmel, eroberte alle Ohren im Dorf, die schläfrigen Ohren, die erwachenden. Ich habe den *Jerusarema* getanzt, als er wie ein Wirbelsturm das Land überzog. Ein wildes Feuer, das sich nicht eindämmen ließ. Der Tanz kam und fiel in das ganze Land ein wie ein unbezähmbares Feuer ins *Veld*. Es verbrannte vielen die Herzen und zerstörte Ehen. Du kannst dir nicht vorstellen, was der Tanz für so manche von uns bedeutete. Es war ein Tanz, der junge Frauen dazu verführte, ihre Ehemänner zu verlassen, die sie gerade erst geheiratet hatten. Auch junge Männer überließen Frau und Gehöft den Fremden und Eindringlingen und zogen im Sog des Tanzes von Dorf zu Dorf.

Die Leute wissen nicht, was ein Tanz ist. Ich erinnere mich der Tage, als der Tanz Herzen und Hirne so vieler Menschen eroberte, daß die weißen Herrscher ihm Einhalt gebieten mußten. Was sonst sollten sie tun? Wenn du so einen Tanz nicht zum Stillstand bringst, dann verbrennt er alles zu Asche. Die wahren *Jerusarema*-Tänzer tanzten Nacht für Nacht. Im Sog des Tanzes zogen sie von Dorf zu Dorf, ließen Felder und Familien im Stich.

Meiner Freundin ist es so ergangen. Wir haben sie nie wiedergesehen. Die Flammen des Tanzes haben sie verzehrt. Eines Nachts brach der Tanz in unserem Dorf los. Die Trommeln grollten und schrien verlangend nach deiner Seele. Die Trommelklänge betörten mir Sinne und Geist. Auch meine Freundin vernahm den Klang der neuen Trommel und folgte ihm bis zu seiner Quelle. Sie sang mit den Sängern und tanzte mit den Tänzern. Sie war beides. Sängerin und Tänzerin. Im Laufe der Zeit verhinderte der Tanz, daß sie essen mochte, daß sie badete, daß sie lieben wollte. Verhinderte alles, was sie mit ihrem Leben hatte anfangen wollen.

Als der Tanz ins nächste Dorf zog, schloß sie sich dem Zug an, wurde von ihm fortgerissen wie von einem reißenden Strom. Singend ertrank sie im Tanz und spürte, wie er ihren ganzen Körper kitzelte bis in die Seele hinein. Tag für Tag, Nacht für Nacht zog sie mit den Tänzern weiter, bis ihr aufging, daß sie bereits viele Tage von Ehemann und Zuhause fort war. Des feurigen Tanzes wegen hatte sie alles im Stich gelassen. Vielleicht hat sie sich dann zu sehr geschämt, um wieder zurückzukehren. Wie sollte sie ihrem wütenden Ehemann und ihrem zornigen Vater gegenübertreten?

Nein, meine Freundin beschloß, dem Tanz zu folgen bis zu ihrem Tode. Niemand weiß, wie sie ums Leben kam. Geschichten über die Anmut ihres Tanzes wehten durch die Lüfte, bis sie uns zu Ohren kamen. Es gelang dem Wind nicht, die Geschichten, die wunderschön waren, abzutöten. Zu guter Letzt war sie zum Tanz selbst geworden, das Herz des Tanzes, die Herdstelle des Tanzes.

Auch ich habe den *Jerusarema* getanzt, diesen wilden Tanz der Trommeln und großen Kalebassenrasseln. Wenn ich auf dem Tanzplatz war, spürte ich ein Feuer durch meine Adern rasen, als wollte es sie aufbrechen und den Tanzplatz mit meinem Blut tränken. Der Geist des Tanzes hatte mich verschlungen. Du weißt nicht, daß ein Tanz seine Tänzerin verschlingen kann? Er frißt sich in dich hinein wie eine Geschichte, die sich nicht in Worte fassen läßt, niemals. Wenn du aus dem Grunde deines Herzens heraus etwas Großes und Wichtiges zu sagen hast, dann sind Worte oft nicht größer als Ameisen. Worte. Was sind schon Worte? Sie sind wie kleine Stückchen Abfall, wie Federn, die der Wind fortbläst. Der Tanz oder die Musik heilen, wenn sie vom Herzen Besitz ergreifen, Krüppel, die eigentlich nicht mehr laufen können. Doch wenn die Musik sie ergreift, dann vergessen sie, daß sie Krüppel sind, springen auf, als wären sie gesund, und tanzen. Und erst sehr viel später fällt ihnen wieder ein, daß sie Krüppel sind.

So war der *Jerusarema* für mich. Und für meine Freundin, die später verschwand. Die, deren Grab ich niemals sehen werde. Manchmal wünsche ich mir, ich wäre mit ihr gegangen. Und nur der Gedanke an meine Kinder läßt mich ruhiger werden und sagt mir: Die Ahnen hatten anderes mit dir vor. Wenn ich mir dessen nicht sicher wäre, wäre mein Leben unglücklich geworden. Ich würde glauben, daß meine Freundin auch im Tode noch tanzt und die Augen der Ahnen bezaubert. Ahnen. Vorfahren. Sie werden sich vielleicht fragen, warum sie sterben mußten, lange bevor die Flamme dieses Tanzes ihre Gehöfte besuchte.

Steuern? Du redest von Steuern? In unserer Zeit, damals, als wir noch junge Mädchen waren, denen die Brüste aufgingen wie junge Knospen, damals, bevor Hikiras Zeit anbrach, damals hatte der Dorfvorsteher nichts mit Steuern zu tun. Die Polizei kam mit Jeeps und auf Pferden und verhaftete alle Männer, die keine Steuern bezahlt hatten, und brachte sie ins *Chibharo*-Lager. Dort wurden sie zur Arbeit gezwungen, bis sie genug Geld verdient hatten, einen Schilling, zwei Schillinge für den wütenden District Commissioner. In den Bergwerken, auf den weiten Feldern der gierigen Bauern, beim Straßenbau, wo sie unter Aufsicht italienischer Vorarbeiter Brücken errichten mußten, überall.

Als aber der *Jerusarema* kam, gaben sogar die Männer, die sich vorgenommen hatten, es zu vermeiden, den Weißen zu verärgern, alle Pläne auf, nach Jo'burg zu gehen, um dort zu arbeiten und die Steuern für den Weißen zu verdienen. Sie weigerten sich, die Steuern zu zahlen, und leisteten Widerstand, wenn der Weiße kam, um sie einzufangen und in den Bergwerken und auf den Straßen arbeiten zu lassen. Manche versteckten sich tagsüber in den Bergen und Hügeln und stiegen nachts herab, um mit den Frauen und Männern des Dorfes den *Jerusarema* zu tanzen.

Also setzte sich der Weiße eines Tages hin, dachte nach und sprach: Der Tanz stellt ein Problem dar. Das müssen wir lösen. Der Tanz macht die Männer so stolz, daß sie sich weigern, in unseren Bergwerken und beim Straßenbau zu arbeiten. Dem müssen wir ein für alle Mal einen Riegel vorschieben. Der Tanz soll nie wieder getanzt werden. Nie wieder sollen die Lieder erklingen, die dem Tanz vorangehen. Den Tod jedem, der diese Lieder singt. Den Tod jedem, der diesen Tanz tanzt.

So wurde der *Jerusarema* getötet. Heute hört man nur noch in weit entlegenen Gegenden von ihm. In Murewa, vielleicht in Mutolo, wer weiß. Ich weiß nicht, wo das liegt, doch die Ohren meiner Seele vernehmen jeden Tag wieder die Trommeln. Die Trommeln meiner Jugend.

Etwas Trauriges begab sich in der Zeit des *Jerusarema*.

Eine Tänzerin war ich, anmutig und sorglos auf dem Tanzplatz. Mein alternder Vater sah eines Tages zu, wie ich tanzte. Er stöhnte auf: Was habe ich da bloß in die Welt gesetzt? Was hat der Schoß einer Frau da bloß der Welt geboren? stöhnte er. Eines Tages rief er mich zu sich und machte mir Vorhaltungen wegen des aufreizenden Tanzes. Wen ich mit diesem Tanz so voller sexueller Bezüge und Bewegungen herausfordern wollte? Wen willst du damit reizen? Du hast den Tanz getanzt, und alle Augen des Dorfes haben zugeschaut. Du machst, daß sich ihre Herzen nach dir verzehren. Wessen Tochter ist das?

»Morgen bringe ich die Rinder, wenn sie nur heute nacht mir gehört.« Wo hast du diesen Tanz gelernt, Kind? Mein Vater war wütend.

Dann traf sich mein Vater mit fremden Männern und Frauen, die in einer Sprache redeten, die ich nicht verstand. Bald darauf kamen Tanten und Verwandte, die mich abholten, als wäre ich eine verkaufte Ziege. Sie wuschen mich, hüllten mich in die neuesten Felle, die sie finden konnten, und führten mich fort.

Wir zogen vom Haus meiner Mutter fort. Stumm, als führten sie mich zur Opferbank. Mein Herz sagte mir, daß mein Vater sie gebeten hatte, mich zu töten. Er war Krieger unter Mzilikazi und Lobengula gewesen. Einen Menschen zu töten, hatte ihm nicht viel ausgemacht. Und ich bin mir sicher, bei einem kleinen Mädchen wie mir wäre ihn das nicht schwerer angekommen, als Speichel hinunterzuschlucken. Kein Schmerz. Keine Tränen.

Nachdem wir eine Weile gewandert waren, machten wir bei einem Gehöft Halt, das ich sehr gut kannte. Es gehörte einem Mann, mit dem mein Vater so eng befreundet war, daß die Leute manchmal glaubten, sie wären Brüder.

Der Herr dieses Gehöfts trat vor das Haus und flüsterte den Männern und Frauen, die mich hierher gebracht hatten, etwas zu. Ein paar Frauen kamen heraus und begannen trillernd zu jubeln. Sie tanzten auf bloßen Sohlen und schwenkten die Hüften wie Krokodile, die über den Sand gleiten. Sie meinten, wie hübsch ich anzusehen wäre, was für eine Frau aus mir werden würde, wie alles so glatt wäre an mir wie die Wasser, die durch das Tal flossen.

Nur die Frau des Mannes, der mein Ehemann werden sollte, machte einen gedemütigten Eindruck. Ich spürte, wie mich ihre Augen gegen einen Felsen drängten und mir bedeuteten, dahin zurückgehen, wo ich hergekommen sei. Ich hatte Angst.

Am gleichen Tag wurde der Schnitzer der Hocker und Trommeln mein Ehemann. Ich konnte nicht davonlaufen. Wohin auch? Mein Vater war dafür bekannt, daß er sich wie ein Ndebele verhielt. Wenn ich davonlief, würde meine Mutter, die starb, als ich noch ein winziges Ding war, im Grabe verflucht werden. Also beschloß ich zu bleiben. Die Männer des Dorfes und auch die Frauen hatten mir erzählt, daß der Schnitzer der Hocker, Trommeln und beinernen Schnupftabakdosen ein wundervoller Mann sei. Alle erzählten davon, wie er Regen machte und daß er eine so große Macht besaß, daß sogar der Dorfvorsteher ihn fürchtete. Er ist ein friedlicher Mensch voller Liebe, sagten sie alle. Er hat nur das Pech gehabt, eine Frau zu bekommen, die ihn anschnauzte und die Macht nicht anerkannte, die er von seinen Ahnen erhalten hatte.

Ich beschloß zu bleiben, bis mein Schoß bereit wäre, seinen Samen zu empfangen. Eines nach dem anderen, kamen die Kinder. Ein Mädchen, ein Junge und noch ein Junge. Als ich mit dem dritten Kind schwanger ging, wurde der Schnitzer der Hölzer krank und starb. Er hatte die ganze Nacht gesungen und getanzt, mit seiner Trommel hoch oben in seinem Lieblingsbaum thronend. Das ganze Dorf wurde vom Baßgedröhn seiner Stimme und dem Donner seiner Trommel erschüttert. Dann, früh am nächsten Morgen starb er, bevor noch die gleißende Sonne herbeieilen und um ihn trauern konnte. An jenem Tag zog eine rote Sonne wie eine lodernde Flamme über den Himmel. Du bist nun allein, verkündete mir die Sonne. Nur Erinnerungen blieben mir noch. Erinnerungen daran, wie er mich gebeten hatte, seine Frau zu werden, wie er mich gebeten hatte, ihm den Tabak zu mischen, wie er mir gesagt hatte, daß ich, wenn ich ihn nicht zum Manne wollte, fortgehen könne oder bei ihm bleiben, bis ich den von mir auserwählten jungen Mann gefunden hätte. Erinnerungen daran, wie er eine große Prise schnupfte und die Götter darum bat, Regen zu bringen.

Ich erinnere mich an einen Tag, da der Geist der Trommel in ihn gefahren war. Er kletterte auf einen riesigen Baum und sang – mitten in der Trockenzeit – ein Lied für die Regen. Und dann ballten sich draußen kleine Wolken zusammen und segelten auf unser Gehöft zu. Mitten in der Trockenzeit ging ein Regen nieder, der uns alle völlig durchnäßte.

Mein Mann war einer, der mit den Göttern reden konnte. Wir wurden einander so vertraut, daß er mir ein zweiter Vater wurde. Als er gestorben war, konnte ich lange nicht aufhören zu weinen. Er war mir Vater und Berater geworden, obwohl ich zu Anfang gar nicht mit ihm verheiratet werden wollte. Er war alt. So alt wie mein Vater. Doch selbst jetzt noch kann ich einzelne seiner vielen Stimmen hören. Ich höre, wie er mich mit Namen ruft. Ich kann nicht anders, ich muß ihm zuhören. Er bittet mich, nicht aufzugeben, wenn ich Schwierigkeiten habe. Er versichert mir, daß er immer bei mir ist, daß er darauf wartet, daß ich zu ihm komme und mich ihm anschließe, daß ich mich vor dieser und jener Gefahr in acht nehmen soll. Er ist immer noch mein Ehemann.

Deine Mutter erinnert sich an die stummen Geschichten der Dinge, die du nicht verstehst. Sie redet und schweigt. Die ganze Zeit. Keiner hört ihr zu, und sie ist verletzt, weil sie glaubt, daß niemand ihren Geschichten lauscht.

1920
Der Schnitzer

Trotz meiner Taubheit, trotz meiner Stummheit war auch ich eine Hörende. Ich hörte, weil meine Augen sahen, hörten und sprachen. Doch niemand hörte zu. Sie, die einen Mund haben, sie, denen auf jeder Seite des Kopfes ein Ohr sitzt und die über Zungen verfügen, die in ihren Mündern tanzen, sie können manchmal weder hören noch sprechen. Ich aber gehörte zu den Hörenden. Ich war allein, wie ein einsamer Vogel, der den leeren Himmel durchzieht. Ich war allein und hatte nur meine Augen, mit denen ich kämpfen konnte. Sonst nichts. Stell dir vor, wie die Schreie der Vögel mir nur Finsternis blieben, obwohl ich sah, wie sie hoch oben in den Baumkronen thronten mit ihren bunten Federn und Schnäbeln und für die tanzten, die sie liebten. Ich aber konnte ihre Musik nicht hören. Insekten. Glühwürmchen. Die Sänger beim *Mahumbwe*-Spiel, die anmutig den Himmel und den Wind umarmten, sich hierhin bewegten und dahin, einer jungen Frau oder einem jungen Mann einen Wink gaben und sich dann verneigten, um eine Tochter zur Hochzeit nach Hause zu führen. All das hörte ich nicht. Die Finsternis umgab mich wie ein Nebel.

Bevor ihr alle geboren wurdet, kam ein Schnitzer von Hockern, Trommeln und Schnupftabakdosen zur Welt. Er schnitt sein Holz unter dem *Musuma* und sang vor Freude über alles, was er in dem Holz entdeckte. Er stichelte gegen seine Nachbarn in einer Art und Weise, die sie zum Lachen brachte, und provozierte sie, wenn sie vorübergingen. Dann sagten sie von ihm: Dieser Verrückte bleibt so bis zum Tag, an dem er stirbt. »Schnitzer der Trommeln und anderer Dinge, was schneidest du heute aus dem Holz?« fragten sie ihn auf dem Weg zum nächsten Bierausschank.

»Hast wohl gedacht, ich schnitze die Brüste deiner Mutter ins Holz? Das hier ist eine Trommel, oder sind eure Augen schon blind vor Durst? Beim Biergelage trommelt und tanzt ihr eure Verrücktheit heraus: Glaubt ihr etwa, daß Trommeln vom Himmel fallen wie Regenschauer?« Der die Frage gestellt hat, lacht sich heiser und schaut dem Schnitzer auf die Finger, wie sie ein scharfes Metallstück halten, dessen Namen der Betrachter nicht kennt. Schnitzende Hände. Schwitzende Lippen. Schnitzen. Das Gesicht des Schnitzers erzählt Geschichten von einem Tanz, der noch nicht getanzt worden ist, berichtet vom Leben, das in Lied und Tanz neu geboren wird, neu erblüht in der Erregung einer Stimme, wie sie das Dorf noch nie gehört hat. Ein Tanz mit Flügeln. Fliegen. Hoch oben in den Bäumen thronen, herabstürzen, einen Augenblick wild, dann wieder ruhig. Ausgelassen. Ein Tanz, der in einem Atemzug aufsteigt und fällt. Ein Tanz, der von den Farben des Schmerzes in den Herzen von Männern und Frauen spricht, die kein Wort gesprochen haben. In den Herzen der Kinder, deren Zungen noch nicht über Wörter verfügen. Ein Tanz, der fliegt und hoch oben in den Lüften thront wie ein müdes Glühwürmchen.

Die Trommel hätte schon zum Erntetanz vor dem Vollmond fertig sein sollen. Meine langsamen Hände! Hätte mich der Weiße nicht gefaßt und zur Arbeit in seine Bergwerke verschleppt, dann hätte ich sie jetzt fertig und längst ihrem Besitzer übergeben. Weißt du, diese Trommel ist so viel wert wie eine Kuh, sagt das Gesicht des Mannes. Die Tänzer werden in der Trommel ihre Vorfahren wiedererkennen, ihre Seelen, denkt er bei sich. Der Zuschauer sieht den Schmerz im Herzen des Mannes. Er hört die Echos der Sänger bei der *Bira*-Zeremonie. Auf den alternden Fingern und seinem von Falten durchzogenen Gesicht erkennt er die Anspannung des Schnitzers. Lange Jahre der Arbeit an Trommeln, Schnupftabakhörnern und Hockern haben das Gesicht des Mannes faltig werden lassen wie ein altes Laken.

In einem Gesicht treffen viele Gesichter aufeinander. Ein Lied. Ein Pfeifen. Ein weiterer trauriger Tanz. Ein Muster, das tanzende Füße in den Staub malen. Hände, die den Tanz in die Luft weben. Die vielen Lieder aus der Trommel und dem *Kudu*-Horn, das geblasen werden wird, bis alle Nachbardörfer sich zum Ritual für die Vorfahren versammeln. Eine Stimme, die von den fernen Hügeln widerhallt. Auch das Horn erzählt Geschichten von der Liebe und vom Verlassenwerden, vom Haß, der ein Herz überschwemmt wie ein Fluß, von Einladungen zur Liebe, von Krieg und Tod.

In Lied und Tanz finden weit entfernte Orte zueinander, die Sehnsüchte und Wünsche in den Herzen der Toten und der Lebenden. Alle vereinen sich in einem einzigen Wirbelwind.

Ein Schnitzer der Trommeln und Hocker wurde geboren, lange bevor einer von euch auf die Welt kam. Wieder erzählt Miriro ihre Geschichte. Sie will, daß ich erfahre, wer in diesem Dorf, unserem Dorf, lebte. Wer von unserem Blute ist. Wir haben uns die Träume von ihm, dem Schnitzer, ausgeliehen. Das Blut und der Atem des Holzschneiders, flüstert sie mir zu, fließen in dir.

Der Holzschneider hatte nicht allzu viele Worte für unsere Ohren übrig. Er sprach aus, was ihm zu sagen wichtig war, und kehrte zu seiner Arbeit zurück. Wörter waren ihm wie Federn. Nur seine Schnitzerei hatte für ihn Bedeutung. Er sprach mit den Schnitzwerken, flüsterte mit ihnen, streichelte sie wie den schweißüberströmten Körper einer Geliebten. Keine Worte, die für unsere Ohren bestimmt waren. Auch für die Vorübergehenden hatte er kaum ein Wort übrig. Sein Mund mußte ruhen, damit sein Herz mit donnerndem Schweigen zu sprechen imstande war.

Schweigen ist kein Zeichen von Dummheit. Die Trommeln schwiegen doch auch nicht. Viele Dorfbewohner tanzten, bis sie wunde Füße hatten, schlugen die Trommeln, die der Schnitzer geschaffen hatte. Ich weiß, du warst noch zu tief im Schoß deiner Mutter, als daß du das Dröhnen der Trommeln hättest hören können. Die Stimmen der Hörner hättest vernehmen können, die er mit seinen Händen geschnitzt hatte. Auf den hölzernen Hokkern hättest sitzen können, in die die Totems der Leute eingeschnitten waren, die auf ihnen saßen. Das Totem des Affen, des Fischadlers, den er anmutig durch den Himmel segeln gesehen hatte, des massigen und plumpen Elefanten, des Zebras. Das Schlangentotem, das er schnitzte und bei dem er das Gefühl hatte, es würde jeden beißen, der ihm zu nahe kam. Du hast vielleicht ein paar seiner Trommeln gesehen, die endlos lange Jahre hielten. Er hat sie für die Ewigkeit geschnitzt, damit sie in den Herzen derer hallten, deren Hände sie schlugen.

Dann, nachdem er seine letzte Trommel geschnitzt hatte, kletterte er eines Tages auf einen riesigen Baum. Den *Musuma*. Seinen Lieblingsbaum. Er nahm die Trommel mit zu sich hinauf in den Himmel. Dabei sang er traurige Lieder. Mit seiner Stimme überflutete Schmerz das ganze Dorf. Auch Freude. Er kannte Schmerz und Freude. Sie wohnten in der Trommel. Beide hatte er in seinem Leben gelebt. Und wenn er schnitzte, konnte man beide, Schmerz und Freude, auf seinem Gesicht sehen. Er schnitzte und schnitzte und schnitzte, sprach dabei die Namen aller Ahnen vor sich hin, die ihm im Traum erschienen waren und die Gabe verliehen hatten, das Holz zu schneiden, das Holz zum Sprechen zu bringen, das Holz singen und tanzen zu lehren, totes Holz zu neuem Leben zu erwecken, mit Blättern und Blüten.

Der Schnitzer bestieg mit seiner riesigen Trommel den Baum und begann laut zu singen wie ein Trauernder, der um die Dahingegangenen weint. Er sang, bis das ganze Dorf zusammengelaufen war, um ihn zu sehen, wie er da oben im Baum saß wie ein Adler.

Er sang von Leben und Tod, von Heirat und der Boshaftigkeit von Ehefrauen und Ehemännern, über das Unglück in der Welt und den Spaß, sich den Göttern und Ahnen zu widersetzen. Alle starrten sie ihn an. Niemand wagte es, ihn zu bitten herabzusteigen. Lauter und lauter sang er, als ob seine Stimme vom Dach des Himmels widerhallte. Lauter und lauter und lauter. Eine volle Stimme, die sich tief in die Herzen der Dorfbewohner senkte. Dann stimmten alle ein und tanzten Schritte eines neuen Rituals, das sie noch niemals in ihrem Leben gefeiert hatten. Kinder und Frauen, junge wie alte, Männer, Jungen und Mädchen, jedermann, Priester und Hexen, junge Männer, die noch nicht den reifen Geruch eines Frauenkörpers kannten, junge Mädchen, die auf der Suche nach Liebe noch immer zur Quelle zogen und lachten und tanzten, wenn sie im Quellwasser ihre Spiegelbilder erblickten. Sie sangen und tanzten, bis sie aus dem Schmerz der Freude heraus weinen mußten. Der Schnitzer aber sang weiter, tanzte weiter. Seine Stimme durchschnitt die Luft wie ein Vogel, der sich aus den Händen eines hungrigen Mannes befreit sieht.

Dunkle Wolken zogen sich zusammen. Zunächst in Flecken nur, dann dunkler und dunkler wie schweres Tuch. Dann kam der Regenguß, der alles durchtränkte, den Himmel und die Erde. Alles mischte sich in den aus dem Himmel herabstürzenden Fluten.

An jenem Tag regnete es. Ein Regen, der mit Donner kam, doch ohne Blitze. Er stürzte herab, und alle Flüsse und Ströme meinten, ja, wir wollen von den schlammigen Wassern überflutet werden. Noch immer sang der Schnitzer weiter, schlug im Regen seine Trommel, und alle tanzten und sangen. Leben und Tod brannten in ihnen, Freude und Leid, jede Eiterschwäre wurde aufgestochen, die Adern des Lebens wurden geöffnet und überfluteten alles.

Am nächsten Tag, ganz früh am Morgen, bevor die Sonne aufzugehen träumte, rief der Schnitzer seine Söhne zu sich, einschließlich des jüngsten, noch nicht geborenen. Rief sie an seine Seite und sprach ihnen davon, was vor ihm lag. Der Tod. Ich habe das Leben nicht in Gier gelebt. Ich sterbe nicht in Gier. Wer von euch nicht weiß, wie man mit seinem eigenen Fleisch und Blut teilt, der wird ein Leben voller Schmerz führen. Er sagte ihnen, daß alles, was er besaß, ihnen gehöre. Die Regen gehen für uns alle nieder, für die Alten wie die Jungen. So sprach er.

Als die Vögel des frühen Morgens ihr Lied anstimmten, rief er seine beiden Frauen zu sich. Die eine war sehr alt, die andere, im Vergleich zu ihm, sehr jung, fast noch ein Kind. Sie setzten sich zum ihm auf die Matte des Todes und lauschten seinen Worten. Die Kinder, sprach er, behandelt sie mit großer Sorgfalt. Ich lasse ihnen nicht viel zurück, aber das spielt keine Rolle. Der Wohlstand liegt in ihren Händen. Nur die Füße und die Hände sind dazu in der Lage, neue Träume zu erforschen, sagte er. Der Hintern allein wird nie neue Länder entdecken.

Wenn sie weinen, dann lehrt sie, die Tränen wegzuwischen und wieder zu lachen, bevor die Sonne untergeht, damit sie nicht voller Wut und Trauer auf ihren Schlafmatten einschlafen. Freundlichkeit ist die Mutter der Liebe, sagte er. Lehrt sie, auf die Stimmen der Vorübergehenden zu achten, die sagen: Wie geht es den Kindern des Schnitzers?

Als der Hahn krähte, verließ der Atem des Holzschneiders seinen Mund für immer. Nie wieder würde seine Stimme über seine Lippen sprechen. Nie wieder sollte einer hereinschauen, um ihm beim Schnitzen zuzusehen. Keine neuen Trommeln sollten mehr dröhnend das Lied der Ältesten begleiten, wenn sie das Lob seiner Trommeln anstimmten. Kein Staub würde sich beim Tanz zu Ehren der Ahnen von der Erde erheben. Nichts. Nur Stille sollte bleiben. Und die Echos, die von denen kommen, die sich des Holzschnitzers erinnern, des Schnitzers von Trommeln und beinernen Schnupftabakdosen. Die sich des Holzschnitzers erinnern, der den Wald erzittern ließ durch Lied und Tanz, die sich aus den von seinen Händen geschaffenen Trommeln erhoben wie Rauch.

Miriro, die Taubstumme, spricht zu Ohren, die ihr nicht zuhören. Die Zuhörer schlafen, sind trunken von den Freuden ihrer eigenen Herzen, ertrinken in den Fluten ihres eigenen Schweißes.

Ich will dir nicht erzählen, wie er beerdigt wurde, sagt sie. Sogar der Weiße, der den Schnitzer der Trommeln einstmals gefangen genommen hatte, weil er sich geweigert hatte, für ihn zu arbeiten, sogar er kam, um an der Beerdigung teilzunehmen. Die Klagen der Frauen und die Tränen der Männer begleiteten ihn auf seinem Weg tief hinunter in den Schoß der Erde. Die wunden Brüste der Frauen erinnern noch immer an den Holzschneider. Die

Tränen auf den Gesichtern der Männer erinnern noch immer an den Tag, an dem der Holzschnitzer ging.

Miriro meint, daß sie schweigen wird. Sie spricht zu mir und bittet mich, die Geschichte denen zu erzählen, die hören können.

Der Schnitzer von Trommeln, Hockern und Hörnern. Jeden Tag und jede Nacht höre ich Miriros Stimme. Sie singt, ihre Füße tanzen durch den heißen Staub, ihre Stimme ist von Qual geschwächt. Möge sie auf freiem Feld eine Blume brechen und herunterschlucken, damit ihre Schmerzen gelindert werden!

S. 1.

Das Omen

Ein paar Monate nach dem mißglückten Ritual schreitet dein Vater über die Felder und spürt dem Pulsschlag seiner Saat nach. Vom Gehöft dringen anhaltende Schreie zu ihm herüber. Er lauscht angestrengt, ob er ausmachen kann, wem die klagenden Stimmen gehören.

Nein. Der Wind bläst in die entgegengesetzte Richtung. Er geht weiter, streicht über die Blattklingen der Maispflanzen. Grün und zerbrechlich sind sie. Er schnuppert an den Baumwollpflanzen, deren Blätter saftig aussehen, aber nach den scharfen Pulvern riechen, mit denen sie gepudert werden, um die Insekten zu verscheuchen oder zu töten.

Langsam geht dein Vater zurück und denkt, was bildet sich diese Frau nur ein, daß sie sich herausnimmt, den Ahnen Sand ins Gesicht zu werfen. Er stellt sich vor, wie sie ihre Sachen zusammenpackt, ein paar Kleider und Töpfe, und davongeht, um nie wieder zurückzukehren. Er spuckt auf die weiche Erde und wartet ab, daß der Boden und die Luft den Speichelfleck aufsaugen. Verschwunden. Fort.

Seit zehn Jahren ist seine Mutter nun schon blind. Sie weiß, wie sie ohne eine stützende und führende Hand über den Hof gehen kann. Sie spricht aus, was ihr immerzu Schmerzen bereitet. Manches aber sagt sie nicht, denkt er. Wovon er aber trotzdem weiß. Sie wird sterben, ohne diese Dinge jemand anderem als ihm mitgeteilt zu haben.

Der Holzschneider hatte ihr alles erzählt, was er in seinem Herzen bewahrte. Und sie hatte ihm alles erzählt. Der Schnitzer hatte auch mit ihm und ein paar anderen darüber gesprochen. Es spielt jetzt keine Rolle mehr, hatte er in die Stille hinein gesagt. Es spielt überhaupt keine Rolle mehr.

Noch immer kommt das Klagen näher, zumal der Wind sich gedreht hat. Es muß sich um etwas Ernstes handeln. Er hatte angenommen, daß eine eifersüchtige Frau sich an ihren Mahlstein gesetzt hatte und sich die Last von ihrem Herzen klagte, was alle hören sollten. So etwas ist schon öfter vorgekommen. Frauen und ihre Lieder, denkt er bei sich.

Nun aber muß er nach Hause eilen. Es wird schon dunkel. Vielleicht hat in der Weite der Felder schon jemand vergeblich nach ihm gesucht. Das Land von Gotami schenkt dir Felder so dicht wie Wälder, denkt er.

»Sie ist tot«, teilt ihm seine älteste Frau mit. Sie steht vor dem Haus, in dem seine Mutter wohnt, seit sie blind ist. »Sie ist tot«, teilt die Frau dem Mann mit. Und ihre Stimme läuft über mit den Tränen des Todes.

Nach Tränen und Kummer kommen deinem Vater die Märchen des Todes nicht mehr über die Lippen. Ich weiß, wer es getan hat, sagt er. Ich weiß es, sagt er laut. Diese Frau muß zurück in den Haushalt ihres Vaters. Ich habe ihr schon erklärt, daß sie nicht mehr meine Frau ist. Sie muß verschwinden. Ihre Hand ist die Hand des Todes. Du hörst diese Worte überall, in der Luft, bei den Rindern und Schafen, aus den Mündern der Maispflanzen.

Deine Mutter sitzt da und denkt nach. Auch sie ist stumm. Wie Miriro. Die Reise ins Land von Gotami hat uns weit fortgetragen, seufzt sie.

1989
Wunden und Lächeln

Es fällt schwer, die Geschichte von einer taubstummen Frau zu erzählen, die auf ewig in ihrer Taubheit eingebunden blieb, in ihrem inneren Schweigen.

Manchmal lächelt das Land dir zu, manchmal klagt es traurig. Traurig dann, wenn zur Welt kommt, was das Land sich nicht wünscht. Lächelnd dann, wenn die Mütter ihren Säuglingen, die geboren sind mit Ohren, Augen, Nasen, Beinen, Fingern, Schlaflieder singen.

So geschah es damals in jenen Landen, als die Erinnerung nicht mehr taugte, sich etwas ins Gedächtnis zu rufen. Die Leute schauten nur auf und meinten: Die da. Sie waren zum Schweigen verurteilt, verletzt in den Tiefen ihrer Herzen und Erinnerungen. Die da: Damit war alles gesagt. Worte konnten die Last nicht tragen, die sich in den Herzen der Jungen wie der Alten aufgestaut hatte.

Wie auch soll man mit dem Finger auf einen Krüppel zeigen und sagen: Das ist ein Krüppel, der hat keine Beine und keine Finger. Das ist ein Krüppel, der, überläßt man ihn sich selbst, nichts zu seinem Unterhalt beisteuern kann. Viele kamen herbei, sich den Krüppel anzuschauen. Oh, wie die Ahnen die Lebenden strafen! Oh, wie die Götter manchmal zeigen wollen, wie wir auf dieser Erde zu leben haben! Das ist es nicht allein. Das ist mit Sicherheit auch ein böses Omen. Manchmal wird die Erde zornig, und bei Tag frißt sich Dunkelheit in dich hinein. Es muß so sein. Die Gaffer brauchen eine Geschichte, die sie am nächsten Tag oder in den dunklen Winkeln der Nacht weitererzählen können.

Am Ende bleibt den Augen und Ohren nichts verborgen.

Nichts kann der Erinnerung verheimlicht werden. Auch du bist ein Zuschauer. Betrachtest gewissermaßen von außen deine eigene Geschichte. Jede Geschichte wird letzten Endes zum Eigentum aller. Stimmen werden zum Eigentum aller, die Mund und Gesicht haben. Lieder werden zum Eigentum aller, die singen können oder ihnen schweigend lauschen.

»Warum bin ich verheiratet worden?« fragt Miriro. Das ist das Mädchen, das nicht einmal seinen eigenen Namen kennt. Sie weiß ihn nicht, weil Götter und Ahnen ihr die Ohren versiegelt haben. Und den Mund auch.

Miriro kann ihren Vätern die Frage nicht stellen. Die saßen eines Tages unter dem *Muonde*-Obstbaum, berieten sich, zeigten immer wieder auf sie, lächelten mitleidig und nickten. Lange und immer wieder ging das so, als ob ihre Lippen sie riefen und fragen wollten, was sie von der Sonne hielt und von ihren verzweigten Strahlen, die leuchtend über die grünen Blattklingen des Wildgrases huschen. So war es ihr Leben lang gewesen. Das Leuchten der Sonne auf den Gräsern. Die blendenden Strahlen, wie sie über ihr Gesicht fuhren und ihr Angst einjagten. Sie hatte gesehen, wie die Finger der Frauen auf den Wassertopf zeigten. Dann hatte sie den Wassertopf zur Quelle getragen und gesehen, wie ihre Schwester, die Verrückte, singend um die Quelle tanzte und dabei ihre nackten Brüste bewunderte:

»Ah, hinga ndakanaka!
»Ah, hinga ndakanaka!
»Ah, hinga ndakanaka!«

»Ohh, wie schön ich bin!
»Ohh, wie schön ich bin!
»Ohh, wie schön ich bin!«

Miriro nimmt nur die Bewegung der Lippen und den Tanz wahr, spürt, wie er sich in ihre Brust senkt wie ein frischer Wind, der durch die heiße Sonne fährt. Sie kann die Worte des Mädchens nicht hören, das da singt, um sich zu bestätigen, daß es schön ist: Soll die ganze Welt zuschauen, wie sie die Herzen der Männer in Brand steckt?

Miriro hat ihren Namen erhalten, um den Vorfahren mitzuteilen, daß wir auf den Tag warten, an dem diese Frau, bezaubernd und schön, wie sie ist, sprechen kann. Die Lieder des Landes singen kann, die in ihrem Herzen wohnen. Der Musik der Vögel lauschen kann, die am Himmel ihre Flügel schlagen. *»Ah, hinga ndakanaka!«* soll sie eines Tages an der Quelle singen können, wenn sie sich der Anmut ihres Körpers und des Wunders ihrer Stimme erfreut. Darum hat sie einen Namen erhalten, der die Vorfahren wie die Götter erinnern und herausfordern soll. Schenkt dieser schönen jungen Frau eine Stimme. Gebt dieser Schönsten des Landes Ohren. Man sagt, daß selbst die größten Annehmlichkeiten immer Sand mit sich führen, damit die Menschen sich nicht in ihnen ertränken. Selbst im süßesten Honig sind Sandkörner, damit, wer von ihm kostet, nur eine Ahnung vom vollendeten Genuß bekommt. Honig ohne Sand oder ohne Rindenstückchen steckt voller Tod, sagt man. Wer von solchem Honig ißt, ertränkt seine Seele darin und vergißt die Ahnen.

In diesem Honig aber ist zuviel Sand, sagten alle. Miriro. Taub. Stumm. Keine Worte, die ihr die innersten Winkel der Seele kitzeln könnten. Taub. Stumm.

Miriro. Die, bei der das ganze Dorf darauf wartet, daß sie spricht. Sie verheirateten sie mit einem Mann, den sie nicht liebte. Von jenem Tage an sah sie nicht mehr in die Gesichter der Menschen, die sie umgaben. Ihre Augen blieben auf den Erdboden gerichtet. Sie lächelte selbst die nicht mehr an, die ihr schüchtern ins Gesicht blickten. Sie wurde zum Geisterwesen. Fast wie die menschenverschlingenden Ungeheuer, die *Goritoto*, die sich im tiefen Wald verbergen und auf nächtliche Wanderer warten, um über sie herzufallen. Vor allem auf kleine Kinder, die man kampflos in einem Bissen herunterschlingen kann. Die Kinder hatten die Ungeheuer noch deutlich im Gedächtnis. Aus den Geschichten der vorangegangenen Nacht. Sie erinnerten sich noch deutlich, wie die Ungeheuer über das Land tobten, töteten, Ungenießbares verschlangen, übriggelassene Knochen zermalmten und hinunterschluckten, um den Dorfbewohnern zu beweisen, daß die Geschichten über sie der Wahrheit entsprachen. Geisterwesen, die nach menschlichem Blut und Atem hungerten. Nach allem Möglichen. Die in der Finsternis der Nacht das Sichtbare wie das Unsichtbare vernichteten.

An einem kalten Morgen erwachten die Dorfbewohner in der Frühe und bemerkten, daß Miriro zu einem Geisterwesen geworden war. Tot. Nicht ein Wort hatte sie gesagt. Nicht ein Lied hatte sie in der vorangegangenen Nacht über die Sorgen in ihrem Herzen gesungen. Sie war gestorben und hatte alle Worte ungesagt zurückgelassen. Wer sprechen konnte, brachte in Umlauf, daß dies ein böses Omen sei, dem noch weit Schlimmeres folgen würde.

Eine junge Frau, die sich das Leben nahm, bevor noch ihr Schoß einen Samen zum Blühen gebracht hatte. Entsetzen breitete sich aus.

Nachdem sie beerdigt worden ist, ruft man Wahrsager und Heilkundige, um das Dorf zu reinigen. Auch ihre Erinnerung bedarf einer Reinigung. Also bespritzen die Wahrsager das Dorf und seine Bewohner mit Kräutersud, Wasser, Tränken, Essenzen, Anrufungen. Schweigen steigt auf. Und der Trost zu wissen, daß der Tod zwar schmerzlich ist, manche Todesfälle aber willkommen sind. Weil sie den Lebenden wie den Toten eine Last von der Seele nehmen.

Jahre um Jahre vergehen. Langsam schwinden den Lebenden die Namen der Ahnen aus dem Gedächtnis. Die Himmel ändern sich. Die Jahreszeiten weinen. Keine Wolken. Keine Regen. Keine leuchtenden Grasklingen auf den Ebenen und in den Tälern. Der Regenvogel schweigt wie der Tod.

»Da gab es in eurer Familie eine Frau, die starb. Schweigend. Vor vielen Jahren. Lange, bevor ihr geboren wurdet. Also versucht nicht, euch zu erinnern. Die Erinnerung ist mein.« Die Wahrsagerin betrachtet die Perlen auf ihrer Handfläche. »Ich kann sie sehen. Sie starb stumm. Meint ihr aber, daß jemand, der schweigend stirbt, nichts zu sagen hat? Sie starb schweigend wie ein Stück Holz. Ihr hättet dabei sein und in das Gesicht ihres Todes sehen sollen. Doch ihr wart noch nicht geboren. Selbst eure Väter und Mütter hatten das Licht der Sonne noch nicht erblickt. Ihr kanntet die Gesichter eurer Vorfahren nicht. Sie waren da. Und sie brachten sie dazu, sich selbst zu töten.« Die Wahrsagerin spricht weiter. Worte ergießen sich aus ihrem Mund. Die Perlen in ihrer Hand glitzern im Halbdunkel des sacht glimmenden Feuers. »Die Stimmen der Stummen schmerzen, wenn sie sich an die Lebenden wenden«, sagt sie voller Mitleid mit ihren Besuchern. Ihr Körper krümmt sich unter den Schmerzen des Wahrgesagten. Es ist, als wäre sie von Flammen umgeben, die nur sie selbst spürt. Ihre Augen, die das Unsichtbare schauen, blicken über die Jahre hinaus, blicken überallhin. Niemand antwortet ihr.

Monate später sitzt dein Vater allein da und ruft sich die Erinnerung zurück. Ich weiß nicht, was die taubstumme Frau verlangt, sagt er zu sich selbst. Sie erscheint in den Träumen und in den Perlen der Wahrsagerin. Sie bringt alle zum Weinen, denkt er, und ihm fällt ein, daß sein Vater, der Holzschneider, ihm die traurige Geschichte der Frau erzählt hat, die, taub und stumm, ein kurzes und schmerzliches Leben durchlitt. Sie war eine junge Frau, deren Brüste schon zur Größe kleiner Kürbisse gereift waren. Niemand aber wollte sie heiraten. Sie konnte einem leid tun. Niemand kam auf den Gedanken, daß er ihr Ehemann werden wollte. Ein stummes Leben, in dem sie auf die Dinge zeigte und sich durch ihr Dasein ächzte. Nein, sagten die Männer.

Eines Tages kommt auf seinem Weg durch das Dorf nach Hause ein Mann vorbei, betrunken und ein Nichtsnutz. »Die Stumme! Die Stumme!« brüllt der Mann. Und dann: »Ich heirate die Stumme. Die keiner haben will. Gebt sie mir«, ruft er und singt von seinen unglücklichen Lieben und den Bürden seines Herzens.

Am nächsten Tag kommt der Mann wieder. Mit den gleichen Worten. Er will die Stumme heiraten. Ihm wäre sogar mit einer alten Frau gedient. Denn eine Ehefrau zu haben ist besser, als allein auf einer kalten Matte zu schlafen.

Die Ältesten sitzen unter dem großen *Muonde*, deuten in Miriros Richtung, nicken mit den Köpfen. Im nächsten Augenblick befindet sie sich schon auf dem Weg zu einem neuen, ihr unbekannten Zuhause. Sie begibt sich dorthin, was sie denkt, wird niemand je erfahren. Die Leute, die sie ihrem Ehemann zugeführt haben, kehren mit einem Lächeln auf den Gesichtern zurück. Sie wird sich gut machen, meinen sie. Sie arbeitet schwer wie eine erwachsene Frau. Was mehr erwartet ein Mann von seiner Frau? Sie reden und schieben alle Erinnerungen beiseite, die sie in den Tagen des Glücks und Leids stören könnten.

Als sie kurze Zeit später ihrem Leben ein Ende setzt, eigenhändig, sitzen die Ältesten beieinander und weinen: Niemals ist so etwas innerhalb unserer Blutsbande vorgekommen. Nichts dergleichen. Sie schütteln die Köpfe. Schweigen senkt sich auf sie wie eine Wolke aus Rauch.

Kinder

1963
Der Geschichten hört

Du sitzt und lauschst dem furchterregenden Schrei der Eule aus der Finsternis. Je dunkler die Nacht wird, desto näher kommt die Stimme der Eule. Näher und näher. Sie verfolgt dich wie ein Alptraum. Die stumme Stimme Miriros, der Frau, die auch nur ein Traum ist, klingt in deinen Ohren anders als die Stimme der Eule. Dein Vater bittet dich, das Feuer neu zu entfachen. Ein Feuer, das von Männern entzündet worden ist, darf nicht glimmen wie ein Glühwürmchen. Nicht glimmen wie eine winzige Flamme, die in sich selbst erstirbt. *Moto wemadhodha negauvirire.* Das Feuer eines Mannes muß wild lodern. Muß die Erde brennen. Das Schweigen von Miriros Stimme. Das Schweigen von Tariros Stimme, wo immer sie auch sein mag. Beider Schweigen ist nicht zu hören. Du lauschst den Märchen deines Vaters. Ich, der Traum, bin ein Hörender, ein bloßer Zuhörer wie die Tiere und Bäume, von denen du immer geglaubt hast, sie würden schweigen ...

Es war einmal, hebt dein Vater an, ein Mann, der verliebte sich in eine Lehrerin. Der Mann war wirklich ernsthaft verliebt und die Frau wunderschön. So wunderschön, daß die meisten Männer nicht den Mut aufbrachten, sich ihr zu nähern. Hast du je eine Frau gesehen, die so wunderschön ist, daß es dir, wenn sie dich nachts anschaut, vorkommt, als hätte der Mond all sein Licht eingebüßt und der Sonne verkündet, daß sie morgen nicht gebraucht wird? Ich habe Tag und Nacht von dir genommen. So war diese Frau. Mambi, so hieß der Mann, litt fürchterlich, jeden Tag aufs neue, wenn er sie nur ansah. Er sah nicht übel aus, war aber nicht gebildet. Sein Vater hatte ihm verboten, die Schule zu besuchen. Weil es außer ihm niemanden gab, der sich um die Rinder kümmern konnte. Das war das Schlimmste an der ganzen Angelegenheit. Der Mann konnte weder schreiben noch lesen.

Mambi war der Überzeugung, daß ein Mann nicht sterben darf, ohne alles versucht zu haben. In einem Kampf kann man erst dann mit Sicherheit sagen, daß ein Mann tot ist, wenn die Fliegen von seinen Eingeweiden Besitz ergreifen. Hast du nicht gehört, was ein kleiner Mann im Kampf alles leisten kann? Er kann ein loderndes Feuer sein, ein Wirbelsturm aus Wut und Mut. Die Liebe ist gleichfalls ein Wirbelsturm. Und ein Krüppel entwickelt seine ureigenen Überlebensstrategien.

»He, mein Freund, ich kann nicht einschlafen. Die Schönheit dieser Frau betört mich so. Jede Nacht versuche ich vergeblich, Schlaf zu finden. Vögel, Insekten, Grillen, Zikaden halten mich zum Narren. Am Tag starren mich Sandkörnchen an und lachen mich aus. Der Himmel fällt mir auf die Füße. Will ich mir hungrig eine Frucht pflücken, dann wächst sie höher und höher, so daß ich sie nicht mehr ergreifen kann. Leben. Tod. Liebe bedeutet Tod durch Schmerz. Kannst du mir nicht einen Brief schreiben? In Schreibschrift. Mit Buchstaben, die ineinanderfließen wie Wasser im Tal. Blüten meiner Wünsche. Meines Durstes. In Worten, die der Weiße zu Papier zu bringen gelernt hat. Worte, die auf ihren eigenen Flügeln schweben. Singende Worte. Sehnende Worte, die die Frau anflehen, ihre Schönheit besingen. Einen Brief. Du weißt doch, daß ich nicht schreiben kann«, bittet Mambi seinen Freund flehentlich.

Der Freund, ein höflicher Mann, erklärt Mambi die

Gefahren, die entstehen, wenn man etwas zu können vorgibt, was man eigentlich nicht beherrscht. Man soll seine Wünsche seinen Möglichkeiten anpassen. Ein Krüppel soll sich nicht vornehmen, den höchsten Berg der Umgebung zu besteigen. Wenn ein weiser Krüppel tanzt, lehnt er sich an eine Wand.

Mambi mochte sich damit nicht abfinden. Er wünschte, er könnte sich das Gesagte als Weisheit zu eigen machen. Doch ist Weisheit in Zeiten der Liebe nicht gleichbedeutend mit Narretei? Sein Herz wehrte sich gegen das, dem sein Kopf schon beistimmen wollte. Ein Mann darf nicht sterben, bevor er nicht alles versucht hat. Auch wenn es dabei noch so viele Schwierigkeiten zu überwinden gilt.

»Ich muß die Schwierigkeiten bewältigen, denen ich mich gegenübersehe. Im Augenblick sind sie so riesig, daß ich die Lösung nicht auf morgen verschieben kann in der Hoffnung, daß ich morgen glücklicher bin. Das kann ich einfach nicht«, bestand Mambi auf seiner Bitte. »Ein Mann, der sich mit den Freuden von gestern tröstet, ist ein Dummkopf.«

»Ich vernehme deine Worte. Ich schreibe dir den Brief.« Sein Freund lenkte ein.

Nicht lange, und ein nur mit einem Lendenschurz bekleideter Junge kam auf nackten Sohlen daher und übergab der Frau einen Brief. Einen Brief in säuberlichster Schreibschrift, mit den allerfeinsten Schnörkeln in sauberer Tinte auf ein Blatt Papier gezeichnet, das so grün war wie die jungen Triebe der Bäume im Wald.

Mein Herd wird erst dann zum Leben erwachen, wenn du mein Haus betrittst. Zur Zeit herrscht in ihm die Finsternis einer sternlosen Nacht. Kein Wunder, daß die Leute mich fragen: Warum wirst du mit jedem Tag dünner und dünner? Sind dir die Vorräte ausgegangen? Ich antworte ihnen dann: Die Erde weiß darum, daß das Kind der Schildkröte krank ist.

Die Frau bewundert den Mann, der solche schönen Briefe schreiben kann, flehend, scherzend, herausfordernd, unterhaltend.

Mehrere Briefe später erreichte ihn eine Antwort der Frau. Sie war mit Demut und Liebe verfaßt.

Meine Tante weiß schon, daß ich endlich am Ziel meiner Herzenswünsche angelangt bin. Ich habe dich, und du hast mich. Komm zu mir nach Hause, um mit meiner Tante zu klären, wie die Töchter unseres Dorfes verheiratet werden. Bevor sich die Sonne hinter den hohen Bäumen versteckt, werde ich unter dem *Muhacha* auf dich warten. Du brauchst nur zu pfeifen, wenn du hinkommst. Ich werde von irgendwoher auftauchen, dich zu begrüßen, bevor du meiner Tante gegenübertrittst. Komm schnell. Nur das Herz weiß, was ihm Schmerz bereitet. Mir blutet das Herz. Ich schaue mich um und sage: Ich kann nicht verdursten, wenn meine Füße im Wasser des Flusses stehen.

Mambi wanderte durch die Täler und über die Hügel, durch Flüsse und Wälder und ließ, nur mit den Wünschen seines Herzens bewaffnet, der endlosen Leidenschaft ihren Lauf, die aus ihm hervorsprudelte wie Wasser aus einer Quelle.

Ein paar Tage später hatte sich ein Unterhändler seine Sandalen aus Reifengummi abgelaufen, weil er jeden Tag nicht enden wollende Botschaften hin und her tragen mußte. Und Mambi erhielt einen Brief nach dem anderen, und seltsames Essen dazu, nach Rezepten gekocht, die die Frau aus den Büchern des weißen Mannes hatte. Alles floß so glatt wie das Wasser, das im Bach durch das Tal glitt. Sanft, ruhig, ohne Störung und Widerstand.

Schon bald war alles getan, was getan werden mußte, um eine neue Ehefrau nach Hause zu führen. Nun kochte die Frau für Mambi, und der war ein glücklicher Mann.

Er ging mit ihr zusammen zur Wasserquelle, damit gierige Männer sie ihm nicht stehlen konnten. Er war glücklich und prahlte mit der Schönheit seiner Frau. Ein glücklicher Mann, sang er ihren Namen in seinen Träumen, bei den Trinkgelagen, bei der Arbeit. Wo sollte er hingehen, ohne sie mitzunehmen oder schnell zu ihr zurückzukehren?

Die Frau meiner Träume soll sich nicht einsam fühlen. Sonst sehnt sie sich noch nach ihrer Mutter, dort in weiter Ferne, von wo ich sie geholt habe, denkt sich der Mann.

Nicht lange, und es ergaben sich Schwierigkeiten. Aus dem Dorf der Frau kam ein Brief. Mambi, der noch immer verbarg, daß er nicht lesen konnte, nahm den Brief in Empfang, öffnete ihn und betrachtete ihn in ernsthaftem Schweigen. Dann brach er in Lachkrämpfe aus, seine Spucke verteilte sich auf die Hauswände. »Hahaha, dieser Kerl! Was der für spaßige Geschichten schreiben kann! Frau, ich sage dir, wer nicht lesen kann, hat keine Ahnung, was in der Welt geschieht. Schau dir das an! Schau dir das an! Hahahahah! Laß mich lachen, solange ich noch gesund bin!« Mambi lachte und lachte und sang dem weißen Mann ein Lob, weil er den neuen Traum vom Lesen und Schreiben ins Land gebracht hatte, die Fertigkeit, Worte auf einem kleinen Stück Tuch von einem Dorf ins andere zu tragen und vom Himmel auf die Erde.

Die Frau, begeistert von der Freude in den Augen ihres Mannes, rutscht dichter an ihn heran, spürt die Wärme seines Schenkels und will den Brief, der so voller Lachen steckt, lesen. Ihr Gesicht glüht vor Vorfreude.

Aber ach, treten ihr nicht Tränen in die Augen? Die

Frau schluchzt und klagt, die Laute ihres Kummers überfluten die Hügel und die Höhlen in der Nähe. Oh, wie konnte ich nur so einen herzlosen Mann heiraten, dem anstelle des Herzens ein Stein in der Brust sitzt? Ein Mann, der in Gelächter ausbricht, wenn mein Vater gestorben ist! »Du lachst über diesen Brief? Du lachst über den Tod meines Vaters!« Die Frau verflucht den Mann, ihr Herz ist wund wie bei jemandem, der mit den Füßen in heiße Asche getreten ist und sich verbrannt hat.

Die Ehe endete mit einem Fluch. Der Geschichtenerzähler ist auch am Ende.

Dein Vater beschließt die Geschichte und lächelt.

Die Geschichte ist dir nahe gegangen. Du hörst die Eule der Nacht nicht mehr.

In der finsteren Nacht lodert das Feuer empor. Du hast still dagesessen und deinem Vater ins Gesicht geschaut. Du hast niemanden sonst gesehen, der die Geschichte außer dir zu hören bekommen hat. Du hast nicht gehört, wie Miriro deinen Vater mit stummer Stimme gefragt hat: Wo ist Tariro? Dein Vater hat nicht geantwortet. Er ist aufgestanden und fortgegangen, hinein in die Dunkelheit, um zu schlafen und zu träumen. Doch der Schlaf kam nicht zu ihm. Auch du wurdest ihm zum Traum, der weint.

1964
Zaubertränke für ein neues Zuhause

Fang dir eine Eidechse. So eine, die über die Wände des Hauses huscht und sich weigert, in den Wald zu verschwinden oder sich in den Höhlen zwischen den Felsen zu verbergen. Töte sie, aber ohne dabei ihr Blut zu vergießen, und schneide ihr den Schwanz ab. Behalte nur den Schwanz und wirf den Rest des Körpers weg. Den Schwanz trockne sorgsam in der Sonne oder nachts am Feuer, wenn niemand dich beobachtet. Verstecke den Schwanz gut, verbirg ihn vor jedem Auge, jedem Ohr. Den getrockneten Schwanz der Eidechse zermahle und mische ihn heimlich all denen unter das Essen, die du dir als ständige Gefährten deines neuen Haushaltes wünschst: zuerst den Frauen, dann den Kindern und zum Schluß, wenn nötig, den Bediensteten. Niemand wird dich danach je betrügen.

Töte eine Schlange, wenn möglich die heimtückische Kobra. Schneide ihren Schwanz ab und wickle ihn zu einem langen Strick. Ziehe den Strick um dein Gehöft herum. Bitte jemanden, hinter dir zu gehen und den Schwanz der Kobra und alle Schlangen im Land zu verfluchen. Fordere sie heraus, dein Gehöft heimzusuchen. Die Person, die hinter dir geht, muß die ganze Zeit sacht mit einer kleinen Peitsche auf den Schwanz der Kobra einschlagen, während du immer wieder dein Gehöft umrundest, bis der Schwanz sich aufgelöst hat. Niemals wird eine Schlange es wagen, dein Zuhause anzugreifen, weder Mensch noch Tier.

Suche in der Trockenzeit im Wald eine Schildkröte,

und zwar nicht die kleine, von der in den Märchen nie die Rede ist. Such nach einer wirklich großen, ungefähr in der Größe eines kleinen Geröllblocks. Bringe sie lebendig nach Hause. In der Mitte des Gehöfts gräbst du ein tiefes Loch. Dort beerdigst du sie bei lebendigem Leibe, im Schatten eines Baumes. In dem Gehöft wird nie etwas zugrunde gehen.

Bete zu deinen Vorfahren nach jeder Ernte, auch wenn die Regenfälle nicht gut gewesen sind. Zögere nicht, die Ahnen zu beleidigen oder zu schelten, wenn sie ihren Pflichten nicht ordentlich nachgekommen sind. Du sollst nicht sein wie die Krähe, die fraß und dann ihren Schnabel im Staub säuberte und alles vergaß.

Such eine Eulenfeder und verbrenne sie nachts im Gehöft. Während die Feder brennt, erkläre der Eule durch die Feder immer wieder, daß dein Gehöft nicht zu denen gehört, wo sie auf den Dächern und in den nahen Bäumen tanzen kann. Niemals wird eine Eule auf deinem Dach thronen. Und auch die Hexen werden dich fürchten bis zu deinem Tode.

Vergrabe bei Sonnenuntergang, wenn die Kinder die Rinder nach Hause treiben, in deinem Rinderpferch die spitzen Stacheln des Stachelschweins. Niemals wird ein Rind deinen Pferch verlassen.

Bestreiche deinen Körper mit dem Fett eines toten Löwen – Stirn, Brust, Knie und Ellenbogen. Tu das am frühen Morgen, bevor die anderen erwachen. So wirst du gefürchtet von den Toten wie den Lebenden.

Bestreiche deinen Körper mit dem Fett vom Leichnam eines Python. So wirst du leben lange Zeit.

1967
Frühe Liebe

Dann fühlst du auf einmal, daß du schon ein Mann bist, spürst, wie du aufbegehrst in deinem Körper. Eine neue Erfahrung. Du merkst, daß sich etwas in dir verändert hat. Daß da ein neuer Stachel in dich eingedrungen ist und daß du den Schmerz, den er dir verursacht, nicht verstehst. Der ganze Körper scheint gegen sich selbst aufbegehren zu wollen. Nachts hast du andere Träume als früher. Sie handeln nicht mehr von deiner Furcht davor, daß der Vater dich auspeitscht, weil dir eine Kuh oder eine Ziege weggelaufen ist. Diese Träume sind anders. Das Mädchen, das Netzball spielt, taucht in ihnen auf wie eine willkommene Erscheinung. Sie trägt ihre grüne Schuluniform. Und nur deinen Augen sind ihre nackten Schenkel sichtbar. Du siehst die Muster, die der Staub, der das Glück hat, sich auf ihr festsetzen zu dürfen, in kleinen Flecken auf ihre dunklen Schenkel zeichnet. Du hast das Gefühl, als wäre der Mittelpunkt der Welt dort, wo sich der Staub und das Fleisch ihrer Schenkel begegnen. Als sie beim Netzball einen Ball ins Netz geschlagen hat, berührt sie dich sogar, nimmt vor dem Auge des Lehrers deine Hand und widersetzt sich ihm mit dieser Geste. Jede Nacht und in jedem Traum ist sie da mit ihren wilden, aufsässigen Ohren und den Säbelbeinen. Ihre Stimme fordert, daß sie den Ball zugespielt bekommt. Sie bittet dich nicht, zu ihr zu kommen. Das weißt du, und es verursacht dir Alpträume. Wenn sie einen Punkt für die Schule gemacht hat, ist sie es, die am lautesten singt. Und sie tanzt auch dazu, mit Hüften, die sich trotz des Lehrers und seiner Anweisungen wild drehen.

Schließlich reißt du ein Stück Papier aus deinem Übungsheft heraus. Du mußt einen Brief schreiben! Die Liebe muß in einen Brief einfließen. Unter Zuhilfenahme des *Oxford Dictionary* und des *Student's Companion.*

»Liebe Sinet, hundertfach kann Ian Smith sterben, das Land kann vom Meer überflutet werden, die Dürren können wieder und wieder kommen, bis das ganze Land nur noch aus Felsen besteht, und Gott kann meinetwegen barfuß über dies Land von Gotami schreiten; ich werde dich trotzdem lieben.« Du schickst einen Boten los, damit er den Brief an einer Stelle ablegt, an der sie ihn sehen muß.

Das Mädchen mit den wölbenden Brüsten beantwortet deinen Brief nicht. Du triffst sie jeden Tag, wie sie an dir vorbeigeht und dir mit einem Auge einen herausfordernden Blick schenkt, der dir sagt, daß sie deine Liebe bemerkt hat. Dein Körper glüht noch immer wie die Feuerstelle der Liebe, wie die Schmiede, in der die Liebe geschaffen wurde. In der Schule kannst du nicht mehr eins und eins zusammenzählen, der Lehrer ärgert sich über dich. Und immer, wenn es dir nicht gelingt, einfache Rechenaufgaben zu lösen, ergeht sich der Lehrer in bitteren Bemerkungen über Leute, die aus der Schule weglaufen wollen, um zu heiraten. Du aber hörst die Stimme des Lehrers nicht. Du hörst die Stimme des Mädchens.

Schließlich, da du keine Antwort erhältst, faßt du den Entschluß, einen weiteren Brief zu schreiben.

»Liebe Sinet, ich kann nicht mehr zur Sonntagsschule gehen. Die Vorstellung, daß Du meine Liebste bist, hat den Gedanken an die Sonntagsschule verdrängt. Der Platz, der Gott in meinem Kopf und meinem Herzen vorbehalten war, ist jetzt von Dir besetzt. Es macht mir nichts aus, was Deine Mutter und Dein Vater davon halten könnten. Du solltest keinen Gedanken an sie verschwenden. Die Liebe hat keinen Vater und keine Mutter außer Dir und mir. Sie hat außer Dir und mir keinen Gott. Meine Liebe zu Dir ist länger als der Mississippi und höher als der Mount Everest …«

Du läßt ihr den Brief zukommen, indem du ihn heimlich in ihr Aufsatzheft schiebst. Ein oder zwei Tage später ruft dein Vater dich mit zorniger Stimme zu sich.

»Von heute an gehst du nicht mehr zur Schule. Du willst heiraten, stimmt's? Verheiratete wie ich besuchen nicht die Schule, sie bleiben zu Hause. Der Brief, den du an dieses Mädchen geschrieben hast … In dem du ihr sagst, daß ihr Vater und Gott und die Ahnen keine Rolle spielen, wenn es um deine Liebe zu ihr geht …« Dein Vater richtet seinen strengen Blick auf dich. Du siehst nach unten auf den harten Boden und weinst Tränen verliebter Scham. Wenn man sich vorstellt, daß sich solche persönlichen Geheimnisse in den Händen von Leuten befinden, die es nicht einmal verdienen, daß sie sie zu Gesicht bekommen! Wenn man sich vorstellt, daß solche Briefe fast immer verloren gehen oder in den falschen Händen landen! Deinem Brief liegt ein weiterer Brief bei. Der stammt vom Vater des Mädchens.

Als du den Brief siehst, denkst du sofort daran, daß nun die Augen der ganzen Schule auf dir lasten. Die ganze Augenflut beim Morgenappell, wenn der Schulleiter ankündigt, daß du von der Schule gehst, um dieses Mädchen zu heiraten. Du fühlst dich von allem und jedem betrogen, sogar von der Erde und der Luft. Im Herzen wünschst du dir, dem Schulleiter einen Brief zu schreiben und ihn zu bitten, das nicht zu tun. Erzählen Sie es nicht der ganzen Schule. Mein Vater, bitte schreib den Brief nicht. Es besteht doch die Hoffnung, daß der Schulleiter es noch gar nicht erfahren hat.

Am Morgen beim Appell schreitet der Schulleiter die Reihen der angetretenen Schüler ab. Alle sind sauber bis auf die staubbedeckten bloßen Füße. Als er dann stocksteif vor der Versammlung steht, weißt du, daß die Zeit gekommen ist zu sterben.

»Mucha und Sinet, tretet bitte vor«, sagt er, rückt sich den Schlips zurecht und wischt sich das bißchen Morgenschweiß vom Gesicht.

Du trittst vor. Das Mädchen tritt vor. Da steht ihr, vor all den Kindern, von denen einige schon richtige Männer mit kräftigen Stimmen sind und Frauen mit Brüsten so groß wie Kalebassen. Dein Herz ist bereits tot, als der Schulleiter der ganzen Schule erklärt, daß du die Absicht geäußert hast, das Mädchen zu heiraten, und daß der Unterricht dir nichts mehr bringt. Du nimmst gar nicht wahr, wie die ganze Schule über deine Tränen lacht. Es ist, als sei dein Blut vergossen worden, und die ganze Schule wäscht sich darin die Hände, lacht dich aus, setzt sich über dein Herz, dein Gesicht, über alles hinweg. Du nimmst die Augen deines Freundes nicht wahr, die voller Mitleid mit dir sind, wie er dir später sagt.

Nach diesem Tod sind das Mädchen und du nur noch Geister in der Schule. Sie spielt nicht mehr so gut Netzball wie früher. Du kannst dich nicht mehr auf die Schularbeiten konzentrieren. Du willst vor jedem davonlaufen, den du zu Gesicht bekommst. Wann immer ihre Augen deine treffen, dann glaubst du, sie haßt dich mehr als den Tod.

Viele Tage lang mußt du leiden. Eines Tages paßt sie dich auf dem Weg von der Sonntagsschule ab. Sie sagt nicht viel zu dir. Sie kommt nur dicht an dich heran und flüstert dir zu: »Mach dir keine Gedanken wegen deines Briefs.« Dann rennt sie schnell davon zum Haus ihrer Mutter, weil sie bereits spät dran ist.

April 197–

Lieber Bruder Fanwell,

während ich hier im Halbdunkel sitze und diesen Brief schreibe, thront Mutter wie ein Turm über mir, als könnte sie mir zeigen, wie ich zu schreiben habe. Das hier ist ihr Brief an Dich. Sie sagt, sie wäre auch den ganzen Weg bis zu Dir gelaufen, nur um mit Dir zu reden, Dir von ihrem Leben zu erzählen und dem der kleineren Kinder, worüber sie sich mehr Sorgen macht als über alles andere. Gebrechlich, wie sie heute ist, habe ich sie überredet, daß sie auch einen Brief schicken kann, anstatt zu Dir zu laufen und auf der Schwelle Deiner Arbeitsstelle zusammenzubrechen. Sie sieht auf diese Wörter herab, als ob sie jemals die Tür einer Schule durchschritten hätte, nur um sicher zu gehen, daß ich den Brief so schreibe, wie sie es sich wünscht. Erinnerst Du Dich, wie ich damals ein paar Wörter weggelassen habe, als sie Dich um etwas Geld bitten wollte? Jetzt ist sie vorsichtiger …

Sag ihm, spricht sie, ich möchte wissen, was Dich dazu veranlaßt, Dir graue Haare auf dem Kopf wachsen zu lassen, ohne eine Frau zu nehmen. Es geht nicht darum, daß ich Enkelkinder liebe (und was ist daran schlecht?), sondern darum, daß Du, wenn Du heiratest, irgendwo Dein eigenes Zuhause gründen kannst. Dann wird es mir möglich sein, zu Dir zu kommen und bei Dir zu wohnen.

Du sagst jetzt vielleicht, ach, da ist wieder die Verrücktheit der alten Frau. Du kannst den Mund aufreißen, bis Staub und Ruß sich vor Überraschung darin sammeln, die Wahrheit ist aber, daß hier, wo ich und die Kinder leben, der Himmel nicht mehr derselbe ist. Die Reise, die uns dazu veranlaßt hat, unsere angestammte Heimat zu verlassen, scheint kein Ende zu nehmen. Sie geht unaufhörlich weiter wie die Reise eines Wahnsinnigen, eines Wanderers, der über Land zieht, bis er eines Tages am Wegesrand stirbt.

Ich habe Dir gesagt, daß die Dinge hier für mich und die Kinder nicht zum besten stehen. Vielleicht stopfst Du Dir ja Stöcke in die Ohren. Bald schon wird man mich fortschicken. Wo soll ich hin? Was soll ich mit den Kindern anfangen? Ich kann sie doch nicht verschlucken, damit sie wieder in meinem Bauch landen. Und sie können nicht allein für sich sorgen. Keins ist schon so groß, daß es arbeiten und Geld verdienen könnte, um den anderen den Schulbesuch zu ermöglichen.

Ich weiß nicht, was Dir der Weiße gibt, damit Du für ihn arbeitest, in den wilden Wäldern für ihn schläfst. Vielleicht hast du ja von einer Suppe gekostet, die aus Geld gekocht war, ich weiß es nicht. Was mich angeht, so will ich nur ein Zuhause für die Kinder, kein Geld. Wenn Du keine Frau hast, die Dich heiraten möchte, dann kann ich schon morgen einen Heilkundigen finden, der Dich von dem Übel reinigt und befreit. Wenn Du nicht bald ein eigenes Zuhause baust, muß ich einen armseligen Tod sterben. Und Du wirst an meinem Grab stehen und sagen: Das hier ist ein wütender Wanderer, der auf meiner Schwelle gestorben ist. Sieh Dir den Bart auf seinem Gesicht an. Glaubst Du, so sieht ein Krüppel aus?

Wenn ich auf üble Weise sterbe, mit diesen Wunden in meinem Herzen, dann ist das auch für Dich nicht gut und nicht für Deine Kinder und die Kinder Deiner Kinder. Du weißt um die Reichweite des Zorns einer Frau nach ihrem Tod. Er kann euch alle fertigmachen. Wenn Deine Ohren nicht hören können, dann nimm etwas Baumwolle und reinige sie. Ich möchte, daß Du herkommst und alles mit mir besprichst. Ich schlage das vor, damit Du endlich den Pfad der Schande verläßt. Wie schändlich ist es, wenn Deine Brüder, Kinder, die aus dem gleichen Schoß hervorgekommen sind wie Du, gesehen werden, wie sie über die Straßen im Lande Gotamis ziehen und schmutzige Bündel auf dem Kopf tragen wie umherziehende Baumwollpflücker, auf bloßen Sohlen und in zerfetzten Kleidern, ohne zu wissen, wohin sie sich wenden sollen. Welche Schande wird das sein. Sogar für Dich bei Deiner Arbeit! Oder ist das etwa etwas, über das Du lachen kannst, wenn Du Dich auf der Arbeit mit Deinen Freunden unterhältst? Sogar der Weiße wird über Dich lachen, wenn er seinen Tee trinkt, nachdem Du ihn für ihn zubereitet hast. Dieser Mann kocht guten Tee, aber welche Richtung nimmt der Weg seines Lebens? wird der Weiße mit seinem Munde sagen, wenn er erkennt, was da vor sich geht.

Ich sage Dir, daß mein Auge zu viele Dinge gesehen hat. Ich bin kein Säugling, welcher den Löwen anlächelt, der mit weit aufgerissenem Maul auf ihn zugejagt kommt, um ihn zu verschlingen. Wenn Du Dir das Weiß ansiehst, das meinen Kopf bedeckt, dann kommt das nicht etwa davon, daß ich einen Sack Maismehl getragen habe. Es ist das Alter. Ich erkenne Gefahr und Schande, wenn ich sie sehe.

Wenn Du also jetzt nicht zum Dorfvorsteher gehst und um ein Fleckchen Land nachsuchst, auf dem Du Dein Heim bauen kannst, dann behaupte später nicht, es hätte Dir niemand gesagt. Du hast kein Zuhause, Du besitzt weder eine Kuh noch ein Huhn oder wenigstens eine Katze wie die anderen Männer Deines Alters. Was bist Du bloß für ein Mann? Ein Zuhause ist alles, worum ich

Dich bitte. Und hat der Dorfvorsteher je behauptet, daß er das Land für ein Haus neuerdings gegen Geld verteilt? Man bekommt es umsonst. Wenn Du Dir doch nur Gedanken machen würdest … (jetzt kann ich ihre Worte nicht mehr verstehen. Sie weint.)

Mutter quellen schon die Tränen aus den Augen. Sie zittert, und ich kann nicht mehr deutlich verstehen, was sie sagt. Sie sieht aus wie jemand, der an etwas erstickt, das ihm in der Kehle steckengeblieben ist. Und sie schluchzt wie ein Kind. Sie kann mir die Worte, die ihr aus dem Herzen fluten, nicht mehr sagen. Mit ihren Händen teilt sie mir etwas mit, das ich nicht verstehe. Vielleicht will sie Dir auch nicht zu viele belastende Worte sagen.

Wenn Du nur tun würdest, was sie sagt. Weißt Du, wenn sie zu weinen beginnt, wird sie dünner und immer dünner.

Ich gehe bald wieder zur Schule. Ich hoffe, Du schreibst mir und teilst mir mit, daß Du all die Dinge in Angriff genommen hast, von denen sie spricht.

Ich hoffe, es geht Dir gut.

Dein Bruder Mucha.

197–

In dieser Nacht kuschelten sich die Kinder aneinander, die Mädchen wie die Jungen. Ihre Gesichter waren tränennaß. Sie spürten die Wärme der Erde und ihnen fiel wieder ein, daß sie in den kommenden Tagen einander zum ersten Mal im Leben vermissen würden. Die letzte Nacht im alten Zuhause war angebrochen. War gekommen wie unliebsamer Besuch. In Zukunft würde es viele neue Gehöfte geben, in denen sie aus und ein gingen, ohne Fragen zu stellen. Die Träume, die auf sie warteten. Niemand wußte, unter welchem Dach sie welche Träume träumen würden. Oder unter was für einem Himmel. Noch, unter dem Schatten welchen Baumes sie stehen und an die Tage denken würden, die kommen sollten.

Ihre letzte Nacht auf dem Gehöft brachte keine Träume. Es war nicht die Zeit dafür. Sie kuschelten sich aneinander, die Mädchen und die Jungen. Ein paar Jungen waren eigentlich keine Kinder mehr, sondern junge Männer. Alt genug, eine Frau zu schwängern. Die Mädchen waren jünger und kleiner, fast noch winzig. Sie hatten noch keine Vorstellungen vom Ernst des Lebens. Brüder und Schwestern waren sie. Niemand kam, ihnen auf Wiedersehen zu sagen. So verabschiedeten sich nur ihre Herzen noch einmal von den Vögeln und Tieren, deren Lieder und Sehnsüchte sie gerade erst verstehen gelernt hatten. Die Tiere und Vögel hatten ihnen geholfen heranzuwachsen, ohne sie schon in die Geheimnisse ihrer Freuden und Sorgen einzuweihen.

Niemand kam, ihnen zuzuflüstern, daß in den Herzen der Zurückbleibenden die Zuneigung zu ihnen nistete.

Nicht ein einziger. Nicht einmal ein Schatten huschte über die mit Kuhmist gepflasterte Schwelle ihres Hauses, um ihnen auf Wiedersehen zu sagen. Und geht in Frieden. Nichts. Niemand. Weil niemand wußte, wohin die Kinder gingen. Und hätte ihnen jemand auf Wiedersehen gesagt, dann wäre es eine Beleidigung für sie gewesen. Wie auch verabschiedet man sich von jemandem, dessen Reise kein Ziel kennt? Deshalb die Wolke aus Schweigen. Keine Stimme wagte es, die Herzen und Hirne der Kinder mit Beleidigungen zu überhäufen.

Der Schlaf würde sie nicht meiden, wenn ihnen jemand gesagt hätte, wo sie die nächste Nacht schlafen sollten. Oder wie sie fortziehen und den Leuten, denen sie begegneten, sagen sollten, daß sie das Gehöft ihres Vaters verlassen mußten. Daß er sie nicht mehr wollte. Wie sollten sie eine solche Geschichte erzählen?

Die Mädchen und der kleinere Junge weinten die ganze Nacht. Schluchzten und fragten sich, was ihre entwurzelten älteren Brüder wohl für sie tun würden. Denn zu ihnen schauten sie auf der Suche nach dem Leben. Nicht auf der Suche nach dem Tod.

»Wenn ihr weint, wird der Schmerz nur schlimmer«, flüsterte ihnen Jairosi, ihr ältester Bruder, mitten in der Nacht zu. Sie konnten aber nicht sagen, wo der Schmerz in ihren Körpern fraß. Manchmal kam es ihnen vor, als überzöge er die ganze Haut, dann wieder saß er in seiner Namenlosigkeit nirgendwo. Und auch die Tränen waren überall und nirgendwo.

Möglich, daß auch Jairosi weinte. Oder zumindest schluchzend Abschied nahm von dem Land, das er viele Jahre lang mit seinen Händen bestellt hatte. Er spürte das Land in den Sohlen seiner Füße. Und im Herzschlag, den es ihn gelehrt hatte. Das Land, dessen dunkelbraune Erde an ihm haftete wie eine zweite Haut. Der Geruch dieser Erde war zu seinem Geruch geworden. Tief in seinem Herzen weinte er deshalb um das Land. Sicher, er könnte auch woanders mit der Erde reden. Doch der Gedanke, daß zwischen ihm und der Erde seiner Träume das letzte Wort gewechselt war, war zuviel für ihn. Die Erde hier atmete genau so, wie auch er atmete. Wenn er sie anredete, dann verstand die Erde, was er ihr sagte, und antwortete mit Worten, deren Bedeutung er kannte. Das hier war die Erde, für die er alles gegeben hatte. Sein Leben und sein Sterben hatte er mit ihr geteilt. Selbst die Insekten und die Pflanzen des Landes waren Teil von ihm geworden. Ihre Lieder und ihre Farben. Die schrillen Stimmen der Zikaden. Und das Leuchten auf den Blattklingen der grünen Maispflanzen. Die Kapseln der Baumwollsträucher, wie sie flaumig im Wind schwankten. Die *Mupanis*, die wie kampferprobte Krieger in der Landschaft standen. Alles war Teil von ihm geworden.

Er begann laut zu weinen. Die anderen Jungen hatten ihre Tränen verborgen. So wie sie sich selbst vor der Seele der Erde verborgen hatten, indem sie an weit entfernten Orten zur Schule gegangen waren. Die Schule hatte sie der Erde weggenommen. Sie spürten sie nicht so wie Jairosi, der nie zu einem der weit entfernten Orte geflohen war. Nein. Er war die ganze Zeit über hier geblieben. Hatte erlebt, wie die Vögel ihre Nester bauten und Eier legten. Wie die Küken schlüpften. Wie die winzigen Samen von Mais und Baumwolle zu einem Pflanzenwald wucherten, den man dann verkaufen und womit man ein Vermögen verdienen konnte. All dies hatte sich vor seinen Augen zugetragen. Nun aber hatte das Leben eine andere Wendung genommen.

Damals, als sie hier ankamen, da waren sie noch recht

klein. Manche waren Kleinkinder, andere zerbrechliche kleine Mädchen und Jungen, deren Stimme in den Liedern lag, die sie sangen, wenn sie die Rinder hüteten im Tal mit dem hohen Gras, das sowohl die wilden Tiere als auch die Menschen vollständig verbarg. Breite Ströme, riesige Bäume mit Bäuchen, viel dicker als die Bäuche der fettesten Männer, die sie je zu Gesicht bekommen hatten. In den Wäldern lebten Tiere im Überfluß, erklangen Chöre von Vögeln, die sie mit rauhen Botschaften von Liebe und Haß grüßten.

Nun mußten sie wieder umziehen. Wurden getrennt von einer Welt, die anzunehmen sie gelernt hatten. Ihr eigener Vater verstieß sie wie eine Schlange, die ihre alte Haut abstreift. Der Vater hatte sich so vieles für sie erträumt, glaubten sie. Sie hatten gehört, wie er zu den Vorfahren, zu den Göttern, gebetet hatte, sie angefleht hatte, sie alle zu beschützen, ihre schützende Hand über alle zu halten, die von seinem Blut waren, damit sein Blut sich nicht schmerzvoll im Lande Gotamis verströmte.

Sie hatten erlebt, wie ihr Vater ihnen winzige Schnitte in die Handflächen und Fußsohlen zugefügt, gemahlene Heilkräuter hineingerieben und ihren Ohren erklärt hatte, daß die Kräuter sie vor den heimtückischen Schlangen im wilden Land Gotamis schützen würden. Schlangen, die der Stimme des Landes gehorchten. Wenn du die Ahnen des Landes beleidigst, und sei es auch nur aus Versehen, dann sind die Schlangen, die Affen, die Seele des Landes wütend auf dich. So hatten die Leute von Gotami sie gewarnt.

Achtet die Schreine des Landes, hatten die Ältesten gesagt. Und ihr Vater hatte sie das gleiche gelehrt. Mit seinen Worten. Tag und Nacht. Jeden Tag. Du darfst dies nicht. Du darfst das nicht. Du darfst jenes nicht. Niemals. Bis daß das fünfzigste Gebot in diesem Land der Schreine von Mund zu Mund bis hinunter zum jüngsten Kind weitergegeben worden war. Nun aber lächelten ihnen die Hügel ihrer kindlichen Erinnerungen nicht mehr zu. Die Zeit war gekommen, fortzugehen und nicht zurückzuschauen, um zu bewundern, was ihnen nicht mehr gehörte. Über den Hügeln hing wie verschlafene Luft eine eigenartig rauchige Traurigkeit. Es schien, als wollte sie das Auge des Betrachters mit Schlaf schlagen.

Sie vermißten die Stimmen der Tiere, mit denen sie sich in den weiten Wäldern unterhalten hatten. Die Erdhörnchen, die *Kudus*, die Schakale, die ab und zu eine kleine Ziege rissen, die Hyänen, die die Nacht mit ihrem Gelächter erfüllten. Nie wieder würden sie sie mit dem gleichen Echo aus den Hügeln und Flüssen hören können.

Über lange Jahre hinweg waren sie zum Angeln an den großen sandigen Fluß gezogen. Noch haftete der Geruch nach nassem Sand und Fisch in ihren Nasen. An ihren Angelhaken hatten winzige Fische gebaumelt. Manchmal nahmen sie auch ein Netz mit, und wenn sie die scharfzähnigen Krokodile nicht fürchteten und sich in die tieferen Gefilde des kleinen Sees vorwagten, fingen sie manchmal den heimtückischen Tigerfisch. Dann wurden sie von ihren Vätern und Müttern gelobt. Sie erzählten ihnen Geschichten von den Siegen und Niederlagen ihrer Vorfahren. Geschichten von gewonnenen wie verlorenen Kriegen. Sie fühlten, wie der Stolz in ihnen wie ein kleines Feuer entbrannte, wie ihre Herzen glühten im verborgenen Stolz, den lobende Worte entflammten.

Jetzt aber erlebten sie eine ganz andere Geschichte. Ihre Herzen mußten lernen, sich nach einem anderen Land zu sehnen, das sie nicht kannten. Heute vielleicht, vielleicht morgen, vielleicht erst nächste Woche, würden sie es erreichen. Sie würden dort ankommen, glaubten sie. Jeder Reisende kommt irgendwie an. Indem sie die Gefilde rechts und links des Weges erforschten, sich verliefen, ihren Weg wiederfänden, würden sie ankommen. In den Dörfern kannst du dich nicht verlaufen. Wer einen Mund hat, findet den Weg. Eines Tages würden sie den Ort finden. Nur immer voran. Es hat keinen Sinn, an die Hügel, die Fische und Tiere der alten Heimat zu denken. Vor uns liegen das Leben oder der Tod. Die Wolke am Himmel findet sich eines Tages auf der Erde wieder. Als Dunst oder Regen, der in den Boden sickert. Der Adler mag zwar in luftiger Höhe schweben, doch eines Tages wird er sich irgendwo niederlassen. Ganz sicher. Geh weiter, stolpere weiter, bis zum bitteren Ende. Die Reise geht nie zu Ende. Der Reisende, sein Leben ist endlich.

Die Reise hatte schon vor langen Jahren begonnen, als sie saßen und lauschten, wie John White und Ngwarumapundu in den Vierter-Klasse-Wagen überfüllter Züge ihre Lieder von den Nöten der Migration sangen.

»Packt eure Sachen. Alle«, hatte ihr Vater damals angeordnet. »Der Zug geht heute abend. Er nimmt euch und allen anderen mit«, hatte er gesagt. Das war, nachdem er die Frauen und die kleinen Kinder an einen weit entfernten Ort gebracht hatte. Er kam zurück, da waren endlos scheinende Wochen vergangen. Die größeren Kinder müßten nicht mitgehen, hatte er gesagt. Die, die schon selbst ihr Bündel tragen könnten.

Sie erinnerten sich an die Nacht auf dem Bahnhof. Kalt war es, und sie fühlten sich eingeschüchtert. So, als brächte man sie ins Gefängnis. Keiner redete von etwas anderem als davon, daß starke und wütende Männer kleinere Männer aus dem Zugfenster warfen. Daß die starken Männer gefürchtet wurden. Wie sogar die Polizei vor den starken Männern Angst hatte. Oder davon, daß man ahnungslose Reisende überredete, auf dem falschen Bahnhof auszusteigen, wo sie von Dieben ausgeraubt wurden, die die Unglücklichen dort erwarteten.

Im Zug saß auch John White. Der forderte ein Sixpencestück für seine Musik. Sollte ihnen noch etwas Geld bleiben, nachdem sie die Milchbrötchen, die so schön wie Parfüm dufteten, gekauft hatten, dann wollten sie John White bitten, ihnen ein Lied zu spielen. Ein Lied oder auch zwei. Das half ihnen vielleicht dabei, das Land ihrer Geburt zu vergessen, das sie hinter sich ließen. Denkt nicht mehr an die Esel, die nach euch getreten und euch Narben auf Stirn und Knien hinterlassen haben! Denkt nicht mehr an die schweren Bullen, deren Hörner ihr heimlich angespitzt habt, damit sie euch keine Schande bereiteten, wenn es zum Kampf mit den Bullen der Nachbarherde kam! Denkt nicht mehr an die kleinen Ziegenböcke, die die Männer so sorglos kastriert haben, ohne auf den Lärm zu achten, den die Tiere mit ihren Hilferufen machten! An die Stimmen der blökenden Schafe. Auch nicht an die Spiele beim rutschigen *Nhanzwa*-Baum, auf dessen Rinde ihr die Hänge des Hügels hinabgerutscht und wie riesige Schlangen über die Felsen geglitten seid. Vielleicht konnte die Musik sie das alles vergessen lassen und ihr Herz dem neuen Land mit den neuen Märchen und Geschichten öffnen.

»Kinder reisen zum halben Preis? Was geht mich das an? Hören sie deswegen auch nur die Hälfte der Musik?« hatte sich John White, der Albino, aufgeregt, als sie auf ihrer Fahrt ins Ungewisse im überfüllten Waggon saßen. Ihr Bruder Fanwell hatte John White für die Lieder nur die Hälfte des Preises zahlen wollen. Die zahlen, sind Kinder, sagte er. Kinder fuhren zum halben Preis mit dem Zug, deshalb brauchten sie auch für alles andere bloß die

Hälfte zu zahlen. Das schien logisch. Der Sänger aber wollte sich darauf nicht einlassen. Ein halbes Ohr gibt es schließlich nicht, lachte er auf, und seine sprechenden Saiten gaben seinen Worten einen freundlicheren Klang. »*Ndizvozvo!*« sprachen seine stählernen Saiten und riefen bei den Reisenden, die sich fragten, wie er die Drähte zum Sprechen brachte, Gelächter und Verwunderung hervor. Vielleicht mit der kleinen Flasche mit den vielfarbigen Substanzen darin? Doch sobald die Drähte zu sprechen anfingen, war alles vergeben und vergessen, und das Ohr nahm den Zuglärm nicht mehr wahr. Er wurde ertränkt von der sprechenden Gitarre und der klagenden Stimme des Sängers. Ziel: die unbekannte Baumwollstadt, der Ort mit den zwergenhaften Geistern, sprachen die Herzen der Kinder furchtsam.

»*Ndapedza!*« – »Ich bin fertig!« riefen die sprechenden Drähte am Ende des Liedes aus. Der Besitzer der Gitarre drängte sich durch die unzähligen Reihen der Reisenden, von denen manche von ihren Reisen erzählten, während andere das Lied ihrer fernen Heimat sangen und dabei tranken, wenn sie etwas hatten, ihren Durst zu stillen.

Hinter ihnen lag der Ort, wo man an dem Tag, da jeder von ihnen geboren worden war, ihre Nabelschnüre vergraben hatte. Auch die bei ihrer Geburt erklungenen Schreie waren dort zurückgeblieben. Zusammen mit der Sonne, die hinter Bäumen und Hügeln aufging, die sie genau kannten, um am Ende des Tages hinter Hügeln und Bäumen zu versinken, mit denen sie aufgewachsen waren. Sogar im Schlaf wußten sie genau, an welcher Stelle der Schlafmatte ihre Köpfe ruhten, ohne daß man es ihnen sagen mußte. Diese Sorgen und Gedanken bewegten ihre Köpfe und Herzen. *Gatooma*, dachten sie im Schweigen ihrer Herzen.

All das lag nun hinter ihnen. Auch die Ziegen und

Schafe, deren Farbe sie von der der Böcke und Sauen zu unterscheiden wußten. Die Echos der Stimmen von den vertrauten Hügeln, die kleinen Freunde, die so klein auch nicht mehr waren, die Hexen im Dorf, die nachts ihren Schlaf bedrohten, und die Trunkenbolde, die in vulgären Worten von ihren Taten sangen, wenn sie im Dunkeln ihren Weg nach Hause tanzten – sie würden sie vermissen. Sie würden die Stimmen der alten Frauen vermissen, wenn es abends dunkel wurde und die Frauen beim Bierfest von den Dummheiten sangen, die die Männer und Frauen des Dorfes begingen. Und sogar die Geister, die sich in den Termitenhügeln und Flüssen verbargen: Sie würden ihnen fehlen. Man hatte ihre Herzen dem Boden entrissen, der den Pulsschlag in ihren Adern bestimmte.

Da waren auch die Tauben, die vertraut im ausladenden *Musasa* gurrten, unter dem die Kinder mit ihren schmutzigen Fingern und Zehen Kreise in den Sand gemalt und das Spiel gespielt hatten, bei dem man raten mußte, welche Schote als nächste platzen würde und wie viele Samen sich wohin zerstreuen würden.

All das blieb nun zurück. Sie waren wie Flüchtlinge aus einem Land der Vergangenheit und zogen in die Leere der Zukunft. Alles lag hinter ihnen, nur weil ein Mann, ihr Vater, im Schlaf etwas geträumt hatte. Ihnen blieb nur die Hoffnung, daß der Traum für sie nicht zum Alptraum würde.

In ihrer Phantasie sahen sie sich Briefe an die Freunde schreiben, die sie in der vergessenen Welt ihrer Geburt zurückgelassen hatten. Briefe darüber, welche Streiche die Sonne uns schon gespielt hat, daß die Flüsse in die falsche Richtung strömten, daß die Menschen im Lande Gotamis sprachen wie Kinder und daß die Rinder starben, wenn sie von Insekten gebissen wurden, die so groß waren wie

Tauben. Große Insekten, die Tsetsefliegen hießen und von denen jeder redete, obwohl keiner behaupten konnte, sie je gesehen zu haben. Briefe darüber, wie die Löwen mit ihrem Brüllen in unseren Schlaf eindringen. Hast du gewußt, daß das Brüllen eines Löwen ein ganzes Haus zum Einsturz bringen kann? Und weißt du, ach wie sehr ich die Spiele unter dem großen *Muonde* vermisse. Hier, im neuen Dorf, haben wir weder Tanten noch Onkel. Ein seltsamer Ort ist das. Die Menschen in Gotami benennen vieles auf wunderliche Weise. Wie kann ein Mensch *nangara* sagen, wenn er *tarira* – sehen – meint? Es bringt dich zum Lachen, wenn sie *yahwe* sagen anstatt einfach *iwe*. Das sind seltsame Leute hier. Sie verraten dir nicht einmal, was diese Wörter bedeuten. Immerzu muß man fragen und fragen. Vielleicht hat der Weiße sie deshalb gezwungen, hinter die Berge zu ziehen?

Ach, und sie würden antworten, was für eine Schande es war, daß ich barfuß im Zug saß und Ngwarumapundu und John White und Jacob Mhungu zuhörte! Kannst du dich an die Stimmen aus dem kleinen Radio deines Onkels erinnern? Die wir nachts immer gehört haben? Ja, Ngwarumapundu und John White. Ich habe sie gesehen. Ich habe sie im Zug singen gehört. Hab wie ein Hund barfuß auf der Sitzbank gesessen. Alle anderen trugen Schuhe. Nur meine Brüdern und Schwestern und ich nicht. Ohne Schuhe Zug fahren! Den Ruhm der Großstadt schmecken, und unten ist man barfuß! Die Füße lecken die harte Asphaltstraße! Das war peinlich. Ich hab mich geschämt, ging der Brief weiter. Es war eine Schande. Es war, als würdest du früh aufwachen und feststellen, daß deine feuchten Träume der letzten Nacht nur Urin waren, der sich über die ganze Schlafmatte verteilt hat. Und deine Schwestern stehen da, als du aufwachst, und machen sich über dich lustig. Verspotten dein gestriges Geprahle beim *Mahumbwe*-Spiel über Bartwuchs und Vaterschaft. Ich erzähle dir bald mehr über das Land von Gotami. Jetzt muß ich los und die Ziegen und Schafe hüten. Sonst brüllt mich Vater wieder an, wenn ich ein Tier verliere und es von den gierigen Hyänen getötet wird. Ich weiß noch nicht einmal, wie ich diesen Brief abschicken soll. Hier gibt es keine Schulen oder Leute, die Briefe vorbeibringen, berichteten die Stimmen in den Briefen.

P.S.: Auch zwei Wochen später gibt es noch keine Stelle, wo man diesen Brief aufgeben kann.

Chinya mutondo baba vabaya n'ombe yashe,
Chinya mutondo vakasiya mharapara yoga,
Chinya mutondo baba vabaya n'ombe yashe,
Chinya mutondo vakasiya mharapara yoga,
Iwe itawo ndiitewo!

Singt ihr noch immer dieses Lied? Wir haben es gemeinsam gesungen am Tag, bevor wir fortgegangen sind! Es ist ziemlich schwierig, hier jemanden zu finden, der unsere Lieder mit uns singt. Und man kann nicht einmal den Mond sehen. Die Bäume sind so hoch. Das Gras ist so hoch. Wir dürfen nicht draußen spielen. Vater sagt, daß die Löwen hinter jedem von uns her sind, der sich von den andern entfernt. Stell dir vor, wenn du nachts mal mußt, dann mußt du jemanden von den Großen bitten, dich zu begleiten.

* * *

Das war vor vielen Jahren. Niemand mochte sich mehr an die Tage erinnern, da Elefanten und Hyänen in das Gehöft eindrangen und ihr Leben mit den Menschen gemeinsam lebten. Heute haben sich die Zeiten geändert. Ein neuer Mond war geboren. So rot wie ein Feuer.

»Wo gehen wir hin?« weinte das ältere Mädchen. Tränen sickerten ihr aus den Augen. Sie war aus der Fassung gebracht. Und niemand wußte, wo die Reise enden würde.

»In die Gegend jenseits der blauen Hügel dort«, antwortete eine Stimme, die selbst nicht sicher war, wo die blauen Hügel lagen und warum sie blau aussahen, wo doch andere Hügel grün waren von den Blättern glücklicher Bäume.

»Dort, so heißt es, ist *Mukoma* Fanwells neues Zuhause«, fährt die Stimme fort.

Von diesem Tage an kennen die Kinder ihr neues Zuhause nur unter der Bezeichnung »Jenseits der Hügel«. Das ist weit weg. An einem Ort, der Hügel rauchblau aussehen läßt. An einem Ort, wo es keine Echos gibt.

Fanwell hört Leute, die er nicht kennt. Er steht auf und geht den Weg hinab, um nachzusehen. Er erblickt die Umrisse von Leuten, die scheinbar nicht genau wissen, ob sie auf dem richtigen Weg sind. Sie reden mit gedämpften Stimmen. Streiten manchmal, lachen ab und zu. Einer scheint zu wissen, in welche Richtung die anderen gehen sollen. Hier lang. Der Pfad ist nachts etwas schwierig, hört er.

»Wir sind fast da«, sagt eine trunkene Stimme. »Ich kenne euren Bruder und seine Frau. Wißt ihr, daß er eine Frau hat? Sie haben sich erst vor kurzem hier niedergelassen. Und dabei sind sie auf ein paar von uns getroffen, die sich damit herumschlugen, die Elefanten nachts von den Feldern fernzuhalten. Irgendwie schaffen wir‘s.«

Fanwell vernimmt eine vertraute Stimme. Kurz darauf umarmt er weinend die kleinen Mädchen und die größeren Jungen. Schmerz sticht in seinem Herzen. Seine junge

Frau, fast ein Mädchen ist sie noch, weiß nicht, was sie tun soll. Sie steht da und sagt kein Wort. Auch die Mädchen weinen. Sie sind müde und erschöpft. Hätten sie auf ihrem Weg nicht zufällig den Fremden getroffen, dann, so erklären die Mädchen unter Tränen, hätten sie im Wald übernachten müssen.

Die Jungen weinen auch. Sie wollen die Geschichte ihrer Reise aus dem Gedächtnis verdrängen. Doch Fanwell besteht darauf, daß sie die Geschichte erzählen. Er will alles wissen. Was soll er seiner Frau sagen, wenn ihr ihm nicht erzählt, was sich zugetragen hat. Du sagst ihm, daß er die Geschichte bereits kennt, aber nicht glauben will, daß er sie kennt. Er will die Geschichte noch einmal hören.

»Wo ist Mutter?« fragt er.

»Sie ist schon vor geraumer Zeit aufgebrochen. Die Leute sagen, daß sie bald hier eintreffen muß. Sie besucht ihre Familie, um ihnen zu berichten, was geschehen ist. Sie kommt sicher bald«, erklärt ihm Jairosi, der Kurze.

Fanwell setzt sich und schürt das Feuer. Ihm fehlen die Worte. Er kann nichts anderes tun, als in die kleinen, züngelnden Flammen schauen, die wie die Flügel einer müden Fledermaus in die Dunkelheit der Nacht schlagen. Das Schweigen, das sich auf sein Gesicht senkt, läßt sich auch auf den Gesichtern der Kinder nieder. Es ist genug. Warum reden, wenn das Schweigen alles sagt? Er sieht sich in seinem kleinen Haus um und fragt sich, wo die Kinder schlafen sollen. Was sollen sie essen? Die Reise hat in einer dunklen Höhle ihr Ende gefunden, denkt er.

Du siehst Fanwell an und hast Mitleid mit ihm. Die Zeit ist nicht gut mit ihm umgegangen. Nöte wie diese bringen dich um, denkst du. Sorgen.

Viele Tage später zeigt Fanwell mit dem Finger auf den Boden und meint: »Der ist unsere Rettung. Wir müssen den Boden bestellen, damit ihr Kinder zur Schule gehen könnt. Ich weiß, daß niemand Hungers sterben wird. Das weiß ich ganz sicher. Vielleicht müssen wir den einen oder anderen Tag mal mit leerem Magen schlafen gehen, aber das werden wir überleben.«

Er spricht und spricht. Zum Teil mit sich, zum Teil zu allen, zum Teil mit niemandem. Tränen sammeln sich auf seinem alternden Gesicht. Er wischt sie weg, damit er stark sein kann. Er redet und redet. Erzählt Geschichten über so vieles, das er gesehen und wovon er gehört hat. Er redet und redet, bis er darüber vergißt, daß niemand ihm zuhört. Alle schlafen schon. Irgend jemand schnarcht. Einem anderen entweicht unkontrolliert ein Furz.

Noch immer redet Fanwell. Egal ob Schnarcher oder Fürze, er redet und redet. Wie ein ewiges Echo. Manchmal ist seine Stimme sacht, manchmal rauh und manchmal tränenerfüllt. Eine Mischung aus Wut und Verzweiflung. Er ruft dich an, drängt dich herzukommen, auf den Gipfel dieses Hügels ... genau hierher, in diese Höhle. Hör mal die Stimmen des uuuh-uuuh-Vogels von den Felsen. Diese Bäume mit ihrem grünen Laub. Sie waren schon hier, bevor eure Väter geboren wurden. Sie waren schon hier, bevor eure Vorfahren auf die Welt kamen. In den Höhlen hausen die Schnecken, die stummen, die Eidechsen, deren Schwänze das Antlitz der Felsen fegen, die Felsenkaninchen, die manchmal, wenn ihr im Schutz des Hauses eurer Mutter friedlich schlummert, von den Pythonschlangen gejagt, erwürgt und im ganzen verschlungen werden. Und die Adler sehen alles vom Himmel herab, wenn die Sonne scheint, und wundern sich, warum der Schöpfer den Felsenkaninchen nicht die Kraft von Flügeln geschenkt hat. Flügel. Sie sind Waffen für Flucht und Angriff gleichermaßen.

In den frühen Morgenstunden gehst du mit Miriro durch das Dunkel, folgst einem Pfad, den nur sie zu entdecken weiß. Ein dunkler Pfad, ein unsichtbarer Pfad, der dir Angst macht. Sie ist schon hier gewesen, sagt sie dir durch Fanwells Stimme. Ein Mensch, der dem Pfad durch die Felsen folgt, ohne zu stolpern, ist mit Sicherheit schon einmal hier entlanggegangen. Im Halbdunkel geht Miriro weiter, die Augen auf vertraute Kiesel gerichtet, die sie als Kennzeichen des alten Pfades nimmt, auf dem sie gegangen ist, bevor du geboren wurdest.

»Komm weiter. Werd nicht müde.«

Du hörst ihre drängende Stimme. Immer wieder drängt sie dich vorwärts, weiter und weiter. Damit du die Hügel siehst, die sie unbedingt jemandem zeigen wollte, der erst geboren wurde, lange nachdem sie schon gestorben war. Die Frau sagt dir, daß du eine schwache Brust hast. Deine Brust kann die rauhen Worte und Erfahrungen, die sie für dich bereithält, nicht aushalten. So muß ein Weg gefunden werden, sie zu kräftigen. Ein Mann, der nicht schweigend großen Kummer ertragen kann, hat eine schwache Brust. Sie weiß, daß du noch jung bist und nicht mit solchen Geschichten belastet werden solltest. Man hätte ein älteres Familienmitglied auserwählen sollen. Nicht dich. Du hast auch schwache Knie. Ein schwaches Herz und schwache Knie. Du hast Angst. Dein Herz will zerspringen. Du hörst die Echos seiner Schläge von den Hügeln widerhallen. Poch poch poch. Im Halbdunkel segelt ein Blatt vorbei, streift dir über das Gesicht wie die Zunge einer unheilvollen Schlange. Erschreckt vom nächtlichen Besuch, streicht ein Vogel mit breiten Schwingen an deinem Gesicht vorüber. Und noch ein Geräusch aus der schwindenden Nacht. Ein Geräusch, dessen Ursache du nie errätst.

Flüstern und Echos. Die Toten sprechen. Geisterhafte Schatten in der sterbenden Nacht. Halb Licht, halb Dunkel. Ein finsteres Schweigen umfängt dich. Vielleicht ist es dein Herz, das so wild pocht, vielleicht ist es Miriros. Du weißt es nicht mehr.

Sie nimmt dich an die Hand wie ein blindes Kind. Ihr Griff ist fester als deiner und gibt dir die Sicherheit der vielen Jahre, die sie schon in diesen Gefilden unterwegs ist. Sie bleibt hinter einem einzelnen Felsblock stehen. Die Erdhörnchen rufen sich wegen eures Erscheinens eine Warnung zu. Feinde! Feinde! rufen sie. Seid vorsichtig, ihr betretet unser Gebiet, rufen sie. Sie sitzen auf den Felsen und in unsichtbaren Höhlen, warnen ihre Jungen und fordern die schwangeren Mütter auf, das Weite zu suchen. Auch die Schlangen wissen, daß sich in dieser Nacht Eindringlinge nähern.

Die Bäume flüstern uns etwas zu, wenn ihre Blätter in der kühlen Brise aus dem Osten einander die Schultern reiben. Warum kommen die Winde alle aus dem Osten? fragst du dich. Die Regen und die Regenwolken werden immer von Osten herangetrieben. Und die kalte Luft kommt auch immer aus dem Osten. Du denkst schon an die Winde des Todes, und daß sie sicher auch aus dem Osten kommen werden, wie alle anderen Winde. Dein Geist ist eingenebelt von dem Vielen, das sich in deinem Herzen auftürmt, deinem Herzen, das es mit den vielen Träumen und Alpträumen aus früheren Nächten schon so schwer hat.

Miriro sieht dich an wie ein kleines Kind. Die Tatsache, daß sie dich nicht stehengelassen hat und in den Höhlen verschwunden ist, macht dir Mut. Sie ist noch immer bei dir. Sie steht da, dicht neben dir, und ihre Hände ruhen auf deinen Schultern.

»An einem lang vergessenen Tag kam einst ein Mann hierher. Er trug ein Messer bei sich.«

Miriro weist auf eine flache Höhle.

»Er kam hierher und wartete auf die Hütejungen. Das Messer schabte über die Flächen eines Felsens, ohne stumpf oder gar schartig zu werden. Er lag den ganzen Tag dort. Morgens. Nachmittags. Abends. Und wartete. Er wartete auf den, den er umbringen wollte. Den und niemanden sonst. Es mußte der sein, den die Heiler auserwählt hatten.

Der Mann. Groß gewachsen war er und hatte Augen, die keine Gnade kannten. Er wartete und hoffte darauf, daß seine Ahnen ihn nicht im Stich ließen. Er atmete schwer, und beinahe hustete er. Sein Puls raste beim Gedanken an das, was er vorhatte. Es wurde langsam dunkel, die Kinder mußten die Rinder zusammentreiben und sie nach Hause zu ihren Eltern führen. Die letzten Augenblicke, die der Mann umsonst warten würde. Seine Augen beobachteten die umherstreunenden Kühe. Er wollte herausbekommen, wer sie verfolgen würde, wollte wissen, welche kleinen Füße bei der Verfolgung zu ihm herauf klettern würden. Er wartete und wartete. Kein Kind kam vorbei. Es mußte ein Junge sein. Entweder ein Erstgeborener oder ein Letztgeborener.

Als es dunkel wurde, ging der Mann fort. Ich komme morgen wieder, wenn ein neuer Tag beginnt, sagte er sich. Ein Tag ist nicht lang genug, frisches Fleisch zum Verderben zu bringen. Einen Traum kann man nicht ernst nehmen, solange er den Träumer nicht mehrere Nächte heimsucht, sprach er und ging davon, betrübt, weil der Reichtum, der ihm als Anerkennung für das Menschenopfer versprochen war, sich vor seinen Augen verflüchtigt hatte.

Ein armer Mann. Er wußte, daß sich, wenn er mit den

Reichen spielte, seine Armut in Wohlstand verwandeln konnte. Seit seinen Jugendtagen hatte er seinen Kindern gesagt, daß sie mit den Kindern der Reichen spielen sollten. Man kann nie wissen, mit welchen Kräutern ihnen die Eltern die Körper einreiben. Vielleicht übertragen sie etwas davon auf eure Körper, und euer Leben ändert sich. Der Mann ging nach Hause und sank auf seinen hölzernen Schemel. Neben der Feuerstelle, an der seine Frau kochte und endlose Lieder über die ewige Armut sang und über einen Mann, der die Schwäche in den Schuhen trug, ließ er den Kopf in die Hände sinken. Wenn in seinem Haushalt ein Kind krank wird, dann mit Sicherheit wegen der Heilkräuter, mit denen es vollgestopft wird. Wenn in seinem Gehöft eine Ziege krank wird, dann wegen der Heilkräuter, mit denen sie vollgestopft wird. Werden aber die Frauen und Kinder anderer krank, dann kommen sie ins Krankenhaus des Weißen und der ganz in weiß gekleideten Schwestern.

Früh am nächsten Morgen erschien Tsapi, der reiche Heiler, im Gehöft des Mannes. Er trug feste Sandalen aus Reifengummi, die jedermann im Dorf fürchtete und respektierte. Früh am Morgen, bevor die Sonne noch die Zeit hatte, ihre Feuermutter zu verlassen, war Tsapi schon da und flüsterte mit dem Boten des Todes.

›Hast du getan, was du versprochen hast?‹ fragte Tsapi den Mann. Seine Stimme klang rauh und wie aus großer Ferne. Wie bei jemandem, der über den Fluß hinweg einem anderen etwas zuruft.

Der Mann gestand sein Versagen ein, traurig, weil der Reichtum ihm immer dann entglitt, wenn er ihn auf seiner Türschwelle glaubte. Er weinte und schluchzte wie ein Kind.

Am nächsten Morgen begab sich dein Vater zu Tsapis

Gehöft. Er fuhr auf einem glänzenden Fahrrad. Tsapi begrüßte deinen Vater und spottete über den Mann, dem es nicht vergönnt war, sich des Reichtums zu erfreuen. ›Weißt du, mein Freund‹, lachte Tsapi, ›der Reichtum rinnt dir jeden Tag wie Sand durch die Finger.‹ Tsapi lachte deinen Vater aus.

Das war der Tag, an dem die Träume von weit entfernten Landen ihren Anfang nahmen …«

Fanwell redet immer weiter. Jahr um Jahr. Durch deine Träume und Alpträume. Welchen Sinn hat es, zu schweigen? Er wird dir weiter von diesen Geschehnissen erzählen und davon, was sie bedeuten. Er wird sie mit seinen Freunden besingen und wünschen, er hätte nie von ihnen erfahren. Er wird sich nicht immer schlecht dabei fühlen, weil er glaubt, daß man, wenn man die Niederlage der Zeit nicht hinnimmt, dazu verdammt wird, Liebe und Haß in ein und demselben Herzen mit sich herumzutragen. Wasser und Feuer in ein und demselben Topf.

Auf dem Spielplatz schwärmten die Kinder rund um den aufgezeichneten Kreis, und jedes war begierig, die Lieder zu singen, die in der Luft lagen. Sie sangen und klatschten in die kleinen Hände. Ihre kleinen Füße patschten auf die harte Erde. Halbnackt, in zerrissenen Hosen und alten Westen, die als Hemden dienten, sangen und tanzten sie. Niemand sonst schaute zu. Niemand hörte, was sie über sich sangen.

Wenn ich groß bin,
werd ich …
Wenn ich groß bin,
werd ich …
Wenn ich groß bin,
werd ich …

Sie sangen weiter. Ihre Stimmen hallten in den Höhlen des nahen Hügels wider. Von Lehrern war die Rede, Krankenschwestern, Priestern, LDOs, Mechanikern. Von allen sangen sie. Und hatten sie einmal davon gesungen, daß ein kleines Kind Lehrer werden möchte, dann konnte man in dem Kind einen Lehrer sehen, der mit dem hochfahrenden Stolz eines Lehrers einherging und an einem Stöckchen anstelle einer Zigarette kaute. Die Mädchen rannten hinter dem Herrn Lehrer her und trugen ihm die Bücher nach Hause. Herr Lehrer sitzt auf seinem Stuhl und benotet Hefte.

Auch der LDO ist eine wichtige Persönlichkeit. Er hat Macht über Leben und Tod. Er pfeift vor sich hin, wenn er darüber nachdenkt, ob die Regen in diesem Jahr kommen oder ausbleiben werden. Die Schafe und Ziegen, bringt sie her zur Kastration. Die kleinen Bullen, bringt sie her, damit man ihnen die Hörner abnehmen kann. Alle werden sie herbeigebracht. Der Mann packt nicht einen einzigen Bullen bei den Hörnern. Er weist andere an. Haltet ihn so. Schneidet da. Gebt das schwarze Pulver auf die Wunde des kleinen Bullen. Er ist der LDO, ein Weißer, der keinen Schmutz berühren darf.

Niemand mag den Priester leiden. Er will, daß die Kinder zur Sonntagsschule kommen, obwohl die Eltern wollen, daß sie die Rinder hüten. Der Priester und der Lehrer sind miteinander befreundet. Der Priester teilt dem Lehrer am Montag die Namen derer mit, die nicht zur Sonntagsschule gekommen sind. Wenn er die Kinder mit dem Rohrstock verprügelt hat, schaut sich der Lehrer unter vorgetäuschtem Schmerz ihre blutenden Hintern an. Sein Gesicht gibt vor, daß es ihm nicht gefällt, wenn er mit ansehen muß, wie Kinder unter der Wucht des Rohrstocks leiden. Und jeder weiß, daß es der Priester war, der die Namen derer, die nicht zur Sonntagsschule gekommen sind, an den Lehrer weitergegeben hat.

Wer daher sagt, er wolle Priester werden, wird zum Feind der Kinder. Trotzdem erlauben sie ihm, das Leben eines Priesters darzustellen. Die meisten Kinder lachen den Priester aus. In welche Schule ist er gegangen? fragen sie. Keiner hat je gehört, welche Schule der Priester besucht hat. Sie schütten sich aus vor Lachen. Laßt ihn, meinen sie.

Dann kommt der Aufseher vom Desinfektionsbad. Rauh und wütend. Er droht allen. Die ganze Zeit. Wenn du nicht dies tust oder das, laß ich deine Rinder nicht ins Desinfektionsbad. Das Kind, das den Aufseher spielt, ist ganz von sich eingenommen. Es steht auf einem Ziegelstein, ruft die Namen der Rinderbesitzer auf und befiehlt ihnen, ihr Vieh in das Desinfektionsbad zu treiben, oder sonst ...!

Die Spiele der Kinder werden heute lange dauern. So viele Kinder spielen mit. Und so viele Spiele gibt es zu spielen. Vor allem die neuen. Die neuen Spiele, die die Kinder mitgebracht haben, die schon zur Schule gehen. Und die Spiele von den Kindern, die durch Messerstechereien schon in der Stadt des Lichts und des Todes gewesen sind. Laßt uns spielen, bis wir müde sind, muntern sich die Kinder auf.

Du erinnerst dich noch an alle Spiele, die du vor vielen Jahren gespielt hast. Jetzt blickst du Fanwell an. Du siehst dich an und deine Brüder. Du denkst, daß du deine Zeit besser nicht damit verschwendet hättest, ihnen zu sagen: »Wenn ich groß bin, möchte ich Lehrer oder LDO oder Priester werden.« Du schaust in die verzweifelten Gesichter der anderen. Fanwell, Jairosi und die jüngeren. Du willst rufen: »Wenn ich groß werde, möchte ich sterben!« Doch die Stimme erstickt dir. Du schluckst Speichel herunter, um deine Kehle zu ölen. Trotzdem bringst du kein Wort über die Lippen. Du hörst, wie eine Stimme ruft. Doch außer dir kann keiner sie vernehmen: »Wenn ich groß bin, will ich weit weg gehen von diesem Ort, wo der Haß zu Hause ist. Wenn ich groß bin, möchte ich mit dem Traum vom Lande Gotamis nichts mehr zu tun haben.« Du hörst die Stimme, und sie bringt dich zum Weinen. Du hast das Bild deiner Mutter vor Augen und weißt, daß dieses Land grausam ist. Du weinst im Schlaf. Du weinst, wenn du aufwachst. Du weinst auf dem Weg hinter den Busch, wo du dich erleichtern willst. Jeder Ort ist für dich ein Ort der Tränen. Jeder Schatten eines Baumes ist für dich ein Schatten der Tränen. Du wartest auf den Tag, an dem du nicht nur von Tränen umgeben bist. Doch tief in deinem Herzen weißt du, daß solch ein Tag erst noch geschaffen werden muß.

Die Echos deiner Jugendstimme beginnen zu schmerzen. Wenn ich groß bin, werd ich ... werd ich ...

Sterben.

Es dauert nicht lange, und deine Mutter kommt von ihren Verwandten zurück. Sie hat früher nie viel von ihnen erzählt. Es ist, als ob es sie nie gegeben hätte. Eine Waise, die man über eine Heirat losgeworden ist, die später von einem anderen Mann übernommen wurde, der ihr fremd blieb. Sie lassen sie alles erzählen. Nun tut sie so, als ob es so etwas nicht gäbe. Oder stellt es eine Gefahr da, wenn es das gibt? Niemand von euch weiß warum, doch sie spricht nicht viel über ihre Verwandten.

Heute aber ist ihr Gesicht erfüllt von einem neuen, ruhigen Glücksgefühl. Du siehst sie an. Sie starrt zurück. Immer, wenn sie das tut, wenn sie dich anstarrt mit Augen, die mit Fragen beladen sind, dann mußt du an die Geschichten denken, die du ihr nicht erzählt hast. Du spürst das Gewicht ihres Auges auf deinem Herzen. Du fühlst, wie dein Herz im Einklang mit ihren Lidschlägen klopft. Warum habe ich ihr nicht das eine oder andere erzählt? denkst du. Du hast ihr nicht erzählt, daß du vor vielen Jahren allein an einem frühen Sonnabendmorgen, bevor noch irgend jemand im College aufwachte, den Bus genommen hast. Das ganze Land war mit Krieg überzogen. Ein Freund hatte dich gewarnt, daß du leicht umkommen könntest, wenn du dich in Gebiete vorwagtest, in denen die Guerillas gegen die Weißen kämpften, um unser Land zu befreien. Geh nicht mit offenen Augen in den Tod, hatte er dich gewarnt.

Du aber hast dich geweigert, seine Worte zur Kenntnis zu nehmen. Der Tod kommt sowieso, entweder so oder so. »Da gibt es ein Stück Land, das ich mir ansehen will«, hast du deinem Freund erzählt. Er hat gefühlt, was du auch gefühlt hast. Vor allem die Traurigkeit in deinen Träumen, und wie du nachts im Schlaf gesprochen und Namen erwähnt hast, die er nicht kannte.

»Ich begleite dich«, hatte dein Freund gesagt und dich durch die dunklen Gläser seiner Brille angesehen. Schweigend seid ihr in den Bus gestiegen. Hörtet die drängenden Stimmen, die ihr nicht verstanden habt.

»Ja, es stimmt. Du bist der Enkelsohn eines bemerkenswerten Mannes. Ein großer Mann war das«, hatte dir ein alter Mann erzählt, als ihr in dem Ort angekommen wart, den du sehen wolltest. »Den Stuhl hier hat er für meinen Vater geschnitzt, als ich noch ein Kind war. Er hat auch eine Trommel geschnitzt. Ich kann sie aber nicht mehr spielen. Die Lieder sind mir entschwunden. Die Trommel wurde von heiligen Händen gefertigt, von den schönen Händen eines großen Mannes«, fuhr der Alte fort und erzählte dir, wie er deinen Großvater bewundert und davon geträumt hatte, ihn eines Tages besser kennenzulernen, bevor er starb. Wie er gehört hatte, daß dein Großvater Regen machen konnte, daß er nach eigenem Willen mitten in der Trockenzeit die Wolken zusammentrommelte, zum Lied seiner Stimme die Trommel schlug, während er hoch oben in einem Baum saß wie ein Adler, seine Stimme die Hügel und Täler überflutete, lange bevor noch der Weiße das Land an sich riß und die heiligen Schreine unserer Würde entehrte.

Langsam wirst du mit dem alten Mann immer vertrauter. Du fragst ihn, wo sich das Grab deines Großvaters befindet. Nur Tränen antworten dir. Ein Tränenstrom aus den Augen des alten Mannes. Er sucht nach Mitteln und Wegen, das Gesprächsthema zu wechseln. Um dich sanft von dem Anliegen abzulenken, das dich hierher geführt hat. So, als suchtest du nach deinem eigenen Tod, nach dem Schmerz der Erkenntnis. Seit dem Anfang der Zeit wird der Schmerz in den Geschichten des Landes aufbewahrt.

Unter Tränen erhebt sich plötzlich eine schrille Stimme wie eine Pflanze aus einem sterbenden Saatkorn. Langsam: »Sie haben das Grab deines Großvaters plattgemacht und die Knochen weggeworfen. Sie haben die Straße da drüben gebaut mit ihren Bulldozern.« Dann schweigt der Alte. Sein Finger weist in Richtung einer Baumgruppe, durch die sich eine Straße zieht.

Du schweigst unter deinen Tränen, siehst, wie die Knochen von deinem Blut verstreut sind über die Ebenen, in den Tälern, über die Hügel. Spielzeug für Kinder. Tod. Haß. Sie treffen in dir aufeinander. Zu gewichtig für Worte. Der Schmerz reißt dein Herz mit sich. Auf endlose Reisen.

Als du gehst, ergreift der Alte deine Hand. Um sie zu

schütteln. Er schaut in die andere Richtung. So, als ob dein Freund und du Erscheinungen wären, die Abschied von ihm nehmen. Das tiefe Schweigen der Tränen sagt dir, daß ihr Kinder des Mitleids seid.

»Ich bin ein Kind des Mitleids«, flüstert du tief in dir drin.

Tränen. Tränen. Und immer mehr Tränen. Schmerz. Füße, die den Boden berühren, ohne die Seele der Steine zu erreichen. Du gehst fort. Fort von diesem Schmerz ...

Immer noch sitzt deine Mutter da und sieht dir ins vernichtete Gesicht, das von diesem Traum gezeichnet ist. Nie hast du ihr die Geschichte erzählt. Es ist eine Geschichte, um die nur du wissen wirst, denkst du. Ihre Auge werfen dir vor, was ihr beide wißt. Jeder in der schweigenden Stille des eigenen Herzens.

»Ich hatte mir immer vorgenommen, mit dir zu reden«, sagt sie, und ihre Worte fließen langsam durch die trockene Luft. »Du und dein jüngerer Bruder, ihr seid wütend. Ihr tragt Herzen der Wut in euch. Dein Bruder sucht nicht nach Erkenntnis, die er in das Feuer seiner Wut werfen könnte. Du suchst nach Geschichten und Wissen, die deine Wut anstacheln können. Das ist eine schlechte Art Wut. Du suchst nach Dingen, die dich noch wütender machen. Bald schon wird sich das in Haß verwandeln. Der Haß frißt sich in dich hinein«, sagt sie. Und als ich sie fragen will, was ihre Worte bedeuten, gibt sie mir ein Zeichen zu schweigen. »Weißt du, du träumst alle möglichen Sachen. Glühwürmchen und Vögel, die fliegen und sich irgendwo niederlassen. Du träumst. Ich habe dich gewarnt, nicht hinter den Glühwürmchen deiner Träume her zu rennen. Sie könnten Flammen mit sich führen, die deine Tage verbrennen lassen. Stimmt es etwa nicht, daß du zu den Gräbern deiner Väter gezogen bist?

Antworte mir nicht. Du hast deinen Zorn in Haß verwandelt.« Du hörst, wie ihre Worte in deinem Herzen widerklingen.

»Ja, und du bist nicht zu deinen Verwandten väterlicherseits gegangen. Du wolltest zum Grab meines Großvaters. Dort hat dich ein alter Mann getroffen und dir erzählt, daß ich vor vielen Jahren dort war.« Du fühlst dich verraten.

Deine Mutter will nicht reden. Sie hat Angst, daß ihre Worte deine Wut in Haß umschmieden könnten. Du warst zu jung, um alles zu erfahren. Jetzt aber ist die Zeit gekommen, daß du alles wissen sollst. Ein Mann heiratet eine Frau. Er stirbt. Die Frau wird von einem anderen Verwandten geerbt. Die Kinder der Frau aber bleiben weiter die Kinder des Mannes, der gestorben ist. Das ist deine Geschichte. Du hast den Ort gesehen, an dem das Grab deines Vaters ist. »Der Haß darauf, wie alles war, muß jetzt aufhören.« Sie fängt an zu weinen. Sie benimmt sich wie ein junges Mädchen, das eine Kalebasse Wasser auf der Türschwelle umgekippt hat. Du hörst ihre Stimme noch lange, nachdem sie geendet hat. Die Hügel und Berge der Zeit deines Heranwachsens, die Lieder und Tänze, alles sieht jetzt anders aus. Die Namen-nenn-Spiele. Die Liebeslieder auf dem Kinderspielplatz. Die Märchen von Tieren und Göttern, sie klingen jetzt völlig neu in deinen Ohren. Die Stimmen, die dich durch dein Leben begleitet haben, verhallen zu entfernten Echos mit ganz anderer Bedeutung. Du siehst sie an und siehst ein neues Gesicht. Ein schweigendes Gesicht, das dir all die Jahre alles verborgen hat, weil du noch so jung warst. Jung wie ein sprießendes Blatt. Jung. Das Echo ihrer Stimme weigert sich, aus deinem Schlaf zu verschwinden. Aus deinen Tagen. Du bist verändert.

Als sie eine Handvoll Korn nimmt und in den Wind wirft, singen die Vögel dir ein anderes Lied. Unter Anrufungen und Sprechgesang wirft sie dir etwas davon auf den Kopf. In dir flackert ein Lächeln auf wie eine kleine Flamme ohne jede Asche. »Die Wut, die verbrennen kann, ist nun ausgelöscht.« Du hörst sie wieder und wieder.

Die Toten leben als bloße Echos langvergessener Lieder. Träume. Sie nehmen Abschied von den Lebenden, lassen alles zurück, wonach sie sich im Leben gesehnt haben. Wohlstand, lächelnde Freunde mit weißen Zähnen und rotem Gaumen, blühende Blumen, die sie nicht anzusehen wagten, wenn ihre Augen vor Licht übergingen. Sie gehen davon in der Dunkelheit, im Licht des frühen Morgens oder in der Kühle einer nahenden Nacht. Kühle Stunden, in denen die Ältesten sich zusammensetzen, um über wichtige Dorfangelegenheiten zu beraten. Stunden, in denen die Vögel singen, wenn sie zuschauen, wie die kitzligen Körper der Kinder im Fluß baden, die nackten und müden Körper wachsamer Frauen, die fragen: Kommt da jemand? Wir baden. Bitte überschreite den Fluß an einer anderen Furt. Und das »oh ja, tut mir leid, ich wußte nicht, wo die Frauen baden« einer Männerstimme hinter den Felsen, die vorgibt, die dazugehörigen Augen hätten sich nicht am Umriß einer Frau gelabt, von der glitzernd das Wasser des Flusses perlt.

In der Nacht zuvor hatte sich eine Eule auf ein Hausdach gesetzt. Genau oben drauf. Sie saß da und schrie, und das Echo ihres Rufs hallte weit in die Nacht hinein. Niemand wagte, einen Stein nach ihr zu werfen. Man zündete nur ein paar Bündel trockenen Grases an und beobachtete, wie die Eule als finsterer Schatten in das Dunkel davonflog. Am nächsten Abend hörten sie sie wieder schreien. Uuhhuuu! Uuhhuuu! Uuhhuuu! Ein weiteres Grasbündel ging in Flammen auf. Flügelschlagen in der Dunkelheit. Wenn es dunkel ist, darf man Geister nicht beim Namen nennen. Weil sie sonst erscheinen, auf zwei Beinen, und ihre Gegenwart verkünden.

»Was ist los?« fragt der kranke Mann.

»Nichts«, antwortet die Frau, die neben seinem Krankenlager sitzt.

»Laßt sie. Ich weiß, was sie will«, fährt der kranke Mann fort. Seine Stimme ist schwach. Kraftlos. Und die Worte sickern zusammenhangslos aus seinem Mund. Der Rauch eines sterbenden Feuers. Nicht ein Wort als Antwort. Die Augen der anderen Frauen am Bett wandern hierhin und dorthin. Sie suchen im Halbdunkel nach den anderen Gesichtern.

Das Spiel der Augen hält inne. Auch die Nacht scheint innezuhalten.

So lag also dein Vater da. Wie ein Säugling, der taub und stumm zur Welt kommt. Wartend. Sein Gesicht war ausgezehrt. Ausgetrocknet von seinen Schmerzen.

Du hattest ihn seit Jahren nicht gesehen. Seit den Jahren der Wut nicht mehr. Als du ihn zuletzt gesehen hattest, stand er nur da. Ein Schattenriß vor dem Maisfeld. Wie ein kampfbereiter Soldat.

»Gut, daß du gekommen bist«, hatte er zu dir gesagt. Und mit schwachem Flüstern hinzugefügt: »Die Wut sollte nicht ewig dauern.« Du hattest ihn angestarrt. Ohne ein Wort auf deinen Lippen. Nur die rostigen Worte blieben, abgenutzt von der Zeit. Die rostigen Worte der Wut, die sich in deinem Körper aufgetürmt hatten wie die Kohlen unsichtbarer Feuer.

In der gespannten Stille des Zimmers hielt er deine Hand in der seinen. Du spürtest die Kälte in seinem Körper, und Tränen sickerten dir aus den Augen. Deine Augen mieden die seinen. Du wolltest nicht, daß er deine Tränen sah. Das würde ihn nur noch mehr schmerzen, wenn er erführe, daß du den Tod in seinen Augen gesehen und an seinem kalten Puls gespürt hast. Das Schweigen lastete endlos wie die Zeit, wenn sich ein Dorn in dein Fleisch gebohrt hat und jemand ihn herausziehen will, während du spürst, wie sich der Schmerz in deinem ganzen Körper staut, dich umbringt, ohne dich zu töten, deinen Körper verbrennt wie eine riesige, schwere Flamme. In solchen Augenblicken dauert ein Lidschlag so lange wie ein ganzes Jahr.

Als du schließlich aus dem Zimmer gingst, saßen draußen neben der Tür Leute, schicksalsergeben wie Reisende, die auf einen Bus warten, der nicht kommt. Alte Frauen und Männer, ein oder zwei Kinder, die hinter ihren Spielsachen herrannten, junge Frauen, die sich auf die Klagelieder einstimmten, Männer, die selbstgedrehte Zigaretten rauchten und taten, als schmeckten sie ihnen. Alle waren sie da.

»Es sollte sich nicht so lange hinziehen«, sagte eine Stimme.

»Es ist besser zu sterben, als mit dem Schmerz weiterzuleben«, meinte eine andere.

Du hörst ihre Worte und möchtest deinem Vater weiter die Hand halten. Du möchtest seine Hand halten, möchtest ihn davor bewahren, auf die lange Reise über die Grenzen von Gotamis Land hinaus zu gehen. Du möchtest deinen Pulsschlag in seinem spüren, du möchtest deinen Herzschlag mit ihm teilen, damit er an seinem alten Traum festhalten kann.

Du siehst, daß die Gesichter der Leute um dich herum schon keinen Schmerz mehr empfinden. Sie warten nur noch auf seinen Tod. Sie warten auf vieles, das ihnen, wie sie wissen, sein Tod schenken wird. Diejenigen, die wissen, wie man flüstert, fordern sich schon gegenseitig auf, nach draußen zu kommen, um sich etwas leise ins Ohr zu sagen. Komm, wir sind gleich wieder da. Komm, treffen wir uns an einem stillen Ort. Komm, ich hab schon eine ganze Weile nach dir Ausschau gehalten.

***

Ein Jahr nach dem Tod deines Vaters sitzt du des Nachts am glimmenden Feuer, lauschst den alten Liedern, die sich wie Wandervögel in die Luft erheben. Alte Worte, die alte wie junge Herzen erheben. Alte Melodien, die die Herzen und Seelen von Höhlen und Schreinen bewegen. Die Lieder kommen und gehen in Wellen, weil die Tänzer und Sänger einander Melodien und Worte stehlen und sie an die zurückgeben, von denen sie kamen, nur um sie sich wiederzuholen. Als hinge die Musik an einem Pendel. Worte wandern von Mund zu Mund, steigen hoch in die Luft wie Myriaden von Fischadlern, die den Himmel überfluten, ihn auseinanderreißen, bevor sie ihn mit anmutigem Flügelschlag wieder zusammenfügen. Die Lieder werden zu Echos, die von einem fernen Berg widerhallen, die kommen und gehen, sich den Zuhörern wie den Sängern auf die Herzen und ins Blut legen.

Die Tänzer holen sich blutige Füße. Die Erde wird eins mit dem vom Tanz besessenen Fleisch. Die Trommeln und Rasseln haben heute einen warmen Klang. Auch die bloßen Sohlen der Tänzer fühlen sich warm an. Du kannst die warme Haut ihrer Handflächen spüren, wenn du ihnen die Hand schüttelst. Einige sind rissig, andere haben Blasen.

Stimmen schwimmen durch die Nacht, führen warme Spucke und heiße Luft mit sich. Jede Kehle entdeckt, daß sie nicht nur zum Schlucken und Atmen bestimmt ist. Die

Stimmen schwellen an in der nächtlichen Luft, brechen die Macht des Windes und der Nacht.

Du spürst in deinem Herzen, daß die Nacht nie zu Ende gehen wird. In dieser Feier sind Nacht und Tag miteinander verbunden. Stimmen ertränken die Nacht und den Tag. Lieder bringen die gellende Stimme des Hahns zum Verstummen, halten ihn davon ab, sein täglich Lied vom anbrechenden Tag anzustimmen. Er fühlt sich überwältigt und zieht sich in überraschtes Schweigen zurück.

Während du einschlummerst, davongetragen von den Schwingen aus Lied und Tanz, siehst du, wie sich ein Feuer über das alte Gehöft legt, wie ein dicker Nebel Bäume und Menschen einhüllt.

»Schau, das ist das Feuer«, flüstert dir eine Stimme zu. Überall suchst du nach dem Besitzer der Stimme. Du öffnest Häuser und Kornspeicher, doch den Besitzer der Stimme findest du nicht. Du singst mit den Sängern und tanzt mit den Tänzern des Rituals, doch der Besitzer der Stimme ist nicht unter ihnen.

Von der Höhe des Himmels her, von dort, wo die Flamme sich ausbreitet, ruft die Stimme noch immer schwach zu dir herunter wie die Stimme eines Kindes. In deinem Schlaf breitet sich das Feuer aus wie ein unermeßlich großes Tuch. Mit jedem Wort, das gesungen wird, mit jedem Fuß, der im Tanz Muster auf den Boden zeichnet, verbreitet sich das Feuer. Ein Nebel, den der Wind fortweht, ein endloses wollenes Tuch, so leicht, daß der Wind es mühelos davontragen kann.

Auch Tariro läßt sich mit dem wollenen Flammentuch dahintreiben. Seit sie von ihrem Aufenthalt im Land der unbekannten Zungen zurückgekehrt ist, hat sie nie wieder hierher gehört. Ihre Seele ist nicht da. Bittere Worte entringen sich ihrem Mund, doch sie ermahnt sich selbst zur Ruhe und geht fort. Und die ganze Zeit empfindet sie Bitternis im Herzen.

Sie schreitet auf der Flammenwolke. Der Versuch, das Feuer zu löschen, erscheint ihr sinnlos. So eine riesige Flamme, die den ganzen Himmel über dem Gehöft überzieht. Und auch als Miriro, die Stumme, sie um Hilfe anruft, schaut Tariro weg. Sie ist dem neuen Schicksal gegenüber taub. Und sie ist ihm gegenüber blind. Die Worte weigern sich, ihren Mund zu verlassen. Der neue Tanz liegt jenseits ihrer Macht.

Miriro flüstert Tariro etwas zu. Die beiden schweigen eine Weile, fast wie Statuen. Ihnen fehlen die Worte, und es ist ihnen unmöglich, sich zu bewegen. Gefroren, als wären sie zu Leichen erstarrt.

Dann geht Tariro, die jüngere der beiden, fort. Kurz darauf kommt sie zurück und bringt ein junges Mädchen mit, das Brüste hat so winzig wie die Fingerspitzen einer dünnen Frau. Das Mädchen kniet neben der älteren Frau nieder, um ihr seinen Respekt zu erweisen. Miriro hält ihre Hand und legt dem Mädchen eine große, glänzende Münze auf die Handfläche. Das junge Mädchen geht zum Rand der Feuerwolke, wirft die glänzende Münze in ein großes Loch, in dem Eidechsen und Salamander wohnen. Die werden sie essen, denkt sie. Eines Tages werden sie sie essen, sagt ihr ihre innere Stimme, als sie, ohne sich noch einmal umzuwenden, wieder auf die beiden älteren Frauen zugeht. Sie geht in aufrechter Haltung, dreht sich nicht um, macht keinerlei Versuch, die glänzende Münze zurückzubekommen.

»Vielleicht erstirbt dann das Feuer, das dieses Gehöft verbrennt.«

Wie aus großer Entfernung hörst du Miriros Worte. Sie steht da, weist weg vom Gehöft. Ihre Worte werden schwächer und schwächer, matter und matter, wie die Worte eines sterbenden alten Mannes. Und während ihre Stimme erstirbt, siehst du, wie auch ihr Gesicht vergeht. Auch Tariro vergeht. Sie weigert sich, zum Gehöft zu sehen, das sie weggegeben hat wie eine Ziege, die man zum Markt bringt. Die beiden gehen fort aus dem Land der Ahnen, in dem sie gelebt haben mit Tränen in den Augen und großer Last auf ihren Herzen.

Noch immer kräht der Hahn nicht. Nur aus der Ferne vernimmst du das Echo seiner Stimme. Die Nacht hat ihm die Stimme geraubt. Der Vogel wird noch eine lange Nacht schweigen. Seine Flügel werden lahm sein, und seine Federn werden im Wind hängen und in den Flammen verbrennen, die sein Zuhause verzehren. Auch die kleinen Feuer der Glühwürmchen werden ersterben, ausgeblasen von dem Wind, der die Träume von Männern, Frauen, Kindern und Glühwürmchen mit sich reißt.

Glossar

Basopo lo onja – Vorsicht Hund!

Buya tinapangana – »Komm rein und laß uns über den Preis verhandeln.« Floskel der indischen Ladenbesitzer, mit der sie Kunden in ihr Geschäft locken.

Chibharo – Zwangsarbeit, auch: Vergewaltigung

Chikuru umvana, umhandara ishongakamwe – Sprichwort: Es kommt auf das Leben nach der Jungfräulichkeit an, denn die Jungfräulichkeit hält nicht lange vor.

Dhambakura rovera musoro pasi, mai vanogwara kumba – Dhambakura ist in diesem Lied der Name einer Eidechse; die Kinder fragen das Tier, warum es den Kopf gegen den Stein schlägt, ob etwa seine Mutter zu Hause krank sei.

Donga – Steilufer (eines Flusses)

Gautoma – eigentlich Gatooma, der koloniale Name von Chenjerai Hoves Geburtsort, wörtlich: kleiner Geist, weil der Herrscher jener Gegend von so kleinem Wuchs war, daß die Leute ihn nur als »kleinen Geist« bezeichneten.

Go-away-bird – Vogel, der, ähnlich dem Eichelhäher, die Tiere des Waldes vor drohenden Gefahren warnt

Haya – der Regenvogel, der ebenso wie Ngauzani die bevorstehenden Regenfälle ankündigt

Jikinya – Tanz für jung und alt, bei dem nichts verborgen wird, der auch eindeutige sexuelle Gesten und Anspielungen enthält

Kana ndikadai, zvoshamisa – »Wenn ich das mache, erregt es.« Wenn junge Mädchen in einiger Entfernung junge Männer sehen und möchten, daß sie näher kommen, entblößen sie kurz die Brüste und singen dazu dieses Lied.

Kakara kununa kudya kamwe – Sprichwort: Ein kleines fettes Tier kann schnell sein, weil es sich an einem anderen kleinen Tier gütlich getan hat; bedeutet: Siehst du einen reichen Mann, dann wisse, daß er seinen Reichtum einem anderen weggenommen hat.

Moto wemadhodha negauvirire – Das Feuer, das Männer angezündet haben, muß man lodern sehen.

Mudhombo – Zusatz, mit dem der Schnupftabak fermentiert wird, meist Minze

Muhacha – Obstbaum; auch der Baum, unter dem die Dorfältesten ihre traditionellen Gebetszeremonien abhalten

Ndizvozvo – abschließende Bemerkung, die gleichzeitig Endgültigkeit signalisiert, etwa: Das war's.

Ngauzani – Zugvogel, »der Bringer des Regens«, weil gewöhnlich zwei bis drei Tage nach Auftauchen dieses Vogels die Regenfälle einsetzen

Nhengure – kleiner, schwarzgefiederter Vogel, der Überlieferung zufolge der »Feind der Eule«

Nhova – die Fontanelle, meint hier auch Rachitis

Nkosi – traditionelles Oberhaupt, hier auch für die Weißen verwendet

Nyamvhuvhu – »Herrscher/Eigner der Winde«, der Monat August

Rapoko – Hirseart mit rotem Fruchtstand

Sabhuku, meso amai vako – Kurzform von »Sabhuku, meso amai vako anenge ezizi«(Dorfvorsteher, die Augen deiner Mutter sehen aus wie die Augen einer Eule); Lied, das die Dorfältesten gewöhnlich beim Gelage anstimmten, um den Dorfvorsteher zu hänseln; die Eule ist in Afrika häufig Symbol für Hexerei.

Sadza – Püree aus Maismehl

Skelemu – Ableitung von »Chikerema«: höchste Gefahr

Inhalt

Die Übersetzung aus dem Englischen wurde mit Mitteln des Auswärtigen Amtes unterstützt durch die Gesellschaft zur Förderung der Literatur aus Afrika, Asien und Lateinamerika e. V.

Die Deutsche Bibliothek – CIP-Einheitsaufnahme

Hove, Chenjerai:
Ahnenträume / Chenjerai Hove. Aus dem Engl. von Thomas Brückner. – Dt.-sprachige Erstausg. – München: Marino-Verl., 1999
ISBN 3-927527-89-0

Der Originaltitel lautet *Ancestors*
und ist 1996 bei Picador/Macmillan Publishers
in London erschienen

Aus dem Englischen von Thomas Brückner

ISBN 3 927527 89 0

Umschlagillustration und -gestaltung Juliane Steinbach
Lektorat Gudrun Honke
Gesamtherstellung dm druckmedien gmbh, München